L'automne de Spinoza

スピノザの秋

蜷川泰司

河出書房新社

不在が語る

夜のクニで

3

隼はユウラシヤに移り住んでいた。一人住まいで、翼を広げることもなかった。単身赴任の身近な暗闇の中に潜み、あくまでも未完の歴史を辿りながら、どこまでも思考の回路を巡るその日暮らしを決め込んでいた。すぐには翔び立つめども立たないが、それでもいつかは見果てぬ自画像を描くためにと心を決めながら、遠くて近い昔《いにしえ》と近くても遠去かるばかりの未来を共に抱えて静かに立ち止まっていた。

ユウラシヤと言っても隼が移り住んだのは西の隅っこで、大陸の全容から見れば数ある先端の一つにすぎない。車はなるほど右側を通り、自転車も忘れ去られるどころか至る所専用の道路網を張り巡らせ、広々と昼夜を駆け抜けた。誰もが息を弾ませ、それが楽しげに見えたし、時には羨ましくなった。

国の名前は明かさない。元はと言えば、演目をなくした旅芸人さながら背中を丸めたこの男が失われたもう一つのクニを探し求めて、たまたまその頃そこまで辿り着いただけのことなのだから。そんなクニ探しの旅路は次々と行き先を転じ居所を変えて、その後も途絶えることなく繫がっている。狂気を騙り、理性を称えながらも地上の憂鬱は受け継がれていく。天上の憂愁には比ぶべくもないが、道往く者たちの誰もが俯くことを忘れない。約束の地が見出されるような気遣いは霞も立ち昇らず、ユートピアのように、この先いつかは忘れ去られていく。行く手を仮面が埋めつくし、背後から悉く名前が消え去るところには無数の鏡が立ち並ぶ。それは墓標だ。映し取られるものもなく、誰のものにもなりえない、私たち自身の目印じゃないか。

それでも惧れを抱かず、闇を抱き締めここに示されていくのは、あの国のあの町で辿られた、もう一つのクニの物語である。これよりいかなる変事に見舞われようと、責任の一切はこの筆先が負うことになる。

隼はそこに佇み、翔び立つ気配なく、麗らかな空に向かって無地の旗を掲げる。見たことのないクニの歌を口ずさみ、聞いたことのないクニの言葉に酔い痴れる。耳を澄まして目を見はり、筆先に掲げられた旗は「肌の色」をしている。それ以外の命名は許されず、彼とともにどこまでも無色の物語を貫こうとする。

無色とは無色にしてその名前を知られず、ゼロでもなければ無限でもない、徒《ただ》の無実であった。

翼を休めたのは、永らく織物も栄えた大学町である。人間にとって宿命と言うべき戦乱に、一度ならず見舞われてきた。外来の支配勢力による苛酷な包囲に耐え抜き、この地域の自治と独立に多大なる貢献を果たした。王侯に対する市民の勝利、それを祝賀して大学が設立されたという経緯《いきさつ》もある。今でも一〇月になると、記念の祭りにパレードが町を練り歩く。優れた研究者も数多《あまた》輩出し、高名な哲学者も一時滞在した。絵画史上では、時代を代表する巨匠の生地でもある。海にも程近い大河の支流に千年、いいや、それを遥かに上回る足跡を刻んできた。街並みは至る所運河によって仕切られ、

04:06
04:05

人びとの暮らしは静かな水面《みなも》に守られ、時の流れを下り、昨日までの海原が明日の大地となってよみがえる干拓の営みも縷々受け継がれてきた。辺りに山影はなく、丘すらも見られない。その分、空はどこまでも広大で、平坦地にも小さな坂道は点在する。上りきると往々そこには、のどかな川面が待ち受けていた。

隼はこの町で語学の講師を務める。大学の地域研究センターで専門分野に必要な運用能力の育成に携わる。中でも所属する東ユウラシヤ部門は、世界でも有数の研究実績を誇る。近年は学生からの人気も高く、第一学年での厳しい選抜を潜り抜けた上級生には優秀な者が目立つ。生まれ育った文化について、彼らから教えられることもしばしばであった。ともあれ、夏休みはもとより、週末や授業のない日には自分の研究や執筆にも十分に取り組めた。着任当初は一週おきぐらいに家族のもとへ帰ったが、二年目の春を迎えてからは帰ることのない日々が続いている。それでも電話のやり取りだけは途切れなく、週に二、三度のペースで続けてきた。

そもそも翼を広げて往き交うような力は消え失せ、どこにも残っていなかった。行き帰りは鉄道で、片道三時間の道程だった。単身赴任の彼は、ともすると同様の人びとに囲まれて、金曜日の夕方に旅立つ。彼の地の夏は日が長く、特急列車で九時を過ぎる頃に着いたとしても、未だ燦々《さんさん》と照りつける夕日の下で家族との再会を果たした。町に闇が訪れるのは夏時間の午後一一時を回ってからで、これが一二月も中旬の午後五時と言えばすでに日は暮れ、宵闇に包まれていた。朝日が姿を見せるのはようやく午前八時を過ぎてからで、早出の朝ともなると夜の続きを切り裂きながら、妻の運転する車で駅に急いだ。その間、星の瞬こうと霧雨の流れようと、所詮は夜の闇であることに変わりがない。時には嘴《くちばし》も凍え、ホームで魔法瓶の珈琲に暖を求めた。それからいつも通りの長距離列車に身を預け、再び三時間の道程を南下する。妻が暮らしたのは北の港町で、かつては西方貿易の拠点であった。その町の大学に所属する給費の留学生として、彼女には当面の身分が保証されている。共に暮らす一人娘はその町で生まれ育ち、程なく最初の言葉を紡ぎ出そうとしているのだが、勿論それは隼が教えているものとは縁もなく、むしろこの先大いに異なろうとしていた。こうしてそれぞれに現場を抱える二人が、同居の目処も立たないままに捨て置かれてきた。

居留も一年をこえ、寒冷な気候にもようやく慣れて、地元の食生活の味わいも少しずつ読み取れるようになってきた。週末は運河沿いに市が立ち並び、晴雨を問わぬその賑わいが彼にも親しげに覆い被さると、玉葱をまぶした生の鰊《にしん》がいち早く大の好物を唱えた。尾鰭《ひれ》を持ち上げてそのまま豪快に齧《かじ》るのだが、ほかにも唐辛子の味噌をつけた春巻、マヨネーズをかけた馬鈴薯のフライ、円筒型のコロッケと、立ち食いのランチに事欠かない。頬張るとたちまち吹き出す湯気に運ばれ、往き交う人波はさ迷う異邦の魂を程よく迎え入れてくれる。隼はさらに翼を休め、頑ななまでに嘴を引き結んだ。内懐を温めながら、鋭い爪先だけは密かに握り締めた。彼の素性を知る者はなく、いずれは彼自身もまたそんな連中の一人に連なろうとしていた。

さまざまに品定めをしながら回り巡る辻々からは、頃合いを見計らうかのように同じ一本の塔が見え隠れをした。さほど高く聳え立つわけでもないが、それでも巧みに人びとの視線を掠め取り、時には抉《えぐ》り取り、あわよくば自分と同じ高さに祀り上げようとする。それこそが中央広場の一角に建つ古い教会堂の尖塔である。広場を挟んでちょうど向いに、市庁舎の幾分モダンな時計台を従えている。高さはこの時計台をかなり上回り、塔は一時《いっとき》市民にも観光客にも等しく無料で開放され、眺望は宗教の上からも尊重されて、町一番の名所になっていた。それがいつのころからか、人びとは後ろ向きの迷信を脱ぎ捨てるのと同時に前向きの信仰をも遠去けていった。それに加えてこの地方持ち前の圧倒的な空の広さにも気圧《けお》されたものか、塔の上に足を向ける者もめっきり少なくなった。市民たちは、高さを増した家並みの陰影《かげ》へと封じ込められるように息を潜めると、今ではそこからの展望を忌み嫌うように心の眼《まなこ》を閉ざしてしまう。おまけに塔の天辺へと通り抜ける最後の扉が何者かの手によって固く閉ざされているのだ。

人びとは陽気に立ち回る。尖塔を大空の一角に見定める限りにおいて。それでも人びとは陰気に立ち止まる。同じ塔の上から見晴らせる一面の大空を思い起こすにつれて。さらにこれなど気づく者とて皆無に等しいのだが、塔を支える教会堂の礎石にはどう見ても古《いにしえ》からの碑文が一つ刻まれている。磨耗は相当に進み、それでも眼光鋭い隼には何とか読み通すことができた。曰く、

「殺人者《ひとごろし》を殺めたとき、かつての殺められた者がその都度蘇る」とでも。

あるいは「殺めたとき」ではなくて、「殺めてこそ」かもしれないのだが、そこだけはどうやっても正確には読み取れない。ともあれ、祈りの言葉とするには程遠い格言ないしは箴言が読み取られる。伝えられるところ、かつてはこれと深く対をなすべき一文が別の礎石に刻まれていたというが、すっかり摩滅したものとみえて、微かな痕跡すら見当たらない。

その内容については諸説がある。中でも王位とその継承をめぐるものが有力だが、それでも人びとの確証を得るには至らない。だから残された碑文の類いがかつては一対であったということだけが、教会堂をめぐる複数の古文書の記録から何とか裏付けられるにすぎない。

ところが同じ記録によると、それらは共に遠い昔《いにしえ》、この町の空高く掲げられていたという。さすればそれはもはや誰もが押し戴く空からの布告である。さらに記録は布告をもたらすための様々な手法

についても伝えるのだが、それらが果たして現実に行われたものであるのかは、自ずと異なる次元の問題になるのだろう。それを踏まえた上であらためて記録をたどると、碑文の布告はかつて
一、巨きな吹き流しとなって、それも日々《にちにち》漂い浮かぶいずれかの雲に結びつけられていた。雨天には直ちに仕舞い畳まれて、逆に快晴の日中ともなると、陽射しが雲の代役を務めた。いずれにしても夜間は誰にも読み取られることがない。
二、昼夜を問わず稲光とともに仄かに照らし出されるが、雷鳴とともに掻き消される。その間僅かであり、現われる位置も定まらないが、どうしても雷鳴を伴わない場合は徐《おもむろ》に消え去るのみである。
三、稲光とは全く異なる回路を通じて、雷鳴とその余韻が自らを転じ、一部の選ばれた人びとにのみ囁きかける。その選別は何ら固定したものではない。その都度一新されるとみなしても差し支えがない。選ぶのは偏《ひとえ》に大空の意志である。
四、年に数回のまとまった雨音の中からごく自然に、あるいは自然を装って当然のごとく浮かび上がってくる。もしくはまとめ上げられていく。そつなくまとめ上げるものはやはり空からの意志である。
五、向きは違《たが》えど夏冬の強く吹き抜ける季節風によって、繰り返し厳かに、誰彼と分け隔てもなく一様に告げ知らされていく。この時の空の意志は、むしろ大空の意欲と言い換えるべきかもしれないが、風の衣を纏ってどこにも居所を現わさない、等々……
いずれも人の心を打ちながら、それも徒《いたずら》に叩きのめすのでもなく、むしろ何かに打ちつけることにこそ主眼が置かれていたと思われる。その何かとは果たして何か、何ものなのか、まるでわからず摑まれないままにいつも底知れず有意義な時間ばかりが流れ去ろうとしてきたのかもしれない。

これらは伝えられるもののごく一部にすぎないのだが、いくら見渡しても夜の天体、たとえば星の瞬きや月影に絡《まつ》わるものはなく、音を介したものばかりがいよいよ大半を占めていく。おそらく空の布告とは、永年特殊な〈音声の文字〉を使って綴られ受け継がれたものではないのだろうか。

さらにここから別の伝承を繙いてみると、一対の布告は遺言をかねたことがわかる。それはかつてこの町の上空から住民諸共に消え去った空中都市の忘れ形見にもあたるというのだ。空中都市は当時も今も「自殺体」と呼ばれ、運命を共にした住民とはおそらくその昔この地を支配した先住民の末裔である。

彼らとて何も初めから空中都市を棲家にしたのではない。そもそもは文字通りの高度な流刑地として企画され立案され、持てる技術の総力を結集して製作されたのち、一夜にして無言の祈りにも包まれ、やおら粛々と浮かび上がったという。だから「自殺体」には政治犯を中心とした重罪人が数多く流されたが、見事に帰還を遂げて再び地上に降り立った者は一人もいない。流刑の執行にあたっては、他殺以上に自殺こそを最高のタブーに祀り上げた。それによって流刑地としての完成度を高めたかったのだろう。自死とはこの場合、具体的には投身《みなげ》ということになるのだが、他殺とその循環としての死刑制度を容認推奨するかのような先の遺言は、かつてのタブーからの単なる裏返しにあたるのかもしれない。だからもう一度繰り返してみよう。

「殺人者《ひとごろし》を殺めたとき、かつての殺められた者がその都度蘇る」と。

それにしても先住民の歴史は永く、細長く、蓄えられた記憶は質量共に私たちの年輪を遥かに上回って及び難い。やがて時の経過とともに「自殺体」本来の刑罰的な意味合いが薄れていくと、代わって地上の急激な人口増加に対処する移住先としての用途が頻りに叫ばれるようになった。それから数十年の論争を経て、ついに「自殺体」は数百年に及ぶ流刑地としての歴史に終止符を打った。しかも人口の増加ばかりではなく、度重なる戦役や相つぐ天災から逃れる避難先としての意味合いが強まり、ために「自殺体」は無理を承知の増築や改築を繰り返した。そんな努力もいよいよ限界に達するころ、戦災でもなければ天災でもない未曾有の人災によって地上の一帯は無人と化した。原野もさながら、一面の文物は灰燼に帰した。空中都市は、なおも疲れ切った瀕死の体に最後の笞を入れながら、生き残りの住民を抱え、おそらくは理想の新天地を求めて飛び去り、自らも移民を志したのだろう。いつの日にか読み解かれるべき遺言的な布告を置き去りにして。

その「自殺体」はいまどこにいるのか。新たな天地を見出したのか。それとも果てしのない流浪にも絶望して、住民はいよいよ最後の掟にも背いたのか。だとすれば身を投げて、それがかけがえのない大雨をもたらしてくれる。最果ての海原を招き寄せ、やがて水面《みなも》を持ち上げていく。そのとき「自殺体」は初めての入水を試みるだろう。そのまま身を沈めるのではなく、何とか浮かびとどまりながら、すでに自らの姿の消えた、ありきたりの空を仰ぎ見るのだ。見れば見るほどに星は遠のいて、月も丸みを帯びながら、ひそかに太陽からの熱烈な息吹きを伝える。かつての「自殺体」は無名の漂流物となって夜のクニをめざす。不在が物語るとき、白昼は幾重にもこだまとなって消え失せる。そこには帆柱もなければ甲板もない。船籍もなければ国籍もない。むしろ剝奪されているのだ。跡形もなく、船底ばかりが大きく口を開《ひら》いている。舵を取れるのは残り少ない先住民の末裔で、それも失われた流刑地の時代を知る者に限られる。例外は断じて許されない。この先、舳先に吊るして晒される覚悟を決めて、掟の海にも守られて、私たちはいま、その船に乗り込んでいく。

船は運河を往き交うが、その数もかつてほどのものではない。むしろ遥かに下回っている。その分だけ自動車が何よりの代役を務めるようになった。ここでも、またかしこでも、十二分に主役を謳歌する。だからこそ運搬船であれ遊覧船であれ、悠然と往き交う船の有様はこの上もなく隼を慰めてくれる。海は遠くもなければ近くもない。そんな気分がする。市街地の場所によっては川沿いに水上生活者の船が列をなしたが、彼の暮らす界隈では一艘も見かけなかった。彼はそんな運河を見下ろしていた。

住まいといっても一軒家ではない。煉瓦造りで五階建ての古いアパートだ。ほぼ正方形の長閑な中庭を取り囲んで、二階より上の各階には八つの部屋が扉を連ねる。運河に面して表通りの側には一、二、三、反対側には五、六、七、その間の東側に四、西側には八号室が割り当てられている。一、三、五、七は角部屋で窓が二方向に開き、間取りも少し広いが、七号室だけは階段のため残りの部屋と大差がない。中庭には井戸もあったが、蔓草に被われたまま固く封印をされて実用をなさない。エレベーターは欠かせないが、近年になって取り付けられたものである。半分以上は庭に迫《せ》り出し、入口は各階とも二号室の正面にあたるが、一階だけは管理人室の前だった。そこは彼のいる間中、有名無実の物置も同然に捨て置かれていた。エレベーターに乗り込むと、そのまま中庭に向かって大きなガラス窓が迎えるので、五、六、七号の扉の並びはいつでも見渡すことができた。

その三階の六号室を、隼は借り受けていた。窓は北向きの一枚きりで、どこにも運河は望めない。どちらかと言えば適度に殺風景な、石畳の広場を見下ろすだけだった。それが却って心地のよい冷ややかさにも包まれてくる。四台分の駐車スペースを取り囲むように、幼子のための遊具も点在する。ぽつねんとして、ほかには何も語るものがない。彼には北向きもさして苦にならず、寂しげなばかりの落ち着きはむしろ好みでもあった。借り受けたのは別段割安なわけでもない。たまたま三階の中でそこが空いていただけの話で、南向きへの拘りは元よりなかった。それでも長丁場の授業に疲れて、吹き寄せる風もない静かな夜更けには、南側を流れるであろう運河の眺望が無闇と思い浮かんだ。すぐ傍らにありながら無性に懐かしくもなるのだが、それでいてわざわざ眺めに出ることもない。そんな振舞いに出た日には、元も子もなくなるのだ。

それも夜のこと、季節を問わずに翼も畳んで閉じこもる想像の最中、往き交う船もない平らな川面には必ず一体の人形が漂ってきた。欲望もなく、滅びゆく人類と消えゆく言霊に伴う数多の死、その代弁者としてのマネキンである。隼はそっと大空に舞い上がる。見下ろす水面に胴体は見当たらず、端から欠落をしている。それでも手足はどこかに生き残り沈み込んでは何年かに一度、緩やかな水の流れに則して向きと姿態を転じる。それも微妙に変えざるを得ない。余す所は一握りの頭《かしら》だけが水上に顔を出しながら、頑固に仰向けを貫く。するといかにも辛そうな瞳がいつもの薄目を開ける。瞬きもせずにすべてを心得ながら、昼夜を別たず星空を見上げる。人形はどこにも青空を認めない。隼はいつも夜空にとどめ置かれる。いかに陽射しを浴びようと、皮膚が焼けることもない。マネキンは、降るしきる雨粒にも目蓋を閉じることなく殊更に開け放つや、たちまち涙腺を緩めて幾許かの涙を交える。そこに死の代弁者としての面目を施しながら、いよいよその栄誉は揺るぎないものとなる。

取りあえず隼は、そんなマネキンとの同居を試みた。人格さえも分かち合い、闇雲に迫りくる孤独からの逃亡を企てた。その首尾は今なお判然としない。それを阻んでいるのは、ありふれた運命宿命の類いではない。むしろこの上もなく自由な彼をその都度とらえ、ただ打ちのめすために植えつけられてきた、彼自身の濃厚な意志に濃密な意欲かもしれない。だとすれば、それもまた一つの罪滅ぼしである。彼自身がマネキンとなり、なおも翼を広げ、すでに失われた胴体を求め、翔び立てることをひとえに夢見ながらも。

マネキンと言えば、今も昔も変わらず生業を持たない特殊な同居人である。その特異さたるや、同居人との一体感が高まるほどに却って際立つとも言うから猶のこと始末におえない。必定入居者の多くは、たとえそのような同居人がいても隠蔽することになる。あの町でもやはりご多分にもれず、彼らは家賃や権利が問題になってくる以前の世間体を憚るのであった。見たところそんな入居者の半分以上は土地柄から言っても大学の関係者で占められた。立場は多岐にわたり、れっきとした正教授は見かけないものの、若手の講師であれば一人二人といつでもお目にかかれそうだ。もっとも、意外さが枯渇して人並みが跋扈すればそもそもの研究が廃れるとも言われるのだから、ここにもひっそりと一人くらい独身の老教授が紛れ込んでいたのかもしれない。彼らの民族国籍ともにさまざまであるが、どの部屋の入居も単身者に限られた。だから男女を問わず学生が多い。それが入居の原則とされたが、鉄則にまで鍛え上げられたものではなく、原則はそこでもしばしば破られるために打ちたてられた。単身赴任の隼のところは妻でさえ一度も来ることがなかったが、同じ三階だけをみても二号と四号にはその手の噂が付きまとった。いや、三〇四号などは公然の秘密なのであって、入居人である法学部の学生を、学部は知らないが少し年上の女子学生らしき女が訪ねて仲睦まじく、半ば同棲中と見なしても差し支えはなかった。但し、いずれの場合も噂の相手がかのマネキンということになると、これはもう隼の場合も含めて全く次元の異なる問題となる。

そんな一角に比べると、彼の住まう六号を挟んで北側の並びは何やら清廉潔白を絵にかいたようなものだった。東隣の五号にはすぐ近くの会計事務所に勤める三〇そこその男が入っていたが、浮かれ調子の艶聞の類いなどどこにも伴う気配がない。翻って西隣の七号には半年前までアフリカ系の医学生が住んでいたが、すでに帰国したのか今は空き部屋で噂の立ちようがなかった。そこから階段のところを曲って八号に進むと、このアパートには珍しく初老の男が見え隠れしたが、何をしているのか皆目わからない。少なくとも隼自身は近くにいながら話したことがなく、たまに出逢っても挨拶さえしづらいのだが、何度か大学の界隈でそれこそ一方的に見かけたことがあった。あるいはこれこそがかの隠棲の老教授かもしれない。それなりの要件は整っている。風格や立ち振る舞いにも不足はなかった。それでも町中にあって、これだけの関係者が出入りをする建物である。男の正体が誰にも摑まれないというのでは、やはりいかにも解せない。

さらにそこから運河に面した南側に回ると、いま一人の噂の主が近づいてくる。隼の六号とは中庭を挟んで対極の二号室には、部屋としての曰くが付きまとう。遡って彼がアパートへの入居を希望した当時、この部屋も空いていたのだが、当面は誰にも貸されないという一種の開かずの間にされていたのである。何しろ南向きの三階という条件の良さからみてもよほどの事情が察せられ、何かの忌事《いみごと》に纏わるものかと勘繰られもしたのだが、一向定かにはならない。冬場を考え、可能なら彼もそちらを選んだかと思うが、結局は六号に決まり、とかくするうちいつの間にか二号室には流れ者の女が入り込んでいた。それもこの町にやって来たばかりとかで、賃貸の契約は結ぶのだろうが、出入りの時間も矢鱈《やたら》と不規則で、仕事もちょくちょく変わっていたようだ。差し詰め三十路の声をきいたフリーターといったところだが、冬に入って春の声をきくあたりにはもう同棲の噂が立っていた。それも四号のような一種の通い婚型ではなく、双方がビッチリと住み込んでいるというのだ。

噂の仕入れ先は、隼と扉を連ねた隣人である。それも艶聞に見放された例の五号室の男だった。彼とはたまたま週末のマーケットで鉢合わせ、せっかくだからとその辺りでと、存外気さくにも軽く呑みながらの夕食に誘われた時のことである。

「いや、住み込んでいる、というよりも、あれはね、(女が) 隠してる……それも翼の生えた男を隠してるんだ……」と言うのを聞いて、さすがに隼は食事の手を止めて相手の顔を見つめた。男の方は照れ笑いとも苦笑いともつかぬ神妙な薄笑いを浮かべながら、さらにこう付け加えた。

「ただしね、それは性的な関係を伴わない一方的な飼育と奉仕です。しかもめくるめく転換に絶えまざる交換とでも言うべき渾然一体のね、奇妙が上にも奇怪な共同生活ですよ、あれは……」

男はどこまでも真顔を貫いた。隼は隼で何とも応えられずにいた。この時の彼の脳裏を、痛ましくも自らの同居するマネキンの像が占めていたことは言を俟たない。その上でどこまでも邪推を貫いた。惟《おもん》みるに六号室と二号室の対称は、単に中庭を挟んでの南北という位置的なものにはとどまらない。入居者をみれば、男に対して女である。共に同居人を匿うが、表側の二号室には翼の生えた男が宿るという。片や六号室では入居する隼自身が翼を携える。そして水面から救い上げた同居人とはそこはかとなく人魚のような、女ということになるのではないか……まさか……彼には事態の成り行きが呑み込めない。それとともに口に含んだ小さな肉の切れ端さえも呑み込むことができなくなっていた。その中を連想がゆく。二号室に養われる翼の同居人というのは、ひょっとして、この私のことではないのか、と……そこへ相手はもう一度だけ、半ば無関係に念を押してきたのである。

「何でしたら、ほかの誰かにきいて下さい。みんな知ってることですから」

彼とは、以来食事を共にすることもなかった。館内での立ち振る舞いにも極力注意をして、当たり障りのない挨拶を交わすだけの表面的な付き合いにとどめていた。彼にも格別の異存はないようで、つとめて冷静な隣人としての関係ばかりが保たれた。二号室の女をめぐる噂の真偽についても、あえて尋ねあたる意欲も勇気も見出せないがままに隼は、中庭をこえてエレベーターの先に再現する二号室の扉を虚しく見つめるばかりであった。その分だけ力も入り、仮に翼を生やした同居人の男とやらが運河に向けた反対側の窓から身をのり出して、いよいよ飛び立つことがあるのなら、それが自分ではないという確証を得る意味でも、せめてその瞬間だけは大らかな記憶のカメラに収めたいものだと日夜変わらずに念じてもいた。

隣人五号室との一度捩れた疎遠、二号室の女とその同居人に向けられた不確かなままの戦慄、それらに比べると三号室のリーランにはいつも変わらぬ格段の親しみを覚えた。それは彼女が自分と同じような東方のユウラシヤ系であり、苦学生だったことにもよるのだが、その帰宅は毎日と言ってもよいくらいに遅かった。しかも二号室と違って彼女の場合は規則正しく、たとえ日付が改まって深夜に及んでも、アルコールの臭いなどさせたことがないという。大学での本当の専門については、アパートの中の誰も知らないし誰も尋ねない。それで噂が皆無かというと、母国《クニ》に子どもを残して来ているという話を複数の住人から聞かされたことがあった。それも一人子で、今は母方の祖母、つまりは彼女の母親が面倒をみていると、その中の一人は事もなげに言った。また別の一人は、父親はいないのだと暴露しながらも情報源は明かさない。それが離別なのか、死別なのか、それとも未婚のまま現在に至るのか、知らないとも言う。子どもの年齢についてはまちまちで、性別については誰もが口を揃えてわからないの一点張りだ。いずれについても隼自身は、親しみを覚える分だけリーランに尋ねてみる気などさらになかった。ともあれ二号室に纏《まつ》わるものとは質を異にするいくつもの噂の細波《さざ》を潜り抜けて、いつしか一人住まいの彼女には母親としての、ぶ厚い表札がかけられていった。地上三階の旅はいよいよ終末へとさしかかり、巡礼はめざす一号室に漂着するのであった。

住人は見たところ隼とはほぼ同年代の男だった。これを今、永久に同年代であると断定してみようか。それもあえて同い年の同い月生まれと決めつけてもかまわない。彼と隼が別の人格であることに変わりはないのだから。その出身となると、これが今でもよくわからないのだが、隼やリーランのような遠来種でもなかったようだ。アパート一の古参であるとも聞かされたが、滞在中一号室との間に芽生えた親近感、実生活を通じての関わりの深さは群を抜く。魅せられた狂気にあばき出された理知、そこからの謎めいた反響に底知れぬ感化、いずれもが包容力の質を違えながらもやはりリーランを凌ぐ。やがて隼があの町を離れ、一号室もこの世を去って幾星霜、今では顔や声の記憶も四散して取り戻すこともかなわない。どうにか音の出る白黒動画の域にも及ばない。それでも今日、生まれ育った町に戻り暮らして、隼自身もペンを執り続けていられるのは少なからず彼のおかげなのだと思い定めている。だから、救われた者として果たすべき最低限の礼節だけは、片時も忘れたことがない。宗教上の敬虔とは厳密に一線を画しながらも、よもや忘れてはなるまいし、忘れる自分も見たくはない。筆先とは、そのために立てられた一本の杭となる。かけがえのない生命《いのち》をも拾い上げる手製の銛《もり》である。その上で忘却を防ぐためにも、また忘失を受け容れるためにも、等しく言葉は用いられる。

一号室の住人は、ある時自らをスピノザと名のった。後にも前《さき》にも一度限りのことで、それ自体は何も確かな事柄に属さない。隼は専らSと呼んでいた。ほかの住人とて同様である。翻って隼のほうはそのSから一度も名前で呼ばれた記憶がない。今となっては、名のっておいたのかどうかも怪しまれるばかりだ。それよりも何よりも、S本人が名前というものに興味がなかったのではあるまいか。取り立てて冷たい人柄でもないのだが、そんな気さえしてくる。あるいは、そんな媒介などあえて必要とはしない隣人の付き合いを求めたのだろうか。それも名前の要らない近しさとともに、相手に名のらせない隔たりをも併せ持った、隣人としての友愛である。隼にとってのSとは、いつ見ても自分よりは若くて、それでいていつ話しても自分よりかなりの年上に窺えた。今でもふとした折りにはいずこからともなく湧き上がるように、「S」と呼びかけることがある。すぐに困惑を覚えて立ち止まりながらも、追想のうちに開かれてきた一号室の扉を叩くのだ。Sからの応答は、孤独な呼びかけの遥か前方をゆく。それでいて一人でいられることにも感謝を捧げながら、隼は限られた追憶の扉をさらに押し開こうとする。こうして彼は、生身のSにまみえる。現身のSとでも語りあえる。時計は未来に始まり、彼らの出逢いはどこにも起源を持たない。

帰国からの一年余りは早々と通り過ぎていった。悔いは残らず、誰にも気づかれることがなかった。心は体をつなぎとめたし、憧れはいくら流されたところで沈黙の中に生きのびていた。慌ただしい母国での暮らしにもようやく慣れてくると、後にした彼地との間にも程よいばかりの隔たりが残るそんな頃である。隼の手元に奇妙な小包が届いた。折りしもその日は書斎の片隅にあって、週末以外の貴重な休みを抱き留めていた。呼び出しのドアホンが鳴ると、心なしか廊下が揺らめき、名前が呼ばれ、扉が開いた。

「はい」

隼がすぐに応えた。

右手に小包を抱え、左手には伝票を広げた配達員が雨風もないのにジャンパーのフードを上げている。足元に至るまで、とても制服とは言い難い黒ずくめの若者であった。実にぼんやりとして、立ち止まる隼も心なしか翼を広げて、身近に忍び寄る不吉の影を受け止めた。さらに細々と想像力の糸を巡らせると、思いはいつしか目前のシルエットを踏みこえ、かのモーツァルトにレクイエムの作曲を頼んだといわれる黒衣の男にも至る。

あくまでも、それは冷たいジョークだ。隼は微笑んだ。すると相手もそっくり同じ振舞いを返した。こうして入口のドアがひそかに鏡面を気取る。すでにどこかで出会ったような気もしたのだが、隼は何も思い出すことができない。それに服装を除けば、若者は腐ることもなく、在り来りの配達員としてのマナーを守っている。むしろ溌剌として陽気ささえも漂わせてくる。それでも訥々と宛て先を読み上げて受取人からの確認をとり、印鑑ではなく、なぜか直筆でのサインを求めた。隼は一年前まで彼地で使い慣らしてきたものを滞りなく思い起こしながら、一息に書きつけてやった。若者は黙って小包の袋を受取人の足元に残すと、今度は挨拶もそこそこに業者のトラックへと乗り込んだ。それからは最寄りの信号に阻まれることもなく、一方通行路をひたすら右へ右へと走り去る。後ろ姿はやる方もない。そんな黒ずくめの男を白衣の天使が待ち受けている。それからの消息は誰にもわからない。

一人取り残された隼は、届いた小包をあらためた。宛て先は確かに自分なのだが、差出人には半ば心当たりがない。というのも住所を見ると、それは彼地で暮らした運河沿いの通りで、しかもアパートの番地なのだ。部屋の番号も三階の一号室とある。ところが差出人はあのSではない。「メランコリア」と記されている。まるで聞き覚えがない。とても得心など行かない彼が、これはてっきり多才なSがそんな名前の法人でも起こしたのかと思い、そのままに思い込んだ。そして書斎に戻り、潜り込んで、すぐに小包を開くと、中味はきれいにまとめられた一綴りの書類だった。それも度重なる書簡のコピーの丁寧な冊子ではないか。無地の表紙にも裏表紙にもどこにも、タイトルや編集出版者、献辞らしきものは見当たらない。添えられた手紙もなく、手製の冊子だけが剝き出しになっている。不審を抱きながらも、一頁目を開いた。好奇心に応えるような目次の類いもない。そこもまた無地の白紙に被われている。さらにもう一枚をめくるとようやく文字が見えた。何かの通し番号を導く「1」に続いて最初の「書簡」が姿を見せたのであった。

収録されているのは、二人の署名を記した往復の書簡らしい。そのうちの一人はまたしてもメランコリア、いま一人はスピノザとあり、それぞれのものが百通にも及ぶ。手書きではなく、パソコンか何かで打ち込まれているので、字癖の違いなど読みとるべくもない。その上で語られる話題論題も多岐にわたる。多彩とも言われよう。物理に化学、数学に天文学など理数系諸科学に関するもの。信仰および宗教から倫理に哲学へとめぐるもの。政治に経済、地理に歴史、そして文学や芸術を論じるものがテーマごとに面白くも曰くありげに群れ集っているのだ。隼は嚥を噤みながらも署名を見て、少なくともそのうち「スピノザ」というのは親交のあったあのSの筆名ではないのかと思ったが、「メランコリア」についてはやはり見当がつかなかった。

その日のうちから彼は合間を見つけて、それら往復の書簡とやらに目を通し始めた。「スピノザ」をSとみなす確信は日毎に深まりを見せたが、「メランコリア」については相変わらず微妙な隔たりばかりが付きまとった。やがてひと月をへて、概ね目を通したところで踏ん切りをつけるかのように、隼は太めのペンを取り出すと冊子の表紙中央に自前のタイトルを付した。

「スピノザとメランコリアの往復書簡」

それとともに「メランコリア」もまたSの別名であり、要するにこれはSが二つの署名の下に記述をした、往復書簡体の対話篇ではないのかと疑われてきた。但し、たとえそうだとしても、一連の遣り取りの背後に軽妙軽薄な仕草は読みとられない。むしろ反対に終末に近づくほど深刻さを増し、時に重厚さも漂わせ、これはあのSからの、悪戯に充ち手も込んだ遺言にして遺贈ではないのか、と思われるくらいだった。そしてその直感は半ば的中をした。小包の冊子が送られてからふた月近くがたって、今度は三号室のリーランから帰国後初めての手紙が送られてくる。それは紛れもなく一号室の住人Sの死を告げ知らせるものだった。

「前略　ご無沙汰をしております。早いもので、あなたが帰られて一年が経ちます。祖国での生活はいかがですか。ご家族にお変わりはございませんか。私も仕事を続けながら、なおも勉学に勤しんでおります。あなたの出られたあの六号室には、ブラントと名のるまだ二十代後半の若い画家が入りました。ほかにもあれから多少の出入りはありましたが、あなたがご存知の住人はまだ大体残っていて、皆つつがなく過ごしておりますので、ただ一人を除きましてね。それがSです。あの一号室の彼が、去る二月二一日、日曜日の午後、正確には夕方近くになって亡くなったのです。この世をあとにしたのです。

自殺ではありません。事故でもなく病死だとききました。それも急病ではなかったといいますから、すでにあなたがこちらにいらしたころから、あの方は自分の余命が幾許もないことを察していたのでしょうか。いよいよ死が目前に迫ることを悟った彼は、手元にあったさまざまな原稿を一階の女性管理人（あなたが帰国したあとに入った人です）に頼んで、亡命作家協会に送らせています。しかし書簡を始めとして、そこには含まれていないものが複数あるともきいています。

まずは死の前日、二月二〇日土曜日のやはり午後、彼は一階の管理人を訪ねています。見たところ気分もかなりよさそうで、珍しく煙草など吹かせ、彼女の出身地である南方（ユウラシヤではありません）のことなどさまざまに話して、その博識ぶりを十二分に示したと、これはのちに彼女自身から私が直接にきいたお話です。

翌朝、Sは再び一階の彼女を訪ねると、草稿原稿の束を詰めた紙箱を下ろして、協会に送ってくれるように依頼します。何も訊かずに快く引き受けた女性管理人は、昨日実家から面白い具材も来たし、私が何か滋養のつくものを作ってあげるからと言って、彼を昼食に誘ったそうです。

一度三階に上がり、また正午前に下りてきたSは食卓について、彼女の作ってくれたスープ料理をさして苦にする気配もなく、むしろ旨そうに平らげたというのです。もちろん彼女のほうも彼のことを思い遣り、そんなに装《よそ》わなかったのですがね。それから口元を拭い、湯呑みに半分ほどの茶を呼ばれ、荷物のことも併せて丁重にお礼をのべました。彼女は何も応えられずに微笑みを浮かべて、頷きばかりを返したようです。

このあとSは階段を上り、自室に戻り、そこで帰らぬ人になったのです。

最期は無二の友が看取ったとも、掛かり付けの医者が立ち会ったとも言われますが、私にはよくわかりません。何しろ書き入れ時の日曜で、昼前から夜遅くまで留守にしてましたから。帰った時も確か三階一号室の灯はすでに消されていて、Sの死を知ったのは翌日、管理人の彼女が教えてくれたのです。亡骸はすでにその日のうちに協会の人が来て運び出したとのこと。

葬儀は四日後の二月二五日、市内の教会を借りて営まれました。友人たちの手でささやかにと言われるのですが、参列した私自身の印象では、人数は多くなくても、大学関係者も含めてなかなかの面々が集ったように思われてなりません。しめくくりに友人の代表が彼の作品の一節を読み上げて、葬列は会場を起ちました。そのとき読まれたのは『光の輝く道』と題された小品の結びの部分でしたが、ここに繰り返すことはしません。そのまま帰途についた私は、今も正確な墓の所在を知りません。あえて訪れるつもりもないし、今も一号室は間近に望めるのですからね。

管理人の彼女が最後に賄ったスープ料理というのは、半ばはSの医者からの勧めであったとも聞いています。結局のところ、その甲斐はなかったのかもしれませんが……ごく表面においては。あなたもよくご存知の住人の一人は、Sが亡くなっていたのは、あの三〇一号室の西向きの窓から、それも日没直前の夕陽が射し込み、東側の壁を照らしながら紅く染め上げていたところだといいます。また別の一人は、Sが寝台には横たわることなく、壁に凭れたまま腰を下ろし、あとは物静かに、それも無理なく首を項垂れ、事切れていたともいいます。さらにいま一人の住人は、だから、Sの死は誰にも看取られることのない一人であるべきだと言ってこれを譲りません。そしてかく言う私もまた心のどこかで、一人でしかありえないなどとますます信仰にも近いものを深めていく今日このごろです。

以来私は、Sのことを知る自分の知り合いの中で今なおこのことは知らないであろう人びとに、力の及ぶ範囲で非礼を省みず、手紙を送り続けてきたのです。その死は独りぼっちで、決して惨めなものではないのですが、とても私の同情をひいてしまうのです。これ自体が何よりも非礼なことかもしれませんが、心情ばかりは押さえる術を知らないのです。その表明に対しては抑制する方途を見出したとしてもです。そしてあなたは、私がこのことをお知らせする最後の、今では最も遠く隔たったお一人です。

Sは亡命の作家でした。このことは今でもこの近在にあって知らない人のほうが遥かに多いのですが、実際にいくつものペンネームがあったようで、それは協会の関係者でもそのすべてを特定することなどできないくらいらしいと、そんなふうに聞いています。亡命者という社会的な立場や資金の面から言っても、出版の機会にそれほど恵まれるはずもなかったのでしょうが、代表作にはまず『ユウラシヤ』という長篇が挙げられます。といっても私自身はまだ読んでなくて、読める余裕も当分は望めないし、それ以外にも、たとえば十年以上前に発表された『ウートピア』、あるいは二年前に出されて今も評判になっている『メランコレア』も彼の作品とするのが定説になってきたようです。

ともあれ地元の亡命作家協会では、つねに孤高の立場を守りながらも、陰に日向に協会への貢献を惜しまなかったSへの感謝を込めて、ささやかながらも質の高い追悼の冊子を編むのだそうです。遺稿となった作品集と二本立てで出すのかもしれません。さらに将来にわたっては、もっとまとまった作品集なり、著作集が編まれることでしょう。その際は数多の筆名ではなく、やはり本名が用いられるのでしょうが、私はそれを知りません。いえ、留学者の私ばかりではなく、このアパートでも住人の誰もが知らないようです。何もわからないかのようです。今のところはあなたも知っているSのままであり、そのままで何の不自由も感じないのですから。当の三〇一号室には新しい居住者が入ったわけでもなく、二ヵ月ほども前でしたか協会の代理人業者がやって来て、一階の管理人立ち会いの下、Sの荷物を運び出してからは空き部屋の状態が続いています。

ですから、いまあなたが戻られても、入居する部屋があるということです。あくまでもそこで、S

との同居をお望みであれば。
それにしても本当に面白いでしょう、あの方の没後というものは、その生前にも負けず劣らず。
草々　」

こういう一見不躾《ぶしつけ》な結びの部分の言い回しも、リーランが書いたかと思うと隼には不思議にぴったりときて許されてしまうのだった。
さらに添えられた別紙には少し太字でこんな追伸が読まれた。

「Sの祖国はないのです。いや、なくなったのです。今は存在しない、すでに消えてしまったのでしょうね。私が間接的に聞いていることはこの程度ですが、生前一度だけ何かの折りに直接尋ねたときも、あの人は不快そうな顔つきこそ見せませんでしたが、『クニはもうなくなりました。そうそう、ユウラシヤでしたから、その意味ではあなたと同郷ということになる』とだけ答えて、あとはたまらなく静かになったのを昨日のことのように思い出します」

それでもこの手紙を読み終えた隼には、扉もなく、一枚の窓だけを介し、見知らぬ死者に立ち向かっていくような心地がした。そこにはささやかではあるが、意外性に伴う暴力のようなものが混在する。混在すると言いながらも一面に犇《ひし》めいている。だから彼は満たされることのない憧れを、ひたすら遠去かることに委ねた。身に余る暴力を携え、時に焚きつけ、自ずから耐え忍んでいく。すると自分への暴力は白昼に輝く満天の星に、自分からの暴力は沈むことを忘れた太陽にも見えてくる。いずれも過剰な光を解き放ち、慎ましくも退くことを学ばない。学ばないままにどこまでも狡賢く立ち回る。自分もその例外ではないと隼は思うようになった。そうなると、リーランへの返事には弔いの言葉など余りにも不似合いで、何を措いても度重なる思い出こそがもたらされた悲しみを幾重にも凌いだ。

かかる一週間の空白をおいて、ようやく隼もペンを執り、リーランへの返信をしたためた。念のために一週間をおいて、書き上げた文面への信頼を高めたのち、彼は手塩にかけた航空郵便をようやく手放していく。週末を挟んで、手紙の到着にはさらに一週間を要した。

「顧みるに、遣る方なく、懐かしさをこえると親しみばかりがこみ上げてくるのです。生前よりわが畏友Sをめぐっては、さまざまの風説を耳にしてきました。その中味は瞠目のこと、不穏のこと、突拍子もないことと様々ですが、アパートの住人の中でも一番の古参であることは衆目の一致するところでした。長らく管理人が空席になっていたため、しばしば代役を務めたこともあったようです。かく言う私もこんな経験があります。中古の冷凍冷蔵庫を買った時、別の先住者からSに連絡を取るように言われて、手伝ってもらったことがあるのです。そちらでは大型の荷物になると、直接窓からも入れるじゃないですか。最上階の外壁に突き出た鉄製の爪に滑車を引っかけ、垂らしたロープで吊り上げていく。その用具一式を管理していたのもやはりあの人で、まだ不慣れな店員に代わって手伝ってくれたのです。その時初めて彼の部屋を訪れて、何か居室というよりも作業所か倉庫、あるいは中継所（たとえばＦＭ局やＩＴネットワークとかの）にしているような印象を受けました。但し、確証はありません。親交は深まりましたが、頻繁な部屋の行き来もなかったし、その時も含めて都合二度か三度の限られた訪問では何もわからなかったというのが実情です。

なるほど不穏の噂にも事欠かなかった。一度ならずも聞かされたのは、彼が犯罪人であり、それも格別の重罪人なのであって、すでに終身刑が確定しているという奇妙なものです。それでいて罪状を知る者はなく、たとえいたとしてもせいぜいのところが、同時代を生きていくS当人を除いては全てが遠いいにしえの物事に属しているといった域を出ません。だからこそ取沙汰される罪と罰の発端には、あの町の起源にまで遡る奥行きの深さがあるとの強弁が一度ならずもなされる。そんな終身刑の男がですよ、そもそも市井の一庶民一住人となってしばしば姿を見せるのは何故かと、これが当然の疑問として持ち上がることになる。それに対する答えというのがこれまた振るってます。複数の回答者は決まって声を潜めたものです。曰く、彼ほど根の深い特殊犯になると、一般の収容施設ではなく、所在、規模、沿革のいずれもが伏せられた「精神収容所」に収監されている。Sの場合も確定判決の通り精神は終身刑に服しているのだが、時折肉体だけが短期の仮釈放を認められることもある。服役の期間もすでに長大なものになっているので、肉体に限ってはほとんど自由な出入りが認められているというのですよ。あなたもお聞きになったことがあるでしょう。いかにも笑止千万であり、私はこみ上げる笑いを噛み殺すのにいつも苦労をしたものですが、情報の提供者だけは誰もが真顔を貫いていました。それも仮面の素顔です。その中の一人に至っては、ひょっとするといよいよ限定された条件の下、精神の一時釈放さえ極秘のうちに認められるのではないかとの懸念と憂慮を表明しました。しかもその際、肉体が伴うかどうかは部外者たる我々の想像の域を遥かにこえているとして、うまく落胆の表情さえ取り繕ってみせたのです。

ほかにも滞在中、Sをめぐってはさまざまの言説風聞が館の内外から実《まこと》しやかに流されてきました。

たとえばですね、公然の秘密とも言うべき例の同居人のこと、それも翼を生やした謎の人物とやらを匿っているのは、三階二号室の彼女ではなくて一号室の彼だとするものです。あるいはですよ、翼を生やしているのは他でもない彼自身だと言うやつだって一人ならずいましたよ。その場合彼が娑婆の住まいに定めているのはむしろ二号室のほうで、つまるところここでも一号室の用途は不明確だということに落ち着きます。

Sの実像についても、評価の向きは多彩を極めます。たとえばね、まさか今でも収容所、それも精神の収容施設などというまどろこしくて、そんなちんけな所に入っている道理もないのだが、それでもSその人は確かに収容所帰りなのである、と。それもね、今なお地下組織のリーダークラスで、言わば筋金入りのテロリストと見る向きです。こうなると一号室の用途も少しは見えてきて、要は爆弾などの武器製造工場か秘密の貯蔵所ということにもなるのでしょう。これについては、リーラン、私自身もまた全く思い当たる節がないわけでもないのです。

単なる政治軍事組織ではなく、基本的にはそれらを束ねた宗教法人を主宰しているという、これは教祖説。しかもですよ、その中でただ一人Sだけが何と天国に赴いたことがあって、もちろんそこからの出口も弁えており、今では往来自由の上に誰も知らないはずの地獄の入口まで心得ているというのだから、これは相当のものです。但し、そちらの方の出口については言わずもがな、天国地獄それぞれの出入《はい》りいずれの口に関しても神自身によって固く口止めが申し渡され、教団全体としてはすでに身動きならなくなっている……

表現者としてのSの才覚は何も亡命作家にとどまらない。それどころか世界を股にかけた天才的芸術家で、文芸作品を基盤に美術、映像、演劇、さらには音楽の各分野で白眉の活躍を遂げるも、表舞台に姿を晒すことはやはり潔しとしない。そのために彼が影の作者との巷説付きまとう名作は各分野にわたって実に数多をかぞえるだろう……

もっともいくら耳を欹てたところで、Ｓが巨額の資産を運用する億万長者だとするようなものは聞こえてきません。生活ぶりを垣間見ても、これはそうですよね。あるいは政界の黒幕的存在にして闇の立役者として持ち上げるものも聞いていない。これなどは、先の教祖説とは微妙に一線を画して固く遮断をされてきたような節も見られます。

ともあれこれらの風説はいずれも、そう考えていくと当たらずといえども遠からずと巧みに言いくるめられかねない代物揃いでした。その実、根拠を定め証拠も挙げて正鵠を得るものには一つとして行き当たりません。命知らずの、いとも気軽なおしゃべりであって、災い豊かな駄弁にも堕しかねない。言葉巧みにほつれた後ろ髪を引かれる思いも一方にあるのですが、それでも私はそんな確信を抱いて手放さない。するとどうでしょう。あの三階一号室のドアが閉じられたままで、あたかも書物の扉を笠に着るがごとく何がしかの洞察の足音を立てながら、徐に近づいてくるのです、私に向かって、それは一刻でも早く開かれることを待ち望みつつ、密かに誰のものとも知られない人間の感情を纏っているじゃありませんか。だから私も居所を問わず、自分だけを慰めるようにして半ば微睡み、それでも怯むことなく目を開けたまま同じ扉の前に佇んでいくのです。その向こうへと送り届けるべき儀礼のノックにも代えて、Ｓのこと、彼の地での交流を通じて私自身の受けた生身の印象についても書きとめておきましょう。

掻い摘んで申し上げるならば、私にとってＳとはいつまでも近くて遠い隣人なのです。忍び寄るものは余りにも数多く、それでいて数え上げられるものはと言えば立ち所に消え去ることを忘れない。

そんな中にあって哲学者然と構えたところのない、ですからかえって知的な鋭さを強く、そつなく窺わせる単独者《ひとりみ》でした。何かの技術加工にも通じる専門的職人の気配も見られたし（実際そんな類いのことを直接本人の口からきいたこともあります）、説教臭さのない当たり前の倫理をさらに研ぎ澄まし、内に秘めながら、宗教臭さのない文字通りの信仰、いや少なくともひとかどの信念の探究者であることは確かでした。Sをめぐる前《さき》の風説については、それぞれに私自身の心をとらえるものを見出すのですが、容易に正体が見えません。あえて見せないのかもしれませんが、今日に至るも私は彼の実体を見定めておりません。皆無です。虚無と言い換えても致し方ないでしょう。それでも厚く折り重なった接触の体験は私を衝き動かして止むことがないのです。

さてと、ここで話は少々趣きを転じますが、もうかれこれふた月ほども前になりますか、そちらから奇妙な小包が届いたのです。中味というのは部厚いコピーの冊子で、差出人の住所はそこのアパートの三階一号室、要するにSの旧宅です。ところが差出人は彼ではなくて、ただの「メランコリア」とあります。まるで、ほら、教えていただいたSの小説のタイトルみたいでしょう。ところが冊子のほうはそんな小説などではなく、全てが書簡のコピーです。それもそれぞれに百通をこえるような往復の書簡ではありませんか。差出人はと言うと、これもまた一方にはメランコリアとあり、他方はスピノザと名のります。ですから私はしばらくして、元々は何の表題もなかった白紙の上に『スピノザとメランコリアの往復書簡』と自らの手で書き加えたのです。

そんなことをしながら、私にはこの両者が共にSの数ある筆名に他ならず、一切は彼の手になるものだと思われてきました。そこへあなたから追討ちでもかけるように彼の訃報がもたらされた今、冊子はその遺言を綴り、はるばる小包となって遺贈されたのでしょうか。その上で改めて往復の書簡を見直していくと、一方の筆名「メランコリア」は他方の筆名「スピノザ」をひとり置き去りにいよいよ放浪を重ね、地名も同然となって、どこかの浜辺に漂着するのです。そこまでの漂流を遂げるのです。それもね、誰も知らないS自身の出生の地名ではないのかという、これまた無責任で軽やかで、さらには逃れ難い妄想にも魅入られていくのです。その時、「メランコリア」の対極には某かの「ユートピア」が見えます。それも永久に地図を持つことのない、そんな地理上の遠くて近い対極です。間違ってもユウラシヤではありませんよ。近くて遠い私たちの隣人は、すでに彼岸へと旅立ったのですから」

リーランからはその後ややあって、手紙ではなく時候の挨拶の絵葉書が送られてきた。その中で彼女は、往復書簡の冊子をSからの遺贈と捉える隼の見解を後押しするような一節を書き込んでいる。「あなたのもとに送られてきた冊子のこと、私としても興味深く承りました。署名の人物がそれぞれに何を意味するのかはともかく、私もその小包はSからのものではないかと思います。といいますのも、同じようなものが亡命作家協会のメンバーとか他国の作家のもとにも届いたという話をきいているからです。これについて、またそれ以外にも何か新しい情報が入ったらすぐにお知らせします」

隼はメールアドレスも伝えたが、その後新たな連絡は入らない。彼は彼で近ごろ書簡を読み直している。リーランからの葉書でSからの遺贈であることにも確信を深めた。隼はその遺志に応えるという意味でも、一連の書簡に自らも縦横に筆を加える形で新たな作品化をめざしている。そのための作業日誌もまめに作り始めたところだが、たとえば最新の頁にはこんな一節が読まれる。

「昨日、スピノザの夢を見た。とてもきれいな夢だ。だれも見たことのない夢だ。いつか然るべき時が来たら、私自身の言葉で語らなければならない」

さらに隣りの頁。

「広く知れわたる言葉が作られたのはそれ以前だとしても、自らの意志によって言葉が生まれるのは、新たな模索のあとになる」

彼の言うスピノザとは何者か。それは彼にもわからない。
彼はその夢についていつ語るのか。それは誰にもわからない。
私たちの夢とはあくまでも、私たち一人ひとりの夢にほかならないのだから。

スピノザの秋

1

年代をこえ
私たちは繫がる
口々にそれは不思議な
恋の物語りを唱え

世代をこえ
私たちは連なる
口移しにそれも不気味な
愛の物語りを伝え

秋の夕暮れ、時はいにしえに向かって無限に遠去かろうとしていた。人の握る筆《ペン》は拠り所を持たず、握る人はいつも居所がわからない。

それでも彼はあの町を捜している。多分に捜しあぐねてもいる。

だからあの町に暮らす前と同じ日付を記しながら、今日も終りのない日誌を繙いていくのだ。

哀れなるかな。

幸いなるかな。


あのころ隼は心を病んでいた。それもあの町に始まったことではなく、長い来歴を背負っていた。だから案に相違して時には健康の証しをもたらすような錯覚も招き寄せては、背後から彼を勇気づけるぐらいだった。そもそもが他人《ひと》様に害を及ぼすような病状でもない。一人静かに押し込んでいる限りは誰にも悟られることなく、その日暮らしを決め込んでそのまま繰り返してもゆける。それも遠出を企てない限り、ましてや帰国など思い立たない限りであったが。

というのも、物事の出口がわからないのだ。たとえ見当はついても、無闇と知られなくなるのだった。果ては出口そのものの喪失に繋がり、同じことが出るという行為にも連なる。たとえ出口を見出し、あるいは授かって通り抜けたとしても、それを二度と再び入口とは認められないのではないかという恐怖と鋭く表裏一体をなしていた。これらの症状が実に子どもの時からさまざまの場面で纏いついてきた。それも外出先ばかりではない。一度ならず自宅のトイレでも見舞われて姉に救い出されたこともある。なるほどこれでは生来不治の病かもしれないが、必ずしも不断の患いにはあらずして、解消される歳月も長短織りまぜ身近に体験してきた。それでもあのころの隼にはなす術もなく、同じ病の深みに嵌まっていた。だから妻子の暮らす北の町にも長らく足を運んでいなかった。つねに翼を畳みながら、連絡はとれても、入口ともなるべき町からの出口はどこにも見られない。かくも孤独な病に日夜蝕まれ、見放された循環の中に、彼としては辛うじて翼を休めるしかなかった。

　あれは八月も下旬の夕刻、ついに隼はかかりつけの医院を訪ねる。間近に新学年の足音を聞いても一向捩子の巻かれることもない無闇な倦怠を、彼はその日も一人で慰めていた。それでも足を運んだのは、ひとえに心の病のためばかりではない。拗《こじ》らせていた夏風邪がどうにも引かず、いよいよ辛抱ならずに駆け込んだのであった。医院はアパートから川の向かい側を右手に進み、橋を二つばかりこえたところにあった。季節柄、陽ざしはいまだに高く明々と照りつけており、夕暮れにはなおも二、三時間の猶予が残されている。自転車好きのこの男もさすがにその日は徒歩で出かけた。誰にも出会うことなく、医院にも隼一人が入った。受付も不在で静まり返り、木製の古風な振り子時計の音だけが遮るものもなく響き渡って、コチコチと壁を刻んでいく。川沿いの銀杏の幹には、誰かの自転車が鎖で繋がれている。アパートではなく、そんな医院で初めて彼はＳにまみえた。但し面識には至らず、扉越しの接触を試みた。その時の二人を隔てるものはそれだけだった。そんな僅かな透き間にも長い歳月は刻まれており、彼らの生と死は自らをこえて一世紀二世紀、三世紀でも遡ることができた。だからいずれの齢を問うまでもなく、あの時のＳは未だにさすらう青年を忌憚なく躊躇いもなく演じてみせた。

　町は至る所に、自転車が往き交う。それを古の馬車にも見立てて足早にすり抜けていく若者たち。指先には紙で巻かれた煙草が挟まれている。バイクは人びとの背中に問いかけて、無口な祈りを背負わせていく。遠くからは、線路を鳴らす列車の響きが風を鎮めて秋を招き寄せる。船が錨を沈めると、年老いた水夫が舟歌を捧げる。唱和して、共に口遊《ずさ》もうとする者はない。教会堂ばかりが重責を担うように今も同じ佇まいを見せつける。するといずこからともなく鎮魂の呟きが流される。行き場をなくした兵士の背中が光を求めて街灯を見上げる。その先の空を往くものには鳥と飛行機の区別がない。その果ての海を往くものには大地と孤島の識別がない。空が海を包むと、海もまた空を呑み込んで、それでも地球は円く結ばれており、古の町が同じ惑星の上に作られていく。あの日のことは今でも数年、いや、ほんの数ヵ月前のことにしか思われない。それで何よりも無上の幸福が運ばれてくるのだ。誰かの手で、いずこからともなく。

「ハヤヴサさん」と声がして、東洋人は大きく目蓋を開かれるように顔を持ち上げる。「ハヤブサ」ではなく、いつもながらの「ハヤヴサ」であった。

「どうしました」と、同じ聞き覚えのある声はさらに畳みかけてくる。それを受けとめるばかりの隼のほうは待合室の長椅子に腰を下ろして、いつしか滔々と眠りこけていたのかもしれない。すでに時刻は夏時間の午後六時を回っていたはずである。

「あれ、受付、誰もいませんでしたか」

「はい」

隼としては、そう応えるので精一杯だった。ドクターは受付の中をのぞき込みながら、自分の目で不在を確かめた。

「長く待たれました?」

「……」

「ハヤヴサさん」

「はい」

受付の中へと足を踏み入れていたドクターが窓口から、今一度体をのり出してくる。

き道がなかった。

「大丈夫ですか」

大丈夫ではないからこの地まで足を運んでいるのに、隼には繰り返し「はい」と応えるしか取るべき道がなかった。

「ごめんなさい。失礼しました。とにかくお入り下さい」

診療室への入室を促すと、ドクターは彼の名を二度三度と呟きながら、棚に並んだカルテを手早く検索する。隼は翼を支えにようやく立ち直り、さらに立ち上がると目前の扉を開けて、その先の室内を見渡すまでもなく背凭れのない回転椅子に腰を下ろした。傍らには黒のビニールを張りつめたベッドが細長く横たわっている。受付の女性は今しがた戻ったようで、ドクターは少なからず困惑もした様子で一通りの注意を与えている。どうやら事の起こりは子どもが事故に遭ったとかで、泡を食って飛び出したようだが詳細は聞き取れない。女性も神妙に詫びており、受付に入るところから推し量るに、大事なかったのであろう。仕事か子どもかの秤にかけて、仕事の方に振れたのだから。そこにもまた「大丈夫？」の問いをさし向けるドクターの声。今日は休むようにも勧めているが、女性は固辞して定位置に戻る。

そんな遣り取りを通じて隼もしばらく見ないわが子の顔を思い出す。そう言えばまだゼロ歳のころ、彼が自宅の室内ドアを不用意に閉めて、ノブとは反対側の付け根の方で乳飲み子の指を詰め、危うく潰しかけたことがあった。弾かれたような泣き声にすぐドアを戻したが、傷痕は右手の薬指を歪めて今でもはっきりと残っている。機能上の問題は特に見当たらないが、この先いつまでも心中で詫びながら繰り返し胸中に収めていく。

ハヤブサは英語で peregrine falcon、「流浪《さすら》う鷹」とも訳され、分類上もタカ目に属す。そいつが恐るべき高速をもって空を翔け抜ける。若い学生の頃から、彼はしばしば好んでこれを筆名とし、通り名としても用いてきた。古来ハヤブサは数々の神話伝承において、太陽、光、火の神の標し、それら神々と死者の世界の連絡役、さらには神への報告者と目されてきた。もっとも彼がハヤブサを選んだのはそれ以前の、単に素早さと鋭さに憧れてのことで、滞在中のその町でも大方の場面でこれを通り名とした。やむなくパスポート記載の名前を求められるところでも、何とか一部にこの語を織り込んでしばしばそちらを通用させたくらいで、かかりつけのこの医院とても例外ではない。「ハヤヴサ」なる発音上の例外は伴うものの。

隼がこのドクターにかかるのは、誰かに勧められたわけでも当局から指定されたのでもなかった。最寄の医院ということで自分で選びお願いをして、以来相手の人柄にも惚れて一度も変えようと思ったことはない。肝機能の精密検査で大学病院に出かけた時ももちろん彼の紹介を受けている。察するところ五十代の前半で、彫りの深い顔立ちはやや浅黒く、髪には白いものが目立つ。家族のことなど何も知らないのだが、見ていると何かこう終生一人身できたか、あるいは配偶者に先立たれて久しいような気がしてならない。取り立てて確かめることもないのだが、彼が移民であり、元々この土地の生まれでないことは何かの折りに聞いたことがある。だから医学の留学生としてこの町に渡り、以来多少の移動はあったもののこの辺りにとどまり、もう二十年近くもここで開業しているという。それはアパートの誰かに聞いた話でもある。出身地について一度だけ彼は、戦争ばかり続くところだと、もはや事もなげに突き放したような口振りで応えたが、その具体的な地名、国名、民族については何も語らないし、隼もまた尋ねない。患者としては尋ねる動機も見当たらない。ただ、ドクターはかつて留学生であるとともにいつしか難民となり、それが今では開業医となって地域に貢献し、生まれ育った戦いの地ではなく何よりも亡命の地にあって自分を迎え入れてくれた人びとの救命にあたっている。善悪の境界を生きのびて、今のところここまでが可能な邪推のあらましとなる。

そのドクターが「はい、はい」と呟きながら入ってくる。机の上にカルテを広げると、大まかに目を通しながら尋ねてきた。

「で、どうされましたか」

窓の外には、木の葉に守られて流れゆく運河の水面が確かめられる。

隼は病のあらましを伝えた。

「なるほど」

ドクターはカルテに書き込むと、ようやく患者の方に向き直って夏風邪の診察に取りかかった。隼は喉の痛みも覚えたので、そのことも伝えた。

「ちょっと長引いてますね、これは。もう少し早く来られてもよかったんだけど、ひょっとして熱が出るかもしれませんよ……えーっと、大学はいつからかな」と言いながら、ドクターは壁にかけられたカレンダーに視線を巡らせる。こういうところではしばしば薬品会社のものが通例となるが、そこには上質のモノクロ写真の彫像が佇んで、七、八月の黒い日付たちの上に伸し掛かっている。

「いや、まだ十日ぐらいは」

「じゃ、大丈夫でしょう。でも完治するまで一週間は見て下さいね。その間、薬を呑んで無理しないように。甘く見ないで、特に夜の外出は控えて」

「はい」

ドクターは手早く処方を作り始めた。この町では医院は以前から薬局を持たず、患者は出された処方箋を持って外の薬局に回る。

「まだ間に合うところ知ってます？」

「いえ」

「じゃ、二つほど住所も書いとくから、どちらかに八時までに行って下さいね。今夜呑まないと、ほんと、夜中に発熱するかもしれない。そうなると厄介だから」

「わかりました」

「まだ時間はあるんだけど」

処方を整えると、ドクターはカルテを見ながら呟く。

「ハヤヴサ」

そこには敬称が省かれている。彼は新たに尋ねてきた。

「どうかしました？」

隼にはこの質問の意味がすぐには読み取れない。

「何か心配事でもありますか」

ドクターはおそらくもう一つの症状にも彼なりに注意を向けてくれたのである。

やがて隼は躊躇いを残しながらも勿体ぶることはなく、かの出口喪失の症候群をめぐる病状のあらましと幼時に遡る来歴を物語った。その間のドクターは一度も相手から目を逸らすことなく、まるで何かの消失点のようにして注意深く、じっと見据えていた。

「ここに来て特に著しいのは、そもそも出口はどこかと問うことすらままならないこと、ままならないのではないかということです。そこには勿論、私の語学上の問題も大きいのですが」

「いえ、あなたの能力なら十分合格点に達してますよ」

「恐れ入ります」と照れながらも、隼は運河からの助け舟でも求めるように窓の外を見遣る。闇雲に一人ごちる。「でも、やっぱりむずかしい……」

「それは、まあ」

さしかかる艀の往来がゆるやかな慰めをもたらす。ひそかに、その往く先も告げ知らせずに。

「それにですね、たとえば建物とか何かの施設の中でなら、適当にうまく尋ねることもできるでしょう。『どちらの出口が近いですか』とか、『あれが、あの先が出口ですか』というふうに焦点をずらして……あるいはうちのトイレの場合なら、もうとにかく姉さんを呼べばよかった。どんなに嫌がられても、僕にはいつでもいつまでも待つ覚悟ならできていた」

「でも、ここにはもういらっしゃらない」

「その通り！　ですから、外ではトイレそのものを滅多に使わないようにしてきました。幸いなるかな、これまでのところ、職場でもこの手のトラブルは起こしておりません。でもね、先生、町なかの往来で出口はどこですかと、尋ねるわけにはいかないから」

ここにきて隼も少しは馴れ馴れしくなってくる。ドクターは爽やかにそれを受け止め、受け流しながらも、透かさず打ち返した。

「なら、たとえば『駅はどこですか』とか、そんなふうにさしかえてみたら」

「駅は出口じゃありません」と、思わずいきり立った調子で反論を加える。それとても所詮は追い詰められた甘えの産物にすぎないのであるが。

「少なくとも、その保証はありませんし……」

「そうですか」

ドクターは温厚な頷きばかりを繰り返すと、しばしの沈黙がこれに続いた。

「そのうち私には疑いも芽生えてきました。ひょっとしてこの町では、誰一人として本当の出口を知らないんじゃないだろうかって」

「本当の出口？」

「確かに町の外部へと通じてはいるのですが、今これを再び入口として確認することができない。それに対して仮の出口としておきますが、こちらは広く満ち足りて一応の出口は装うものの、決して町の外部に通じることはない。ですからこちらの出口に拘る限り、誰もが永久にこの町を出ることはかなわないが、その分、入口として確認することはいつでも保証されている」

ここまで一気に捲し立てると、隼はドクターの真正面に疲れ果てた、なけなしの視線を巡らせた。

ドクターは問いで応えた。

「それで、あなたが求めているのはどちらですか」

隼は僅かな沈黙で報いた。

「……残念ながら、今はどちらでもないようです。言うまでもなく私が求めるべきは、再び入口としても確認される本物の出口でしたよね、一方通行にはならないという」

「はい」

「ところが実際にはどうでしょうか。本当の出口がどうしても入口としては確認できないという現実に対する恐怖が、哀れなるかな、まだ余りにもこの町を支配しているのではないでしょうか」

「どうかな。確かに、ハヤヴサ、そうしたところもあるかもしれない。けれども、真実支配されているのはこの町すべてか、あなたお一人か。どうでしょう。いずれについても、一方的な決めつけはなりませんよ」

「わかっています」

「それにここはそんなに偏狭なところでもない。少なくともあなたのお国に比べれば……」

「は？」と言いながらも、表情を曇らせたのは当の隼よりも遥かにドクターその人であった。

「失礼、ごめんなさい。これは言い過ぎました……でも、一通りは、世界に向かって開かれている」

「それはね、ドクター、どちらかと言うと入口の問題でしょう」

ドクターは不意を突かれたようにして、口を噤んでいた。

「私が悩んでるのは、ドクター、出口なんです」

「わかりました。ここまでうかがって、よおくわかりました。よろしいですか、あなたの抱える症状の中でまず問題になるのは出口です。出口なんですが、実際に喪失の恐怖が行き着くのはむしろ入口であり、それも出口の向こうの入口でもあるわけです」

「確かに、それは、そうかもしれない」

このとき患者はすでに、医師との対話からの出口を捜し求めていたのではあるまいか。入口のありかなどことごとく見失われ、対話そのものの中へと美しく埋没していたのだから、もはや彼にとって出口こそが新たな入口への可能性以外の何ものでもなかった。

「それにハヤヴサ、こういうケースでは、病は患者自身がこれは病であると認定するところから全てが始まるとも言えるわけで、この点は実に冷静沈着に取り組まないとね……だからと言ってまた、これを否定することで必ず治癒への道筋が開かれるというほど単純なことでもないんだけど……」

受付が次のカルテを持ってきたのは、この時だった。

「新患です」

そう言い添えただけで机の上にカルテを残すと、受付からの彼女は踵《きびす》を返した。どちらかと言えば赤味のかかった長い髪を束ねて背中に垂れ流している。それ以外のことになると、今では何も思い出されない。

「はい」

ドクターもあっさりと、努めて無感動にこれだけを返した。新着のカルテを脇に置いてすぐには一瞥もくれず、隼のほうへ書き込みを続ける。そんな横顔にも少しは和らぎが戻った頃合を見計らって、隼はそっとなけなしの言葉を差し入れてみた。

「少し、疲れさせてしまったでしょうか、ごめんなさい」

「は？……いえ、どうして？……あなたは誰よりもいま真剣に語っておられるのだから」

ドクターはそこで筆を止めた。この「誰よりも」の意味合いについてはぼんやりとして、元より誰にもわからない。

「でも、今日はこれだけにしておきましょうね」

「ええ」

「また風邪が治られたら、いつでもこちらの件で来て下さいよ」

「はい、そうします」

こう言いながらも、隼がそちらの件で足を運ぶことは二度となかった。決して完治したわけではないのだが、まもなく一人で背負っていける習癖のようなものにまで見事な縮小を遂げたからである。

「じゃ、また。お大事に。もしもひどくなったら、すぐ来て下さい」

「ありがとうございます」

彼は礼を述べながら待合室に戻った。すると扉の前の長椅子には一人の男が座っていた。やさしい顔立ちには、今でも二十代と言えそうな変わり映えのしない根の深さを浮かべ、少し憂鬱そうな目を向けながら隼の足下辺りを見つめている。より正確には目線が貫いていく。そこに見覚えのあるような気もしてくる。唇を果敢に引き締め、いかに晩夏といえども部厚すぎる外套に腕を通してボタンもきちんとはめている。隼はそんな姿を見ると、やっぱり風邪が流行ってるんだなどと独り合点もしながら、扉の脇のもう一つのベンチに腰を下ろして体を休めた。

ほどなく受付がもう一人の男の名前を呼んだ。

「Sさん」

隼はその名前をぼんやりと聞き流していく。

それから受付が「どうぞ」と付け加えると、男は何も応えず、すぐに立ち上がって扉に向かった。同時に中からは「あれ?」と言いながら近づく気配がする。だからドクターの靴音も動いた。どちらからともなく扉が開かれた途端、何やら男は手紙の書き出しのようなことを言って挨拶をした。

「ごぶさたいたしております。お変わりございませんか」

ドクターも懐かしげに挨拶を交わして、手短に尋ねた。

「久しぶり……どうしたの」

男はこれを「どうしてたの」とでも聞き違えたらしい。

「ええ、ちょっとね。ずっと忙しくて」

「いやいや……風邪？」

「ええ、まあ」

「そう……まあまあ」と肩を抱きながら、ドクターは男を招き入れた。その様子は、年の差はあるもののの無二の親友とでも言えるものだった。手放された扉が独りでに閉まる。隼はその男が同じアパートの同じフロアに住まうあの一号室だということにはまだ思い至らない。そもそもそれに見合うだけの面識が伴わない。ただ、二人の遣り取りには何となく圧倒もされながら、洩れてくる言葉は余さず捉え耳に投げ込むのだった。

「あれ、やってる？」

「チェスですか」

「うん」

「いや、しばらく行ってません」

「私も行ってないよね、ここんところ。でも、君の顔を見たら、またやりたくなったぞ」

ここで対話は途切れた。職務上の冷静さを取り戻すのには、ドクターにもしばしの沈黙を要したのであろう。

「初めてだね、あなたが患者でここに来るの」

「そうですね」

「それで……熱とかは、計ってもらってる？」

「いえ、それが……実を言うと、ちょっと怪我をしまして」

「あ、そう……どこ？」

再び遣り取りは途切れて、外套を脱ぐような衣擦れが静かにその代役をつとめた。

「はい、上げて……よく見せて下さい」

男はたぶん下着をまくり上げたのだろう。

「ん……」

ため息をかねたようなドクターの小さな唸りがほんのりと廊下にも届いた。

「どうしました?」

男はすぐには応えを寄越さない。

「幸い大したことはないけど……取りあえず消毒しましょうね」

「お願いします」

「ちょっと沁みますよ」

ぐっと堪えているのか、男自身の反応は何も伝わってこない。治療を続けながら、ドクターはもう一度同じ問いを重ねた。無理なく、声を低めながらも。

「どうしたの?」

「ええ……昨日、書店へ行く途中でした……自転車でこけまして」

「ほう」

「何か、道に出っ張りがあったみたいで」

「町中で?」

「ええ、そう、暗くてよくわからなかったんですが……」

「成程、これは異なことを承る」

「……」

「夏にもなれば、何とあなたのような人士までが、少なくとも上半身は裸一貫になり、それこそ肌も露わにそこいらを駆け回った。いや驚いた、これは圧巻、それも深夜でしょ、書店は閉まりますよ、この町では、コンビニもないんだから……やっぱり、あなた風邪を引いてませんか」

男は、何も答えられない。

「これはね、どう見ましても直接、それもかなり鋭利な対象物に触れて、率直に言うと刺し込まれてできたものですから、医学的に見まして」

思わずこぼれたドクターの含み笑いに促されて、傷ついた男はようやく自らの苦笑に失笑を折り重ねた。

「ごめんなさい。どうも僕は嘘の才能には恵まれてないようです」

「ではせめて、真実の才能には恵まれて下さい」

「できるだけ、そういたします」

「チェスのほうもお忘れなく」

「わかりました」

さらに手当ての時は流れた。隼はそれ以上に耳を欹てることもなく、あとは聞こえてくるがまま静かに目蓋を閉じていった。

「いや、でも大したことなくてほんとよかった」

「ええ」

「まだ新しいんでしょう、これ」

「下ろしたてですよ」

もはや室内《なか》の話題《はなし》は男の衣服へと横滑りを見せていた。

「生地もいいし、修繕しないと」

「いえ、このまま記念にとっておきますよ」

「うん？」

意外さを示す声のくぐもりがいよいよ目前の壁をなきものにする。不意打ちのように隼を取り巻き、見えざる悲しみを誘った。

「これ以上は何もくれないでしょうから」

「だったらいいんだけど……」

ドクターは懸念を隠さない。一体全体その傷をめぐって何の、どんな遣り取りがあったものか、隼には見当もつかない。彼がその大よそのところを耳にできたのもここまでだった。診察室の二人が分かち合う幾度目かの沈黙を待つまでもなく、彼は受付に名前を呼ばれた。すぐに支払いを済ませて処方箋をもらうと外に出る。「お大事に」という決まり文句を聞き届けるまでもなく、運河沿いの通りはまるで何世紀と変わらぬ温厚な佇まいで隼を迎え入れた。指定された薬局で薬をもらうと、夕食は摂らずに自宅をめざした。足早にアパートに入って郵便受けから新聞を抜き取る時、同じ三階の一号室のところには先刻医院で耳にしたばかりのあの「S」なる一綴りが記されているのに気づいた。隣人たちには無関心で来たのも確かだが、これでは余りにもタイミングが良すぎる。ひょっとして自分はあの日初めてあの住み処に入れられたのではあるまいかとの疑いを、今でも差し入れてみることがある。そうすることで自らを慰め、あやふやな追憶をどこまでも守り抜いていくのだろう。これはもはや彼にとって生き甲斐にも近いものへと身を翻しているのだから。

隼は元来、風の噂を信じないし頼りにもしない。自らの翼に賭けるのみである。それでもそんな彼にSの負傷をめぐる経緯《いきさつ》を伝え、その背景を示して事の真相に一歩でも二歩でも近づけたのはやはり風の噂の貢献と言うほかはなかった。のちにSとの付き合いが深まるにつれて、彼はこの風聞にだけはますます信をおくようになる。そして噂の対象であるS自身もその風とともに訪れたのである。

夏風邪には秋を待たずに終止符が打たれた。すでに峠をこえていたのか、投薬は功を奏し、病の非力ばかりを見せつけた。おかげで新しい学期にも万全の体調で臨むことができた。その第一週目が終ったころ、週末の夕刻、アパートに帰った彼は初めて自室前に佇むSを見かけた。会釈を交わし、それがあの日の患者であることを確認した。さらに次の週末、雨模様の日曜の朝だが、二度目に出逢ったのは一階の入口だった。傘を窄《すぼ》めて雫を切り、顔を上げると目の前にSがいた。隼は会釈に重ねて思わず「今日は」と声もかけた。するとSは「どうも」と応えて親しく笑みを浮かべると、そのまま傘も差さずに出かけていった。

三度目は十月の声も間近に聞こえる秋晴れの昼下がり、街中のカフェで見かけた。躊躇いもなく、隼がしばしの相席を願い出ると、Sは快く受け入れて傍らの席を譲った。ゆったりとした市井の寛ぎに身を沈め、初秋の挨拶にも代わるべきいくつかの言葉を交わし始める。お互いの生業も明かし、隼が外国語の教師だと申し出ると、Sは光学技師を名のったものの詳細は伝えない。もっとも説明を受けたところで、お門違いの専門外には理解のされようもないのだが、彼が大学の関係者でないことだけはわかる。隼が大学の講師だと言うのを聞いて、Sは自らそんな断りを入れてきた。それからポツポツと四方山話を重ねるうちに「チェス、やりますか」と、いくらか唐突にSが切り出してきたことはよく覚えている。おそらくは、親密な交友に向けて最初の一里塚を差し出してきたのだろう。だからその意を酌んで隼も「いえ、やりません」と答えた上で、「また今度教えて下さい」とすかさず付け加えた。Sもまた至極美味しそうに珈琲を飲み干してから、「ええ。じゃ、ぜひ」と心安く申し出を受け止めてみせた。

そこは町の中心にも程近く、二本の運河の合流点に半ば浮かんだ、隼にとってはすでにお気に入りの一軒だった。Sもまた気分転換に時折来ると言うのだが、あの郵便受けの名札もさながらそれまでに一度も見かけたことがなかった。会話《はなし》はさらに進んだが、あの日の負傷については何も尋ねなかったし、その必要もなくなっていった。地上の隼が両翼の下に風の噂を取り揃えたころには、Sとの間のさまざまなずれもほぼ消え失せて、いつでも声をかけられる間柄が間近に望まれるようになっていた。程なく週末の午後には暇をみて、チェスの手解きも受けるようになる。まさに牛歩の上達の中にも愉悦だけは絶やさず、秋の深まりとともに親交も深まる。向かい合うのはアパートの中庭で、屋根も傘もかからない露天の三点セットが定席となった。

今でもSは、あの一号室をかのスピノザに繋ぐ。繋留する。それはかけがえもない絆となって蘇り、私たちの行く末を見守り、私たちの結末まで見届ける。そして隼個人のあやふやな追憶には、忘れることのできない神のような道標を恵み与えるのだ。その一角には彼自身もまた書き込まれている。彼は絶えず繙き、まだ何も読み解くことができない。それが直ちに彼の不幸を招くのではない。むしろ彼の幸福こそが今このSの名の下に、長き旅立ちと度重なる試練の時を迎えようとしていたのだ。

2

風の噂によると、Sを傷つけたのは同年代の若い男だが、事件の背景をなすものは組織からの陰湿な暴力である。私情の有無を問うまでもなく、彼は敵とみなされたのである。凶器は短刀《ナイフ》、それも初めから命を奪うのではなく、あくまでも警告を与えたものらしい。背信者、裏切り者と、悪罵が同じ組織の構成員に向けられるとき、改心の余地、再考への猶予を残しておくこともある。

事件を通じて私たちの前には、二つの組織が浮かび上がる。通称「革命会」と「民族会」、ここで事件に直接の関わりを持つのは後者である。いずれもがこの町にあっては同等の歴史を誇り、隠然たる政治勢力を形成する。これまで互いに敵対というよりも無関心、友好というよりも不干渉を貫いてきた。但し、規模、影響力、活動内容は共に必ずしも詳らかではない。

そのうちの革命会は、正式の名称を「革命構成記念会」という。これはおよそ百年余り前、当時の王制を打倒し、世界に先がけて近代の市民社会にひとつのモデルケースを樹立した市民革命を記念する。紋章とするのは斜めに引かれ、もはや引き裂かれたも同然の十字であり、シンボルカラーは底知れぬばかりの濃緑色。「構成」というのは、革命の成果を受け継ぎ、それをさらに維持発展させていこうという前向きの意志を幾分控えめに表明するものである。数ある構成員の中には、これをあえて

「攻勢」と読み換えて新たに積極的な行動を図ろうとする「過激」な部分《セクト》も皆無ではない。しかも倒された王制というのが外来の権力であり、当初より革命には植民地支配からの解放という局面が含まれていた。「攻勢」を唱える少数分子を含めてこのことが、自らの担うべき普遍的な理念や課題としてどれだけ自覚されてきたのかについては、大いに疑問の余地がある。

一方民族会は、「民族更生記念会」をもって正式の名称とする。紋章とするのは遠近法的に遠去かる数多の星、無数の星々、シンボルカラーは深みを奪われた明るい青の一色。市民革命による市民社会の成立によってこの地には、自由と平等を求めて多くの移住者がやってきた。出自もさまざまに異なり、街路も日増しに多彩を極めていく。地元民にとっては奇抜とも言うべき数々の品物が商われ、目を奪われていくにつれ、かつて見たことのないメニューにも晒されて、新たな食欲が目覚める。欲望はとどまるところを知らない。そんなことを思い知らされる渦中にも、民族それぞれの自立と相互の交流融和を図るべく、革命会から遅れること数年にして民族会が結成された。ここで「更生記念」というのは、革命によって各民族の自立と再生が成し遂げられたことを銘記するものだが、こちらの団体にも「記念」を「祈念」と読み換え宗教色を隠そうとしない、その意味で積極的な部分《セクト》が存在する。ただし、移住者の民族的な自立とともに相互の交流をめざしながらも、地元土着の人びととの共存ないしは友好が組織全体の課題として取り組まれてきたのかというと甚だ心許ない。むしろ自ずから成るものとして捨て置かれてきた、不問に付されてきたという側面は否めない。

両者はいずれか一方を左翼、他方を右翼と呼んで片づけられるほどに単純なものではない。また全体として見れば、いずれの団体にも特定の宗教への偏りは見られず、宗教性そのものが総じて稀薄とも言える。ただ民族会においては、民族と信教が相互に不可分なまでに規定し結び合わさっている事例も皆無ではない。そちらは強固に強硬に、あるいは頑迷に自らの立場を主張し、守り抜いている。団体全体の磁場というものは、革命会も含めてそういうところからたやすく覆される。両組織それぞれの構成員もまた大きく要素を違えている。革命会は、市民革命の当時すでに何世代にもわたってこの地に住みついていた、言わば地元民の子孫が大多数を占めている。とはいえ組織の示す前向きな部分に注目し共鳴する、それ以外の出自のメンバーも少数ながら含まれている。何を隠そうあの一号室の住人もまたそんな例外の一人に挙げられる。そのため誤解をして、彼のことを永き土着の民と受け取る向きもあるようだ。隼も一度ならずそのように聞かされたのだが、わざわざ訂正も入れず聞き流しておいた。なるほどSの暮らしぶりを見る限りでは何やら妙に落ち着いて、そう受け取られても仕方のない節が一つならずも窺われるからだ。

これに対して民族会では、原則として地元民からの参加が認められない。あくまでもオブザーバー的な立場にとどまる一握りの賛助会員を除いて、組織の構成には革命後の移民が圧倒的な多数を占めている。彼らの一世はさまざまに母語を違え、地元民のみならず相互の交通にも不自由をきたす移住者であった。建前はともかく革命会は、こうした民族会に対してともすれば根深く排他的な傾向を孕んできた。それに対して民族会は、革命会の見せるかかる傾向には一定の反発を示しながらも、今度はその内部で、それぞれの民族性への過剰な執着から相互の不信を深めたり、そこから反転して市民社会全体への不信と閉鎖性、時には攻撃性を露わにすることさえ見られた。

それでも総じて見れば、両会には地下組織と言うにはすでに程遠いものがある。たとえ一部にそうした陰影なり萌芽なりを残していたとしても、過去百年に及ぶ活動の成果によって彼らは歴とした公の存在になり果《おお》せている。少なからず既得の権益を貯え、それらをめぐっての、多くは内輪の諍いもさまざまのレベルで顕在化しつつあった。そこには暗闘あり、団交あり、時には告訴から訴訟さえ織り混ぜながら、双方にあって同質のプロセスが進む。変革をめざした初期の運動体から鷲摑みの圧力団体への更衣《ころもがえ》であり、それがひいては市民社会に根付いた体質の改善に繋がるとでも言うのか、短期滞在の隼の目から見ても興味は尽きず、湧き上がる疑念も晴れる暇《いとま》がない。要するに彼らは、刻一刻地道な変貌を遂げていく長き過渡期のいずれかにあったと言えるのかもしれない。Sをめぐる事件の背後にはこうした百年が、市民革命からの一世紀が横たわる。隼にとってこれらの詳細を辿ることはいかにも力量をこえ、だから私たちとしてもここは彼とともに事件に立ち寄り、今しばらく風の噂に耳を傾けていくばかりである。

それによると、Sは隼に出会う遥か以前から両会に所属していたという。彼に刃を向けたのは、そのうちの民族会に身を置く青年である。青年の名は今も明らかにされていない。それをめぐっては、関係方面から複数のブレーキ、ないしは神秘のベールがかけられているのかもしれない。それでもSと青年が民族会の中でも特に同じ出自だというのは、十分に考えられることである。事件の直接の背景として取沙汰されるのは民族会内部での複雑な政治過程で、大まかな状況を見れば革命会においても選ぶところはないのだが、組織が一端《いっぱし》の圧力団体となり、腐敗した利権体質に甘んじ始めたことに対し、敏感な反応を示すのは若者たちであり、かれらは文字通り民族をこえて批判的な勢力を作り上げていった。ごく初期の段階から、Sもそこに関与したに違いない、と隼は見ている。活動する若者たちが織りなす変転に変節、その紆余曲折は、彼らが生命力にも比例して華々しくも多岐にわたる。粘りには欠けながらも、往々死を賭して一途に立ち向かっていく。その中で、組織成立の原点となるべき「民族」のあり方、その捉え方をめぐって若き批判勢力内部に一筋縄ではいかない対立が生じたようである。

移住者の少ない革命会にも身をおくSは、おのが民族にさほどこだわるものではなかった。多民族性を一切排除するような市民社会の画一的な統合には与しないが、だからと言って民族性をめぐって進行するさまざまな流動化の中に肯定的な要素ばかりを見出すようなこともしたくない。隼が話をした限りでは、彼は民族性の変容からさらには解体をも視野に入れていることがわかった。そのような視点の中で、諸民族の再生から新生を受け入れて展望する。後ろ向きではなくそこから歴史を作りだし、体験としての歴史を満喫せんばかりの真摯な余裕さえ感じ取らせた。だが、その所信に共鳴して認識を共有できる者はいまだ少ない。そんなSの姿勢が見え隠れするにつれ、同じ批判勢力の内部にある、今日の言葉で言えば原理主義的な部分《セクト》から矢庭に異端視され、危険視され、ついにはあの襲撃に至る。但し、途轍もない冷静さを内に秘めたSの孤独な身構え、その慎重な心の余白を前にする時、彼らの殺意は自ずから消去された。だからといってペンに頼ることもままならず、その意味で最もひ弱な物理的警告、脅迫への退却を余儀なくされたのだろう。これが風の噂の伝える襲撃事件のあらましである。それでも襲撃そのものは功を奏し、民族会へのSの帰属はほとんど形だけのものとなり、同胞内部での彼の孤立も以後決定的になった。

Sとの親交を深める以前から、隼も隼なりの立場から両会に接していた。活動の翼を広げるわけでもなく、民族会については幽霊会員を自認して、月々の会費も適当に納めてきた。それぞれには本部としての役割を担う建物があり、構成員からはその通りに「本部」と呼ばれる。それでも当初から看板が公然と掲げられる状況にはなかった。革命会には民間の研究所としての慎ましい掲示しか見当たらず、民族会にはそれすらもなく、ひょっとしたら印刷所か何かと同居していたのかもしれない。であれば、それは公明正大な資金源として、組織が直接経営していたはずである。

伝統的にエリート集団としての意識が強い革命会の本部ビルは、大学の中心的な施設も建ち並ぶ閑静な文教地区の一画に佇んでいた。仕事先にも近い隼は採用前、初めての研究所長との面接でこの町を訪れた時、すでにその前を通っていたはずである。さらに勤めが決まり、一回目の打ち合わせで来た日にはもうそれとして認識をしていた。威風堂々というわけでもないのだが、煉瓦造りの三階に構え、入口の扉だけがシンボルカラーの真鴨色とも言うべき緑一色に染め抜かれていた。

これに対して民族会館と仮にここでは呼んでおくが、こちらとの出会いにはそののち数ヵ月を要した。前期の授業を終えて、仕事にも一区切りのついた彼が久しぶりに数日、家族のもとに帰り、再びあの町に舞い戻った日のことだった。思えばそのころは〈出口喪失症候群〉もずいぶんと影を潜めていた。ところがこちらに戻ってみると、出発時とは打って変わって駅は大掛かりな改修に入っており、隼は一瞬違う町の別の駅に着いたものかと錯覚を覚えるほどだった。しかも工事の都合で、いつもとは全く異なる方面に出ることを余儀なくされた。その衝撃とつづく幻影の絡み合いから病もにわかに息を吹き返し、鎌首をもたげてきたのかもしれない。ともあれ、その日の彼は寒風の中かなりの遠回りをして家路を辿ることになる。そんな帰り道の、まだ駅からもさほどには遠からぬ辺りで民族会館に遭遇する。その辺りは総じて家並みも低く、商業地区をかねた小規模住宅の密集地だった。最近オープンしたばかりで、奇抜なデザインが売り物の公立図書館がやたらと目につく一角に、会館はひっそりと軒を連ねていた。荒々しくもコンクリートに似た触感の石壁を纏い、二階建ての窓枠にはやはり丹念にシンボルカラーのアザーブルーが塗られていた。いずれの建物にも、最初の内部訪問には異なる人物との邂逅の思い出が沁み渡った。見たところ一方は陽を浴びていつまでもどこか懐かしく、その分ありふれている。もう一方はどうしても陰に被われて、誰にも見定め難いものがある。隼にとっては優劣もなく、どちらにも忘れ難いものが残った。

あらためて民族会館を訪れたのは、初めて見かけてから数ヵ月が通り過ぎ、もはや学年末にも程近い初夏の夕べだった。その日は雲一つなく晴れ上がり、七時をすぎるといよいよ涼風も立ち始めた。それが三日月のか細い影を一つ、また一つ、と際立たせてくる。二つ目の影は月ではなく、大陸を真西へ向かう飛行機で、長い航跡を引くことなど潔しとしないのだろう。夕刻の空は雲に対して苛酷であり、無慈悲な仕打ちに終始する。背中一杯に同じ夕日を浴びながら、隼はいまだ改装中の駅の地下道を潜《くぐ》って会館をめざす。そこでは討論に講演、小規模の集会のみならず、コンサート、朗読、物語りに一人芝居なども取り組まれてきた。チラシやポスター、新聞での案内なども時折目にしていたのだが、まだ一度も足を運んだことがなかった。催しの内容にはしばしば興味も惹かれたので、単なる物臭ではなく、異国の地での得体の知れない団体を前に、どこか怖じ気づいていたのだろうか。それとも興味の裏返しとも言うべき曖昧な反発を覚えたのだろうか。いずれにせよ、ものの見事にこれらを拭い去ったのは、そこで出会った一連のフィルムだった。

その上映企画は休みを挟みながら三週間をこえた。一日二本、昼夜の二部構成で、作品総数は二十本以上を数え、映画月間とでも言われるべき意欲的な取り組みだった。主催の民族会には数多くのサークル・NGOが共催の名を連ねていた。隼がその催しを知ったのは、大学の書籍部に置かれた二色刷のチラシである。そこには全体のタイトルに準じるものとして、凛々しくもまた嫋《たお》やかに「選ぶ者、選ばれた者、選ばれぬ者」の三語が掲げられた。その下には忘れもしない少年少女の集合写真が肩を寄せ合い立ち並んで、じっとこちらを見つめている。無益な緊張感もなければ、熟《こな》れた余裕も窺われない。どこの人びとかもわからないが、年齢には多少の幅があり、撮影の場所が学校でないことだけは強く訴えてくるような気がした。チラシでは他にもこんな文言が繰り返された。

「数は少なくても、限りない声に耳を傾け」

「数は多くても、限りある姿に眼《まなこ》を向け」

ドキュメントあり、フィクションあり、製作地も製作年代もさまざまであったが、その全てが世界各地の少数民族や先住民と呼ばれる人びとを取り上げた作品によって占められていた。隼にとってはその多くが初めて耳にする名前に言語、目にする風景に習俗と言ってもよかった。ただこの夏の夕べに足を運んだ作品には彼なりの小さな因縁があった。というのも十年近く前になるのか、一度は母国《クニ》で見逃していたのだ。何しろ学生時代、同じ大学のグループが秋の自主上映で取り上げ、興味もあって出かけようとしていた。のみならず購買部で前売券も手に入れたのだが、追試験であったか、それとも急なバイトであったか、何かの事情に縛られて行けなかった。それでもチケットだけは捨てることなく手元に残し、そののち何年も読書の栞に用いた。差し挟まれた本の数はおそらく十冊を下るまいが、海外には持ち出さず、今では行方もわからない。あの少年少女の絵柄が手元にあれば、彼は律儀にその日の会場まで持参したかもしれない。

母国《クニ》でのタイトルは「先立つ人びと」と訳された。その原題については、この夜も La Marcha por la Muerte と読まれたが、そちらを訳せば「死への行進」ということになる。語学上の制約もあるが、二時間をこえる長篇カラーの映像に描かれるのはアメリカ大陸山岳部の先住民である。主人公は同じ先住民でも今は首都の下町に暮らす男で、彼の帰郷の道筋に沿って物語りは進む。かつては村長も務めたこの男の帰郷はしかし、村の掟からすれば石責めによる死を意味する。というのも在職中、男は半ば騙されながらも結果において外来の異教徒とその宣教師たちのお先棒を担いだ。それもあろうことか幾許かの私的利益と引き換えに、鉱物資源目当ての多国籍企業に多くの村人の土地のみならず生命《いのち》をも売り渡してしまう。まもなく男は村人からの熾烈な抵抗の矢面に立たされ、弁明の余地なく裏切り者の烙印を押されたまま、家族も残して村からは追放された。

さて命からがら首都へと逃れた男は、以来十年以上にわたって新たに家族は持たず、ひとり隠れ住むように暮らしてきた。大工を生業に、それも日雇いの仕事以外は専ら子ども用の棺作りに打ち込んできた。しかし男はついに決意する。村の定めは受け入れて、帰郷のもたらすべき自らの死を覚悟する。但し石責めではなく、これもやはり村に伝わる「死の踊り」を言葉通りの死に至るまで舞い通すことで、ささやかな罪の償いを企てたのだ。その儀式のための特別な大きな仮面を背負って、男は帰路に発つる。折りしも同じ夜、首都にはクーデターが起こり、戦火は瞬く間に全土へと広がる。

男は市街地に轟く銃声を背中の仮面に受け止めながら、長く山野を越えていく。旅路がめざす故郷の村では、すでに農民たちが近隣の鉱山労働者とともに反クーデターの闘いに立ち上がっている。そんな最中かつての罪深い霧の彼方より再び姿を見せた仮面の男に対して、若い村人の多くが敵意を露わにするが、古老たちはあえて迎え入れようとするのだ。男の償いへの意志を汲み取り、長らく用いられたことのない伝統の衣装に彼らもまた身を固め、楽器を打ち鳴らし、男の意志を容赦なく遺志へと高める「死の踊り」に付き添っていく。巨きな手製の仮面を被る悲しみの踊りは三日三晩も続き、クーデターがなおも全土を揺るがす中、ついに男は大地に平伏し十年越しの最期を迎える。

そして葬儀。踊りが進んだ同じ道筋を今度は男の棺を先導に、村人たちの野辺送りが往く。やがて棺に付き添ってきたカメラが立ち止まり、通り過ぎる人びとを捉え出す。黙々と足を運ぶ葬列もほぼ最後尾にさしかかるかと思われたその刹那、同じ葬列の中から、亡くなった男の像が浮かび上がる。自らの棺を見送る故郷の村の人びとに連なり、そのかれらによって見送られるべき男の、仮面のない生前の姿が葬列の一員となってよみがえった。亡骸だけを棺の中に残し、不眠不休の魂が早くも次の体を射止めたかのように、死せる男はここに再生し、ひそかに葬列の一角に溶け込んで目を光らせている。クローズアップが横顔をみせて見事な停止を遂げる。物語りは一つの終末を迎え、同じ終末の映像がそのまま音楽とともに未来へと引き継がれる。すべてが永遠の静止を装いながら、いつ解除されても不思議ではなく、あとは見る者の心がけに託されたかのようだ。すぐにでも立ち上がり、あるいは舞い上がり、同じ葬列に加わりたいと思われるだけ強く打ちのめされもして、隼はじっと沈み込みながら折り畳みの座席に貼り付いていた。

　隼が見たものはそれまでに感じたことのない冷たく、激しく、それでいて突き抜けてふくよかな興奮をもたらす、余韻の中の余韻に包まれていた。彼は勝手な思い入れを巡らせ、「先立つ人びと」というタイトルから少なくとも四つの意味を読み取っていった。まずは主《あるじ》として物語りを支える「先住の民」を表わす。次に先に立って導いていく「先進的な人びと」を指し示す。さらには文字通りの先に逝く者として、悲劇的な「主人公の姿」を暗示する。そしてそこから「殺気立つ人びと」へと転じると、社会的な不正義とそれに伴う強権的な暴力に対する怒りの爆発へ誘《いざな》うのだ。映像が閉じられてのち、部屋の明かりが元に戻されてからなおも二、三分はこうした思惑を巡らせていたのだが、彼は同じ列の右手に見慣れた人物が座っていることに気づいた。それが同じアパートの三階の住人であり、三号室の女性であることはすぐにわかった。

彼女とは何度か会釈を交わして面識もあったが、まだ言葉を交わしたことはなかった。そう考えてみると、同じく住人でありながら一号室とは長らく面識もなかったことが改めて奇妙にして異様とも言わざるをえなくなる。かくまでもSは一途に遠かったのであり、隼にとって未だ知られざる虚像の域を出なかった。彼女は隼の影を認めると会釈を寄せてきたが、それればかりではなく初めての言葉も添えて遣り取りを導いた。思えば隼が外で彼女と出逢うのも、これが初めてだったのかもしれない。

「今晩は」

「はい」

「私のこと、わかりますか」

「ええ、わかりますよ。リンさん、でしょ、三〇三号室の」

「あ、はい、そうですね」

遣り取りはぎこちなく、それが隼には二人の用いる言葉のせいばかりでもないような気がしてならなかった。双方にとって本来のものではない現地の言葉を交わしたのは当然の成行きであった。隼が尋ねた。

「面白かったですか」

「ええ……とっても」

「今日が初めて？」

「いえ……というか、本当は私、客じゃないんで」

「あ……というと」

「手伝ってるんですね、スタッフで」

「この上映会？」

「はい。でも基本的には昼のほうなんだけど」

場内にはまだあちらこちらに談笑する人影が散らばっている。彼女が連夜のアルバイトをする留学生であることは、彼も伝え聞いていた。

「今日は久しぶりに夜が空いていたので、少し立場を離れましてね、ゆっくり見せてもらったんです」

「なるほど」

席に着いているのは、いつしか彼ら二人だけになっていた。なおも尋ねていくと、彼女はこの上映会だけでなく、民族会自体の何か常任の仕事にも携わっているようだった。現にその後彼女からの控えめな勧誘もあり、滞在中の隼は時折翼を休めるだけの、決して熱心とは言い難い一会員として団体にとどまり続けた。手続きをした時の受付の話では、以前は隼と同国の者が在籍したが、その時点では彼一人ということだった。そんなものなのかと、彼には何やら気落ちのような宿命がぶら下がるばかりだった。翻って「リンラン」の国籍については上映会の前から、同じ東のユウラシヤでもはるかに大きな共和国の出身と聞いていたので、その夜もあえてそれ以上に尋ねることは控えた。ただ、翌週には自分たちを描いたドキュメンタリーもあると言うので、彼女が少数民族の出身であるとの感触だけは抱かされることになった。結局のところその作品は見ることができず、今でもそのことには悔いが残る。

留学生としての「リンラン」は、彼と同じ大学の歴史学科に籍を置いて博士論文の準備をしていた。一度彼がそのことで話をした時は、古楽器、特に弦楽器と打楽器の東西比較研究だと言われたが、本当は違うのではないかと思った。それをいちいち問い詰めるといった失礼な振舞いには出なかったが、彼女の研究テーマが同じ比較研究でもどうやら司法制度をめぐるものであることぐらいは、程なく朧《おぼろ》気《げ》にも摑み取れた。そしてその頃になると彼女に対して、恋心とはどこまでも無縁だが、頑なで不安に満たされた、ありえないばかりの魅惑を覚えるようになっていた。

上映会の夜、隼は「先立つ人びと」から得た感動を、いまだ暮れやらぬ空へとひとまず発散した上で家路についた。帰りの受付では早くも例の入会案内を受け取り、彼女とは家路を共にすることもなく会館の前で別れた。驚いたことに彼女はその時、彼の母語で手短にこう言った。

「じゃ、また。今度はお茶を御馳走しますから」

隼は「ありがとう、ぜひ」とだけ応え、一瞬目を見張ると、あとは微笑みを返すしかなかった。この夕べの誘いも結局は実現を見なかったのだが、そんな彼女の名前が「リンラン」ではなく、正しくは「リーラン」であることを他ならぬ彼女自身の口から聞かされたのは、もう彼の帰国も間近になってからのことだった。

そんな夜更けの帰り道、彼は夕立紛《まが》いの驟雨に見舞われた。稲光も雷鳴も伴わず、ただ傘もなかったのでやむなく雨宿りをしていると、掘割を挟んで斜向かいに横殴りの雨を受けて建ちつくす革命会館が見えてきた。濡れたまま少し寒気も覚えて立ち竦んでいくと、彼には半年ほど前の年明け間もない夜のことが思い出されてくる。寒々として小雨もぱらつく中、初めて彼はこちらの会館を訪ねた。八時からの講演会で、招かれた講師は大学所属の社会学か歴史学の研究者だった。隼自身は誰かに誘われたわけでもなく、通りかかった会館の前で、ガラスのケースに収められた小さな掲示板に見つけた演題に惹かれて足を向けたのだった。その題目も帰国した今となっては正確に思い出されず、要となるところも「革命と神学」であったか、「革命の神学」であったか判然としない。ともあれ「革命」「神学」の二語が含まれていたことには疑いもなく、彼はそのことに惹かれたのであり、それら二つながらの強い印象が却って表題全体としての筋道を打ち消したのかもしれない。

深緑の入口扉をぬけてそのまま二階へ上がると、用意された会場は建物全体の造作にも、部屋自体の広さにも不釣合いなばかりに天井が低いホールだった。百名定員の座席は半数ほどがすでに埋まり、彼は入ってすぐ左側の最後列に腰かけた。まずは司会者から秋以来の連続講演会の主旨とこれまでの成果が報告されると、講師の紹介に移り、その間にコピー一枚だけの資料も配布された。講演の流れに沿ったレジュメではなく、文献からの一部抜粋を切り貼りしただけのものだった。紹介は簡単なもので、控えめな拍手に迎えられて登壇したのは、銀縁の眼鏡をかけて、隼とは同年代か少しは若いかと思われる小柄な男だった。語り口は決して雄弁なものではなく、ほとんどが俯き加減に手元のノートを見ながら自説を講じた。そのいかにも実直そうな風貌から打ち寄せてくる訥々とした言葉つきが特有の説得力を醸し出したとしても、あながち過言にはあたるまい。彼の「自説」とは概ね次の通りである。

革命と神学は相容れない対立に終始するのではない。往々にして支えあい、もたれあい、あるいは縛りあって互いの維持を図るものでもある。その際前者が後者を含み、後者を打ち立てることもあれば、後者がこの世に前者をもたらすことも考えられる。両者が相俟って、人間と社会を深く傷つける諸刃の剣となることも稀ではない。そのうえで、神学的な要素によって前向きなものがもたらされることはないのかという問題提起をここに試みたい。つまりは「革命の神学」と呼ばれるべきものがしばしば硬直をして、固定化された思考の枠組を強要、不可侵の権威に祀り上げ、革命にさまざまな変質を招いてきたというのは紛れもない歴史の現実である。それはこの地にあっても無縁であったとは言い難い。当初人びとが探し求め目指したものを、あるいは歪曲し、あるいは逸らし、もしくは隠蔽もして、その隙間に変更不能な絶対者を滑り込ませていく。しかしながらここで問いかけてみたい。革命という歴史上の出来事がこれまでに内包し肥大化させてきた神学的要素とは異なった、別次元の「神学」がありえないものか、と。だから革命とは深いところで対立しながらも、相互補完的なものとして永く再生していけるようなものは構想できないのか、と。一方的な「革命の神学」としてヒトが掲げ、それを梃子に果ては暴力的な抑圧に至るのではなく、むしろヒトの驕りを諌め、言うなれば「希望の神学」としての領域を守りながら、革命の掲げる社会的な理想に現実の光明をもたらすものとして、である……

講師は自分の専門分野から複数の事例や資料となる文献を引きながら、一時間足らずの語りを終えた。会場からは大方好意的に受け止められたようで、終りの拍手は開演時を倍するようにもきこえた。隼自身が理解できたポイントを振り返り、思いを巡らせるすぐ脇を、慌ただしくも二、三の質問が通り過ぎていった。応答の中には、講師の意外に気さくな人柄も見え隠れした。それからさらに四人目か五人目に、隼のちょうど真正面前方に座る男が司会者からの指名を受けてゆっくりと立ち上がった。マナーとして初めに自ら名のったようだが、隼にはよく聞き取れなかったし、ただ、大学の研究者ではなかったようだ。講師に対する敬意と論説への一定の共感を示した上で、二つの問いを差し出した。隼にはそれが単なるピント外れではなく、もっと大切な何かがずれた（決してはずれたのでもなければ失われたのでもない、おそらくは何かが周到にずらされた）、遠くからの絶え間ない呼びかけのように思われてならなかった。

「端的に申し上げて、神とは何でしょうか。先生がお話の中で神学とともに繰り返し持ち出されたその神ですが、それが神学を離れてと言うか、神そのものとして論じられることはなかった。この際率直にその神の概念をご明示いただけないでしょうか。あるいは神学を、先生はただ比喩的に用いられているのかもしれませんね。でも、そうであるならば尚更のこと、そこに含まれた神の概念を明らかにしなくては、その神学もいつの間にか思わぬ成長を遂げて必ずや一人歩きを始めるのです。そして、あなたが変質する革命について批判されたような権能を、自ずから振るい始めるのではないでしょうか。

　それともう一つ。「ヒトの驕りを諫め」る神学とおっしゃったのですが、これは災いへの恐怖にも似た消極的なものでしょうか。延いては絶対的な他者からの命令も同然に、それは遂行されるのでしょうか。であるならば私たちは変質しうる革命の対極に、または傍らに、あるいはその渦中にまたしてもう一つの絶対者を祀り上げ、二つの神の間で右往左往せざるをえなくなる。そうではない形で、あなたのおっしゃる革命と神学はいかに支え合い、前向きの成果を見定め、明るい展望の中で同時代を広く見渡していけるというのでしょうか。ここでも議論は結局、神学の中の神そのものの概念へと差し戻されるような気がしてならないのです。神学を口にされた以上は、何らかの信仰に基づいてそこに寄り添うのであれ、無神論を唱えてそこから身を引き離すのであれ……」

　映画会の帰り道、隼の雨宿りは続いていた。雨足は衰えず、それでも風が幾分の治まりを見せてきた。あの夜、一月初めの夜、演壇の講師はこんな質問の求める率直な答えをどこにも持ち合わせていなかった。問いはなるほど予想外の方向からもたらされ、講師は講師なりに誠実に答えようとしたが、彼の唱える「神学」が何よりもレトリックの域を出るものではないことだけが率直に物語られていった。別に居直りでもないのだが、それでもいいのではないかという当人の心持も十分に察せられた。質問者もまたそのままに受け止めて、「ありがとうございました」とだけ添えるとそれ以上の問いを控え、執拗さからは縁遠いものになっていった。しかし引き下がった彼自身の答えをきいてみたいと思ったのは何も隼一人ではないだろう。何がしかの宗派の人間を思わせるようなものが感じ取られないところにも、格段の興味を唆るものが芽吹いた。しかし自説を講じるような出しゃばりは厳に慎み、だから講師の方も面子を潰されたような屈辱を味わうことはなかったのだろう。今でもひそかに隼は、あの男が一号室の彼ではなかったかという疑いを抱き続けている。Sはまさにあの問いの中から初めてわが目前に現れたのではないか。かくも張り合いのある疑いに対して、質問者の後ろ姿はあの時も今も何も語ろうとしない。何かの折りに隼はただの一度だけSに対して、こんな主旨のことを尋ねた。案の定と言おうか、Sは直ちにきっぱりと否定した。革命会に所属していたことはあえて打ち消そうともしなかったのだが。

映画会の帰り道、六月の夜は何事に対しても沈黙を貫こうとしていた。隼が軒下に雨宿りをした時間は、半年前の講演のあの適度な長さに勝るとも劣るものではない。ようやく小降りになったころ、掘割の手前の道を一人の若い男が走り抜けていった。隼にはそれがユウラシヤ東方からの留学生のように見えた。傘も持たずに小さな荷物ともどもびしょ濡れている。前を通り過ぎる時、瞳だけが一瞬こちらにも向けられて何やら懐かしい気配をもたらした。同国人ではないか。咄嗟に閃いた。まだ見ぬ稲妻の代役を務めるように、胸中深く、郷愁という名の雷鳴がどよめいた。若い男は駆け抜いて、あとを追うまでもなく、降り続く小雨が次々と巻き起こる物事の気配を打ち消していった。革命会館はもう何十年も使われたことのない遺物のようになおも静かに、どこかうっとりと佇んでいる。来る日も来る日も来たるべきもののために人知れず語り継がれてきたことが、今では打ち寄せる波のように消え失せて、数ある言葉の海へとのみこまれていく。そこは誰の祖国でもない。帰路はいずこへも開かれている。とりあえず隼は若い男の現われた方向に向かった。それからはさまようこともなく家路が辿られた。町はこよなく寝静まり、星という星が雨粒の衣を纏っている。月の行方は誰にもわからない。凪とともにこの空の晴れ渡る時、凪とともにあらゆる歳月の吹き抜ける時、世界が夜明けを待っている。

3

透明人間と悪

帰国以来彼の住みついてきたこの町も秋たけなわを迎える。木造二階建ての住まいに庭はなく、車を収めるゆとりもない。戸口の傍らに、親子四台の自転車がどうにか連なる。子どもは登校し、妻も職場に向かうと、隼一人が家に残っていつもの朝を迎える。空には筋雲が棚引き、陽ざしの流れに季節《とき》の橋《き》を架けていく。収穫の便りがさまざまな実りとともに届き、雲の橋をこえる渡り鳥の群れにも手向けの花が添えられる。夜が日に日に冷え込みを増しても、いまだ昼間の暑さはしぶとくぶり返してくる。それでも木枯らしは真冬の衣装を携えて、遠くから秋の裂け目をのぞきこむ。立ち昇る暑気の出鼻を挫いて、手際も鮮やかにこれを捕らえんと息を潜める。いよいよ目論見を果たした暁には、舞台もすでに初冬《ふゆ》の衣を纏っているのだ。慌てた秋が自らの手を挙げて晩夏《なつ》にとどめを撃つだろう。こうして冬の先触れが秋本番をもたらすとき、訪れた秋本番こそが冬の先触れをなしている。消え去る夏が来るべき冬の裏側を真実担うとき、秋とはもはや両者の取り引きに与えられた仮称にして、世を忍ぶ仮の姿にもすぎない。

そんな世上もこのところは変わった風説によって時折、それも所々が持ち切りとなる。同じ話は彼もまた耳にしたこと一度限りではない。いずれも公にされないが、どうやら「透明人間」がいるらしいというのだ。この近辺に限ってのことかもしれないが、一連の噂には風土病的な根深さが感じ取れる。恐怖とまではいかないが、興味本位では済まされない不安も付きまとってくる。この話を彼が初めて聞いたのは仕事先の同僚からで、研究室での茶飲み話の一区切りだった。季節柄レポート読みに疲れ、何か予期せぬ方角からの刺戟を求める心の襞に、透明人間は望み通りの軌跡を描く伝説の楔を打ち込んできたのだ。楔は鈍い明かりを灯し、色彩の有無などあえて問うまでもなく、隼はそれがくすぐったいかのように程よい笑みを浮かべて鸚鵡返しに応えた。

「透明人間？」

するとと同僚は湯気の立ち昇るカップを受け皿に戻して、すぐにメモ帳を開いた。そして同じような笑みを折り重ねて、空白のページにこんな図式を書きつけた。

「実際にいるのかどうかはこの際別にしてね、普通「透明人間」と聞かされて思い浮かべるのは①か②でしょう。③なんて初めから除外されてる。①か②かということ、つまりね、何よりも他人に、他人である私たちに見えないことですよ。「透明人間」当人に見えるかどうかは余り問われない。認識が稀薄で、意識にも上りにくい。他人に、だから私たちに見えるかどうかが決定的なんだ、いつも」

ところが彼によると、このところ取り沙汰されるのはこの③のタイプだという。それは自分の体が見えないだけで、他者からは何不足なく見える。だから噂の透明人間とは何よりも自分の体が見えない特異現象なのである。それが一時的な病なのかどうかもよくわからない。それでも他人からは見えるのだから、物理的な身体ではなく、その視覚との関わりないし視覚そのものに原因、病巣、もしく

	対他透明（不可視）↓	対他不透明（可視）↓
対自透明（不可視）→	① 完全な透明	③ 不完全な透明（対他のみ可視）
対自不透明（可視）→	② 不完全な透明（対自のみ可視）（常態の可視）	④ 完全な不透明（常態の可視）

透明人間をめぐる一般図式

①自分にも他人にも見えない。
②他人には見えないが、自分には見える。
③他人には見えるのに、自分には見えない。
④自分にも他人にも見える。

は障害のあることが十分に考えられる。但し、透明人間当人にも自分以外の人物風景は見えるのだから、この点でいわゆる視覚障害とも性質を異にする。翻って他者からの視点ということでは、カメラに収めることも可能だという。だとすれば透明人間といえどもこの場合、普通人と全く同様写真によって自分の像が確認できるし、証明書等の作成にもほとんど支障はきたさない。それだけに一見したところでは、平穏にして安逸にも窺える。そもそもが自分の顔の造作に表情など誰も直接には見られないのであって、せいぜいぼんやりと不動の鼻先が横たわるばかりではないのか。

　考えてみれば①、②、③、いずれのタイプについても、透明人間の存在など容易に知られるものではない。当人からの働きかけもなく、見る者の視覚のみで存在を確かめることなど（見えないのだから！）理屈の上ではありえない。もっともこれは主に素っ裸の、たとえば風呂場でのお話で、通例ヒトは衣服を羽織るものであるからには、いかな透明人間といえども着衣まで透視せしめるのは至難の技となる。それでもこのことと、透明人間であることがばれるのとは

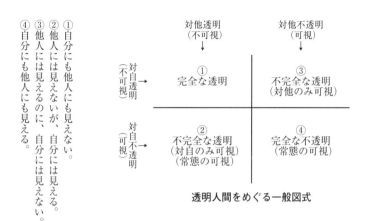

別の次元の話である。衣服をつけたら、今度は徹底してカムフラージュすればいい。そうなると、最も用心すべきは衣服の着脱の時かもしれない。何しろ今まで着ていた服を脱いだら誰もいなくなったり、突然に服が持ち上がって整うとそのまま歩いていったのではどうにも収まりがつかないだろう。

そもそも①②の場合と③の場合とでは、透明人間の存在が気づかれないといっても様相は対照的である。①と②はまさに見えないからこそ、そこに透明人間がいてもわからない。一糸まとわぬ姿で闊歩する気になればどこでも透明性は確保される。それに対して③は見えるからこそ気づかれないので、本人が告白でもしない限りはこちらのほうがより完璧に隠蔽される。それに透明人間といえども、ほかの透明人間を見ることはやはりできない。だから透明不透明、あらゆる種別ものりこえて、かれらは一人ひとりがどこまでも自らの識別不能をめざすことができる。

さらに同僚は専門からの関心も微妙に働いてか、透明人間の先天性と後天性にも目を向けてきた。

「医学系の知人によると、これは特に③の場合だけど、病の先天性をめぐって、これまでのところ遺伝性であることにはさしたる根拠が見当たらず、後天性に関しても伝染性の有無は不明だと言うんだ。そもそもが噂話の域を出ないし、症例も限られるし、何よりも医学的に確認されたものじゃない。でも彼女は、九十九パーセント実在すると念押しした。当局も本音のところではそう見てると。それでね、行政の対応はどうかというと、①、②、③のいずれについても表面上は一切取り沙汰させないままに伏せられてきている。ただ、①と②については相当以前から、偏《ひとえ》に治安上の観点から各地で極秘裏に調査が進められていると、これは私もさる筋から聞いたことがある。でも、③についてはよくわからない。とにかくこの一、二年の話だし、それにたとえ情報が入ったとしても、当局は等閑《なおざり》の一点張りだろう……どう？……もう一杯入れようか」

「はい……いつも悪いですね」

同僚は小さな薬缶とともに給湯室へと姿を暗ました。隼にはその間の沈黙が耐えられぬばかりの長さを伴って押し寄せてくる。そこで彼も考えた。先天的な透明人間の誕生は生身の神秘にくるまれている、と。まずは①②の場合、すでに出生時から体そのものは誰の目にも認められないのだから、たとえば散らばる母胎からの血、産声、それも澄み渡る泣き声、さらに排泄、それも泉のような排尿から最初の排便に至るまで、それらによって透明人間の存在には証明が与えられることになる。その異常な事態は少なくとも出生届の段階で表面化するはずだ。愛情以前の問題である。それが確認されないというのなら、そもそも①②についてはそうした症例がないのか、あっても直ちに抹殺されてきたのか（それがどのレベルの判断であれ、情報として、もしくは人間として）、それとも国家の承認など初めから望まない私生児として密かに生長してきたかのいずれかである。

③の場合は一段とわかりにくい。何しろ当人の自覚症状を待って初めて察知されるのだから、誕生の時点で発覚することはまずありえない。但し成人するのを待つまでもなく、言葉による表現が身につくころから明らかになることは十分に考えられる。何しろ子どもが大人より率直にできているとすれば、見えないものは見えないとはっきり言うだろうし、その発言とそれに伴う事情を素直に辿れば、特異な透明人間の実在は程なく浮かび上がるのかもしれない。もっとも口の端に上るのはこれまでのところ成人のものばかりである。いずれにしてもこの場合、年齢を問わず当人からの話を聞くだけでは、それが果たして先天的なものかどうかの見極めはおよそつきがたい。

さらに後天性の透明人間になると、もはや翼を捥《も》がれた鳥である。ヒトであることを半ば否定されながらも、どこかへ旅立つ術は持たない。先天性とは比べるべくもない強烈な翼の幻影に捕らわれ、目に見えない過去との断絶にも生涯苦しむことになる。それでも①②と③とでは大違いだ。前二者のような対他透明に陥ると、たとえ一通りの衣服を身につけたとしても、そのままでは必ずや社会的パニックを引き起こすだろう。何しろたとえば男の場合、足のないスーツが靴だけをはき、顔のないシャツの襟を立ててはいつも通りにネクタイを締めながら身近に迫ってくるのだから。それをあえて望むというのなら話は別だが、それまでの自分とのギャップに苦しみ半ば絶望して、自ら行方不明者になる場合でも、自死を選ぶのでない限りはどこかで生きのびるためにやはり最低限度のカムフラージュは必要となる。いや、先天後天を問わず、これは対他透明を背負って社会生活を営むための基本条件ではないのか。どうしても露出する部分には化粧等を施し、人工頭髪などの最新技術も可能とあればこれも駆使してとにかく隠す。より自然な色彩、天然の光沢を求め、今はなき形態を作り出し、多少の異様さはものともせず闇雲にその可能性を守り抜くことが当事者にとっては第一の課題となるだろう。これは残りの半生を賭けた、実に骨の折れる辛抱強い営みの繰り返しである。

それに比べると③の純粋対自型は何とも気楽なことか。彼らにとってはその発覚を防ぎ、隠し通していくことなど遥かに容易だろう。それも透明なものはもう透明なものとしてあっさり忘れ果てたほうが事は早いのかもしれない。これと同じことを対他性の者がやりとげた暁には、たちまち憬《しょう》れを含んだ夥しい驚異のまなざしに取り囲まれていく。そして自らの無邪気な悪意に息を呑む。追い詰められて、駆け出す者もいるだろう。当てもなく、誰にも見届けられないばかりに走り抜いていくことこそが、救済へのただ一つの道筋であるかのように。

そもそも純粋対自型の透明人間が告白もなしに見出されることなど極めて稀ではないのか。たとえ一人で悩みながらも、他者への像を何よりの衣にごまかしていこうと思えばいくらでも隠し通して、発覚することなどありえない。私たちは自分の身体像に格別の注意を払わなくても常日頃の行動をこなしていくし、こなせなくてはならない。そこに自分の体が見えなくても、日常生活への差し障りの度合いなど所詮は五十歩百歩なのかもしれないし、それ以外の視覚は保たれているのだから、常態との格差などほとんどなきに等しいのではないか。そんな物理生理的な不自由よりも、まずは透明化のもたらす精神的な重圧のほうが遥かに大きいのかもしれない。失われた像には衣服や靴によって大部分の代替がきく。さまざまな道具を用いながら、たとえば指先にも正確な位置づけは与えられる。要するに私たちはひたすら生身の体のみで生きてきたのではない。動きに伴い環境を巻き込みながら、その都度強調されて伸び縮みも見せる存在の感覚が、そこには綿密なまでに行き渡っている。

それでもあえてこだわるなら、対自の透明化が告白もなしに発覚するのは、少なくとも一つの糸口になりうるのは、身体をめぐる当人と他人、両者の認識の間に明確な一致や符合が求められる場合ではないか。たとえば、直接自分の目で確認できるところに内出血などの著しい変化が生じているのに当人は気づかないとか、日常生活では大半が見過ごされたとしても、医療機関などでそんな異常が察知される可能性が少しは高いのかもしれない。とはいえ、自分の体が見えなくなっているとすぐには思いも寄らず、また察したところで今度は発覚を恐れ、当人がなかなか足を運ばないだろう。そうなると結局は、その当人からの告白こそが最も有力な症例発覚への糸口たらざるをえないのではないか……

そこで隼は自分の体を省みた。すると手足は存分に横たわり、鼻先はいつもの通り、すぐ目の前にぶら下がっている。わざわざこんな話を持ち出して、ひょっとしてあの同僚こそがその見え透いた対自性《しょう》とやらの当事者ではないのか、と邪推の糸も巡らせた。するとⅡ髪入れず、むしろそれを手繰り寄せるようにして扉を開いた同僚の手には、まだぬくぬくと湯気の立ち昇る小さな薬缶が吊り下がっていた。それから次のお茶が注がれるまでの間、彼らはあえて何事も語ろうとしなかった。

一体、純粋対自型の症例が多少なりとも人口に膾炙するようになったのは、かかる病理学的な四方山話を通じてではない。病の実在がかなりの確度を伴って人びとの注目を集めるようになったのは、一件の水難事故からである。そして隼自身はこの話を例の同僚からではなく、子どもの通う保育所で知り合った、年下の保護者から仕入れた。それによると二年前の夏、ここから数十キロ離れた北向きの海岸で一人の男が溺死を遂げたという。男は二十代後半の独身で親しい女性もいたのだが、まだ婚約は交わしていなかった。何よりの焦点は男の遺した日記である。そこには発病からの二年以上にわたる日常の記録が克明に綴られていた。最初に見つけた彼女はざっと目を通すや、ただならぬその記述から、男がどうしても婚約に応じようとしなかった本当の理由の何たるかを思い知らされた。その上で公権力からもマスコミからもそれを守り抜こうと心に決めた。何しろ伝染性についても遺伝性についても明確なところのない未知の病である。これを抱えることになった男はそのいずれをも怖れて婚約には踏み切れず、さりとて何があっても別れたくはないという未練から告白もできなかったのだろう。そして彼女の理解もまたこのジレンマをこえてそれ以上は、どこへも進めなくなっていたに相違あるまい。

これはあくまでも彼一人の病である。だから彼は二重の独身者だった。ひとたびこの事実を知った彼女が安易に口外する謂れはない。そうなると彼の病について今日流布される、かくも根深い口《くち》コミをもたらした俗世の糸口については、何もわからないし、何も見えてこない。これが現状である。しかし男は溺死をした。それもまた事実である。どこまでもそれは事故死なのであって、自殺であるとの確証は得られないし、関係の当局はとにかく事故の一点張りである。それが信ずるにも足らぬと、たちまち退けられるほどに事は単純なものではないらしい。そして、遺された日記の最後のページには、亡くなる前日の日付とともにこう記されているという。少なくともそこに、切迫し追い詰められたという気配は窺われない。

「明日、僕は一人で海に行く。思えば、奇遇とも言うべきこの病を抱えて以来、泳ぎに出かけるというのは初めてだ。それどころか、この二年余り、僕は風呂屋にも足を運んだことがない。だからこの先、何がどうなるのかわかったものではないが、それがとてもスリルで、矢庭に楽しみでもある。いっそのこと彼女を誘おうかとも考えたが、やはり、さすがにそれはやめにした……あくまでも私の姿というものは、彼女を含む他人にとってのものであり、もはや私にとってのものであることをやめて久しく、すでに私自身はその姿と似ても似つかぬところに遠のいたのだから……云々」

警察の発表によると、発見当時の彼は何も身につけていなかったという。死後数十分と経ってはいなかったのだが、男は全裸で、体表の所々に著しい変色も見られた。それらのいくつかがすでに生前より、誰の目にも明らかになっていたのだとしても、少なくとも彼自身の活きた眼差しだけはその視座から除かれてしまう。言わば外部へとさらけ出されるや、そのまま内部へと消え去るしかなかった。水着はついに見つからず、男の亡骸が正規の弔いを済ませてからひと月とたたないうちに、遺された日記の内容が早くも巷の語り草となり始めた。それをメルクマールに、透明人間の中の対自性というものが非公式ながらも認知をされ、いきおい真実味を帯びて取り沙汰もされるようになった。それでもなおかれらが、この未婚の溺死者を含む対自性のかれらがごく秘められた存在であることには何も変わるところがない。

最大の謎は鏡である。さしあたり最後の問いは鏡の像に向かっている。いったい純粋対自性の透明人間にとって鏡の中の像は見えるものか、見えないものか。これが鏡像ではなく映像なら、それを撮影する機器はどこまでも他者のまなざしを装うものなので、見えると考えるのが順当だろう。つまり機器の目から見た身体の映像は当然対他的なものである。そんな言わば他者のフィルターを通すことによって、自己の身体像は純粋対自性の病者当人にとっても見えるものとなるはずだ。それが再び失われて不可視の領域に陥るというのはどうにも考えにくい。もっとも映像においてようやく見えるものになるという点では、病のない人間の場合も大した違いはない。透明不透明を問わず自らの体において、ヒトは直に見ることのできない多くの部分を抱えている。背負っている。

それにしても鏡の像はどうなるのか。映像と違って左右反転の像ではないか。映像のように生命のない他者がとらえた自分でもなければ、見える範囲で常日頃直に目にするあの実像でもない。その上で鏡の像はまるで映像のように、他者にも自分にも共通のものとして捉えられる。そんな写真のごときものと考えるのなら、鏡の像は純粋対自性の当人にも見えて当然なのだが、それがどこまでも映像とは似て非なる別物である。一枚の鏡を覗いている限り左右反転をして、自分の実像を見ていることにはならない上に、鏡の像と映像もそもそもが別の領域で結ばれている。そして誰もがこの世を去る時になって、その鏡像は実像とともに失われ、あとは映像ばかりが残された空虚を埋め合わせることにもなりかねない。幸か不幸か、純粋対自性の透明者からはすでにその実像が喪失しているのだが。

鏡は確かに、映像を作り上げるのとは異なるシステムだ。それは他者以前に何よりも「私が私を見ている」という形式を整えてくる。その限りでは、純粋対自性の透明者にとって像は見えないはずだろう。その一方で鏡の像は映像のように他者にも開かれ、居合わせる者がほとんど同じ像を見ることもできる。あるいはそこに「私たちが私たちを見る」という形式が整うのかもしれない。その限りでは、純粋対自性の透明者が自らの鏡像を見ることにも深刻な不合理は伴わない。

そこで隼は思い浮かべる。一人の透明人間が、それも純粋対自性の透明者が鏡の前に立つ。そこには見慣れた室内の調度が映し出されているが、自分の像はどこにも見当たらない。それで落胆をする。やはり自分は自分の身体《からだ》から見放されたのだ、と。が、次の瞬間、映像のことを思い起こして慰めにかかる。大丈夫だ、まだ写真がある、ビデオもある、鏡なんて、そんなもん、所詮は左右逆転の偽物じゃないか、と。

あるいは、自転車に乗った透明人間が街角の小さな交差点にさしかかる。そこに立つミラーに目をやり、自転車とともに映る自分の姿を見て面食らう。そして次の瞬間、悦びを嚙みしめハンドルに目を落とすが、そちらを握るべき左右の手はどこからも見えてこない。それで落胆をする。なおも私は自分の実像からは見捨てられている。鏡の像は束の間の希望をもたらしたが、あんなものはいくら見えたところで、偽物の域をこえ出ることがないのだから、と。

果たして純粋の対自性にとって鏡の像は見えるのか、それとも見えないのか、これに対する少なくとも一つの回答が待ち受けている。秋の深まりとともに、思いも寄らないところからそれはもたらされることになる。

最近になって彼はまた別の思いがけない噂を耳にした。それによると、溺死をした例の若者の恋人も同じ純粋対自性の透明人間だというのだ。無論、真偽のほどはよくわからない。だが、仮にそれが本当なら、二人は奇しくも同じ病を抱えながら、互いに打ち明けることもできないまま永久《とわ》の別れを告げたことになる。こうして透明者の恋は実らず、二人の実像もそれぞれが自らに向かって閉ざされたまま、病の実像だけを背負わされていく。今も一人で、彼女一人が、そんな実像を見つめている。それを映し取るためにと鏡の像をめざすとき、そこにはもはや悦びもなければ哀しみもない。怒りもなければ楽しみもない。生あるものが鏡の中に見るのは死の影である。それも小さく、自分自身の衣を纏ったもう一人の死の影にほかならない。

一〇月二一日の晴れ、それもどうにか晴れという程度の生臭い好天が彼の好意を掠め取り、彼の失意を掻き立てていく。まるで失恋を裏返しにでもしたような禁欲への誘《いざな》いである。何の理も知らず、祈りに導かれていくばかりの主《あるじ》なき幸福に思いを巡らせる。時折足下を往き交う車の音もここまでは届かない。授業を持たない仕事先の午後を、しばしば隼は一人で過ごす。今日は居眠りの徴候もなく、心地のよい緊張が適度に幅をきかせていく。この部屋で初めて透明人間の話に触れてから早くもひと月が過ぎようとしている。それは単に見えないのではなくて、わからないというもう一つの要素が絡み合った存在である。

彼の女性を見る目も少しは変わったように思われる。透明人間と言えばすぐに男だという先入見にいつも縛られてきたのだが、溺死者の恋人をめぐるエピソードは少なからぬ衝撃をもたらした。対他対自を問わず、彼が蹲《うずくま》る既成概念をまた一つ明るみに晒した。女性の社長に教授、女性の首相もまた遠い彼岸のものではない時勢に反して、透明人間は彼の内側でただひたすらに男を作り上げてきた。女の幽霊と言えばむしろ主流の観さえ拭えないこの風土の中でも、透明人間はなぜか頑なに男である。それを省みるに二つの要素が浮かんでくる。一つは、透明人間が霊ではなく、怪物に近いこと。一つは、そうでありながらも「人間」と呼ばれることだろう。だから人間は男なのだ。つまり人間という時、潜在的にせよ、あからさまにせよ、すでに男性化されており、この前提が透明人間という特別な、特殊な、怪物的な存在を通じて有無を言わせず顕わにもなるのではないか。その透明人間が従来の虚構の怪物としての殻を破って、一転現実の疾病へと劇的な衣更えを遂げるにつれて、両性に分配されていくのも当然の成り行きだろう。隼もまた当の透明女性とやらに巡り合ってみたかった。のみならず生きた肌にも触れて、恋情からではなく、その実在だけを何とか探り当ててみたい、それも月影の中の蛇のようになって、せめて一度は確かめてみたいと願った。

陽ざしも部屋の中程をこえるようになってきた。彼は日除けを上げて、背中一杯に暖を受け止めていく。それから久方ぶりに例の往復書簡を取り出してくる。この前はいつ読んだものかが判然としない。「悪」の諸問題をめぐって少々込み入ったやりとりが続いたが、正直に言ってスピノザとメランコリアを名のる双方の立場の違いについてはよくわからなかった。ただ、いずれも絶対的な悪の存在を議論の前提にも対象にもしないことでは共通している。今日のところもその延長にはなるのだが、テーマは微妙なテンポで悪から幸福へ転じるようだ。隼にとって何よりも興味深かったのは、スピノザがいきなり自分の見た夢の中身を記述していることだ。これまで夢については一般的に論じることがあっても、こんなに具体的なエピソードとなって綴られることはなかった。それだけに新鮮な驚きもあったが、内容に関してはとても瑞々しいといった内容で取り繕えるものではない。

スピノザからメランコリアへ

「敬愛する友よ、すっかりごぶさたをしましたね。いかがお過ごしでしょうか。私はいま小さな旅先にいてこれをしたためています。同じ並びの別のホテルでは、何やら得体の知れない祝宴が開かれています。窓の外にちらつくのは初雪かと思いきや、どうやらそこで撒かれた花吹雪からの名残りのようでした。こちらもまだそこまでの冷え込みではないのですが、宿の主人は気を利かせて今しがた暖房のスイッチを入れたようです。

さて前便、前々便も含めて私たちの往復書簡は相当に突っ込んで悪の問題を論じてきました。それが論点であったということについては、貴方からの同意もいただけるものと信じます。多くの相違に隔たりも積み重なる中にあって、次の点だけは共有していると考えてもさしつかえがないようです。つまりですね、私たちは善と悪の裁決を下す審判者としての神を想定していないということ、それゆえにと言うべきか、その対極にあるべき絶対的な悪、その象徴としての悪魔の存在もまた受け入れられないということですよ。どうですか。ご承認いただけるでしょうか。さらに突っ込んで神そのものの存在を受け入れるのかについては何も語られていませんし、当面はそんな必要もないものと思われます。とりあえず私のほうはこの共有点を一つの成果として、これを前提に次へと進むことにします。そこで、旅先に持参した何本かの蠟燭の灯火にも導かれ、つい数日前にまだ見たばかりの夢の話を綴りましょう。

その夢の中で私は「未知の友」と言われる性別も不明の不確かな人格に出会うのです。いや、出会うという体裁を取りながら、すでに夢の始まる前にも出くわしているのです。その上で改めて出会ったその場所というのが、どこにでもありそうな見慣れた広場でした。それも自分が子どものころ、親に連れられて何度も訪れたとしか思われない公園の一隅です。だから少なくともいま貴方のいらっしゃる町、旅を終えると私も戻ることになるその町ではないはずです。しかも辺りには一面、どれ一つとして見たこともないような大小さまざまの草木が植えられて私たちを取り囲んできます。公園の広場というこことで周りに人が集う気配もするのですが、いくつもの話し声がよくわからないうねりを伴って仄かに伝わるばかりで、その源となるべき者たちの姿も顔も確認することができません。むしろそれは許されていないと言ったほうがリアルであり、目の前の現象にはより忠実な言い方になるのかもしれません。そして陽ざしだけが絶えず時間を差し止めながらも垂直に舞い降りてくるのですが、それを言い表わすのに「照りつける」とか「降り注ぐ」といった常套句では、何かしら気恥ずかしいばかりの物足りなさが残ります。

メランコリア、どうやら私とその「未知の友」は自ずから天使であること、翼は持たないものの、相手が天使であることを前提に出会っているようです。それに応じて付き合いも尚更に深まるのでしょうか。共に翼がないのですから、天の使いとはいえいずこよりか舞い下りるものではなく、舞い上がるものでもありえない。何しろここでは、舞い降りるものと言えばひとり陽ざしがあるのみで、舞い上がるものなどどこにも見当たりません。ひょっとするとそれは、つまり双方に翼が見られないのは、夢の中に現われるということを何よりも端的に象徴しているのかもしれない。そうした配置と境遇にあって私と「未知の友」は、悪をめぐって長きにわたる論議を続けてきたのです。それでいてなかなかに噛み合うところもなく、深められてきたとはとても言い難い。ともすれば論点そのものをめぐっても、まるで私たちの人生を暗示するかのように摑みどころのない稀薄さが生じてくる。だから手遅れとならないうちに主なものを拾い上げると、それは絶対的な悪の存否であり、悪に対する積極的な評価なり位置づけの当否であり、議論はいつもこれらをめぐって繰り広げられたと思うのです（私の答えはいずれに対しても否《ノン》だった）。その全てについて大切な礎《いしずえ》になるのは「神」以外の何物でもないのですが、どうやら私たちが天使を名のり、おまけに翼を失くした時点で礎そのものが夢の外部へと持ち去られている。こうして私たち天使は自らの語り継ぐべき夢からもますます取り残されていくのでしょうか。

それでもね、メランコリア、私はそんな戸惑いとともに、絶望とはあくまでも異なる本物の暗闇の中から身を起こして再び口を開くのです。正確には、それこそがこの夢の本当の始まりだったと言わんばかりの周到さにも後押しをされて、幸福をめぐる議論へと身を翻すのです。人びとの関心をずらしながら、「未知の友」の陰影《かげ》にもう一度迫るのです。同じころ夢の外部では生々しい実感を伴って、私の背中に初めての翼が開かれていく。たとえ片翼ながらも羽ばたきを繰り返すと、たちまち熱帯性低気圧のような強風が耳元を吹き抜けていく。それを鎮めるために一度限りの寝返りを打つと、懐かしい夢の中程がまたしても蘇り、「未知の友」は相変わらずそこにいて何やら危ないものを作り始めている。危うい仕事に手を染めようとしている。「未知の友」とはひょっとして私のことではないのか。そんな不安にも駆られると、友はすかさず問いを差し向けてくる。

「私たちは天使ですね」

そうですよ。

「でも翼がありませんね」

夢の中程に身を置く限りは望むべくもないのです。

「未知の友」はなおも仕事の手を休めない。そこで今度は私が尋ねていく。

「何を作っているんです？」

「幸福ですよ。あなた、何だと思いますか」

「それですか」

「いいえ、幸福がですよ」

幸福とは何か。咄嗟に閃くようなものを覚えて、私はいつかあなたに送った書簡の中の一節を思い出されるがままに読み上げていったのです。より厳密に言うと、それは幸福とは何かではなくて、幸福をもたらすものは何かという文脈であったと思います。そもそも私には「未知の友」が求めてきたように、幸福とはこれこれであるという形で直接の定義を与えることは、困難であるという以前に意味がないように思われるのです。少なくともそれは、幸福をもたらすものが何かをめぐるさまざまな考察をへた上で初めて見えてくるものではないのか。しかもそれらの考察を仮に終えた時には、幸福に定義を与える必要そのものが解消されているかもしれない。だから「未知の友」に対して私は躊躇いもなく、「それは認識ですよ」と答えたのです。

「私たちに幸福をもたらすのは私たち自身の認識であり、何よりも絶対的な認識です。それこそが私たちに平安を、喜びを、快活さをもたらすのです。さらに詳しく見つめていけば、これは全てのものが最高に完全なる力とその裁決によって生起することを自然の知性によって受け止めることになります。信仰ではなく認識すること、幸福をもたらすのはそのことに尽きると言ってもいい。それこそが最高に満ち足りたものを与えるし、精神に平和と安らぎをもたらすのですから。たとえ自然の知性から得た教えがいつか真理ではないとわかることがあっても、その教えが私たちを幸福にすることには変わりがないでしょう」

するとと未知の友は、いくらか控えめに問い返してくる。

「それはつまり、時間をこえるということですか」

「いいえ、それは違うよ。そんなことはできないのであって、認識のもたらす幸福はむしろ時間上の現在そのものの中に見出されるべきだと言ってるんです。それも生きられた現在の担うべき最高度の充実としてね」

「未知の友」はここから反論に出た。その表情は荒削りでもなく、研ぎ澄まされたと言う以前のやむにやまれぬものを携えていた。

「しかし、誰もがそのように充実した現在を生き抜いて、それを支える認識を手に入れ、それをもたらす知性にも恵まれているわけではありません。短くも慌ただしいそれぞれの人生を思う時、どこにも出口のない袋小路のような境遇に置かれた者にとって、どうしても希望こそが幸福をもたらす重要な要素ではないでしょうか。いつ死が訪れるかもしれない苛酷な日常に身を委ねる時、たとえ徒なるものになろうと希望を抱く間は私たちを幸福に導いてくれるのです」

私は一切の反論を控えた。そしてどこからもこの眠りを妨げられまいと注意を払いながら、「友」の弁舌に対し夢の中でしか聞かれず、また聞かれることもない第三の耳を傾けていった。その鼓膜は夢の出口を装い、現実を攫み取って、現実に攫みかからんとする言葉からの重みにもひたすら耐え抜いたのです。

「それにあなたは、認識のもたらす幸福こそが現在の担うべき最高度の充実を伴うとおっしゃる。裏を返せばそのことは結局、現実の追認だけに堕するという危険も併せ持つのじゃないですか。絶対的な認識だとおっしゃるのなら、生死をこえるものになるだろうし、それも一人の人間の生死をこえて広く行き渡り、大いなる正義にもなるべきものでしょう。それこそが本物の希望をもたらし、人びとの真の幸福をめざして実現されるべきものではないでしょうか。認識に伴う正義の実現ですよ。それに向かって傾けられていくさまざまな人間の努力がそれぞれの次元、立場において、それぞれの幸福に拠り所をもたらす。そうでなければいかに絶対的な物事を唱えても、認識はようやくあなた一人の個人的なものにすぎず、不正に対しては見て見ぬふりをするものにもなりかねず、広く遍く社会的な共感を得るものにはなりえない。幸福と自己満足は厳に異なるのです」

これに続く一文は、果たして「未知の友」が語ったものか、それとも単に私が思い浮かべたものか、未だに判然としないのです。曰く、「だからこそ幸福は自己満足の解消をめざし、それに対して自己満足は幸福からの自立を願う」と。あるいは「めざす」と「願う」の配置はこの逆であったのかもしれない。つまり「あくまでも幸福は自己満足の解消を願い、それに抗して自己満足は幸福からの自立をめざす」と。いずれにしても一連の議論を受けて夢見る私には「自己犠牲」というもうひとつ別の言葉が浮かんだのです。それだけはいつまでも忘れず、忘れたくもなく、忘れられないことになるのでしょう。あたかもその言葉に守られるようにして、なおも私は考えました。この「未知の友」の言い分もよくわかるが、何かが私とは別物であると。私と全く相容れないものではないのだが、どうしてもどこかに根源的な相違を認めるしかなかったのです。それ以上のことを明確にはできないのですが、夢の中の私はそこを生き抜くための知恵とでも言うのか、少し角度を変えて問い返すことにしたのです。

「なるほど。ところで今あなたは『生死をこえる』とおっしゃったが、所謂『死後の世界』なり、端的に『あの世』とか『この世の彼岸』というものの存在を信じる立場なのですか」

この時、友は初めて私の方にその顔立ちを見せつけた。そこには何の表情もなかった。表情を見せることが端から冷静に、いや冷厳に拒まれていた。そして繰り出される言葉の連なりの中にこそ夢の真実が横たわり、見知らぬ「友」の苦しみが刻まれていた。今でも私にはそれを汲み取る術がないのです。何しろ「友」を知らないという以前に、私は「友」のいる世界を知らないのですから。それでも見知らぬ「友」は応えるのです。私の夢の中を最大限の隠れ蓑にして。

「いや、どうしてあなたがそんなことを訊くのかよくわからないけれど、少なくとも私が信じているのは、私の死後必ずやよりよい世界が残るということだけです。それこそが希望の礎かもしれないし、先にあなたが示した答えをたとえば私なりにこう読み換えてもいいでしょう。幸福とは何か、それは闘うことにあるとね。さらに続けて、幸福をもたらすのは私たち自身の、それも不断の闘いであり、それこそが私たちに充実を、喜びを、快活さをもたらすのです」

ここで夢中の議論が不意に途切れて終息する。それからは奇妙に明るみを帯びた眠りの暗闇が私の中を駆け巡った。すぐに心を静めて、見失われた見知らぬ「友」の姿を追うまでもなく、むしろ私は残された言葉について考えた。問いも立て直した。果たして「友」の言う「闘い」とは、私の言った「平和」や「認識」、さらには共通の課題であるべき「幸福」と両立するものであるのかと。しかし思惑を十分に巡らすまでもなく、私は再び見知らぬ力に運ばれて、今度は祭礼の只中に置かれた。それは遠ざかる郷里であり、遥かなる故山の秋を彩る収穫の祝祭にほかならなかった。相変わらず空は見えなかったが、夕方であることは立ち上り忍び寄る影という影から読み取られた。単調な旋律を繰り返す鳴り物と太鼓に運ばれて、やがて人びとの行進が近づいてきた。収穫の祭りでありながら、その佇まいにはどこかしら永訣の葬列を思わせるものがあったのです。

先頭を司る一団は雅な旗に導かれ、木製の棺のような箱を担いでいます。そう、こんもりと、そこには土が盛られて一本の蠟燭が立ち、一面をこの秋の落葉が被いつくしている。収穫までのなすべき務めを果たした大地に対する、これは感謝の気持ちを込めた弔いでしょうか。後ろにはきらびやかな縫いぐるみの衣装を纏った仮面の一団が続きます。大きさを競いながら、茄子に南瓜、唐黍《きび》とそれぞれに作物を象るのです。夕暮れを縁取るのです。私は沿道に立ちながら、一緒になってリズム通りの手拍子を送っていましたが、その中の見たこともない作物の仮面を被った細身の一人こそが「未知の友」であることはすぐにわかりました。そこで私は警備がないのをいいことに、なおも手拍子を打ちながら通りに出ると、そのまま真っすぐ仮面の「友」に近づいたのです。手拍子をやめ、握手を求めて掌をさしのべたその時です。

「来るな！」

それは間違いなく「友」の声でした。幸福をもたらすものは何よりも闘いであると答えたあの「友」の声です。一瞬ひるんで立ち止まったまさにその時、パンと爆音のような衝撃が突き抜けて私は街路に薙ぎ倒されたのです。氷のように凍てついた土の道です。その土からの匂いが静かに立ち昇ります。何が何やらわからぬうちにも阿鼻叫喚、右往左往と逃げ惑う人びとの足音が次から次へと私を踏みつけていきます。それでも「大丈夫か」と声をかける者もあります。私は何も言えないままに夢中で首を縦に振りました。「よし」と応えて、その声は遠去かっていくのです。よく考えると、それもあの「未知の友」からの呼びかけです。しかしそんなことはありえない。なぜなら乾いた爆音とともに、その「友」の体こそが砕け散っていくのを、私ははっきりとこの目で見届けたのですからね。何ということでしょうか。私にはわからない。遠去かる誰かの足音にも被せて「死者はいない」「死者はいない」と繰り返す「友」の声が今でもこの耳の奥深く、じっと焼きついているのは確かです。何しろ命を落としたのは、自爆を遂げたわが「友」一人だというのですから。

おそらくは夢の中の「私」が友の乾いた爆音を耳にしたのと、宿泊先の扉が風で閉じたのは同時刻だったのでしょう。ドアを開け放したまま毛布を被ることなく、私はベッドに横たわっていたのでした。跳ね起きてみるとすでに明け方も近く、西の空には下弦の月が傾いています。寒気を覚えてすぐに薄手のジャンパーを羽織ると、ポットから残り少ない微温湯《ぬるまゆ》を注ぎます。そのまま口に含んで頭も冴えてくるにつれて、夢に見た「未知の友」はそのまま真っすぐに今は亡き既知の友へと繋がっていきました。それも一人ではありません。貴方のいるその町にやってくる何年も前のこと、私が生まれ故郷に残してきた、今となっては見知らぬも同然の友だちですよね。但し現実のかれらは、まさか夢に見たような祭礼の中で自らの死を遂げたんじゃありません。何と言っても、そこはもっともっとリアルに、力を込めるまでもなく戦場と呼ばれるべきですからね。今もなおです。尚更に。それればかりかかれらには、夢の中で見たような葬列にも繋がることがなかった。そんなことはね、誰にとっても命がけの危険と背中合わせですから。ひょっとするとメランコリア、私が夢に見た「未知の友」というのは、見届けたその最期というのは、葬列もなくこの世を後にした数々の既知の友の誰もが思い描くところの自画像なのかもしれない。かれらの指先は微かに震えて、かつての肉体とともに命の証しを突きつけてくるのです。

さてと、今宵はまた一段と冷え込んできました。このホテルの暖房は気休め程度のものでしかないので、今日のところはこの辺りで筆を擱《お》くことにします。そして仮眠程度の安らぎを得たのち、また次の、あるいはさらにまたその次の町についてから、この続きはしたためることにいたしましょう。それでは、ご用心のほどを」

この続きが実際に書かれているのかどうか、確かなことはまだわからない。何しろ隼の手元に送ら

れてきたファイルでは、手紙はここで途切れたまま続きにあたる文面も見当たらず、どう見てもメランコリアからの返信と思われる別の書簡が連なっている。

「なるほどあなたは恵まれたお方ですよ。夢の中とはいえ、自爆の巻き添えを免れた。それも砕け散った「未知の友」自らが救いの手をさしのべてくれた。のみならずだ。既知の友らの遠い記憶にも守られながら、人並みすぐれた知性によってくれぐれもいい気にだけはならないようにと、心温まる警告も受けたのだから、羨ましいことこの上もない。もっともその警告があなたにとって、どの程度まで有効で必要なものになるのかは正直なところよくわからないし、いささか懐疑的でもあるのですよ。何しろかつてのあなたはね、自分の理解の及ばない者としてまず自殺者を、それから少年を、さらには愚者と狂人を挙げていたのですから。そのことが知性をめぐるあなた自身の謙虚さを示すものだとは思われない。むしろその逆であるとの疑いは晴らされない。だからスピノザ、あなたの夢の話を読んで取りあえず今の私にも扱えるのは、闘争と幸福、たたかいとしあわせのことぐらいかな。たとえば、「未知なる」友の言う『闘い』とあなたの言う『平和』『認識』そして何よりも『幸福』が果たして両立をするものなのか。それは神のみぞ知るといった考えほど欺瞞と偏見に満ちたものは、まずありえないんでしょうね。いかがですか。もっともこれについては、すでにあなたも十二分にご承知でしょうがね」

隼の思わくには身も蓋もなくなり、ソファーの上に投げ出されてきたぶ厚いファイルを枕に、いまはただ無慈悲なまでに横たわるのだった。その中に収められた書簡からのざわめきが、射し込んでくる午後の光の中に散らばると、いつしかそれぞれの脈絡は見失われ、読み返すことも覚束なくなる。それでいて眠りに落ちるまでもなく、彼は自分の虚心の中程に吊り下がり、そっと、あからさまなまでに呼びかけてみる。

スピノザよ、君は夢に見た未知の友から数ある既知の友を紡ぎ出した。かれらはいずれも自らの意志で死を迎えたものらしい。だとしたら、あなたもその中の一人にすぎないのか。

メランコリアよ、スピノザの既知の友らがこの私の中にも未知なる友を呼び覚ます。いずれも自死を遂げるが、自爆ではない。むしろ焼身自殺と言うべきだ。焼け焦げた遺体の一部は私の心を縛る金網に固く結わえられている。

目を凝らしてよく見ると、未知なる友というのは鉄条網だった。その向こうには夥しい数の兵士がいて、それも至るところ新兵ばかりが群れ集い、所構わずに銃口を差し向けてくる。忠誠のデモンストレーションを繰り返しながらも、未だに戦場というものを知らない。おまけに人が死ぬということを忘れ果てているかのようだ。銃声の度に数ばかりが増すのでは、どうにも手に負えない。

地上にそんな兵士が満ちあふれると、遠くから平和の足音らしきものが近づいてくる。時はすでに遅く、肝心の平和を享受するべき人びとの姿はどこにも見られない。兵士というのは影であり幻である。本体は見定め難い。命令を下すための言葉自体も忘れ去られて久しいものがあった。

一一月の初旬、「未知の友」と悪をめぐる往復書簡の一節に目を通してからは、ひと月余りが経過する。世間はなおも計数可能な少量の落葉に守られて上面の平和を装いながらも、朝な夕なの紆余曲折を見せつける。誰にも予期されぬ、まるで平時の中の戦時とでも呼ばれるべき事態が心ひそかに、だが鋭利な進行を遂げる。隼の身辺でも、それを告げ知らせる警鐘は一途に打ち鳴らされた。撞き手は何をおいても彼自身であり、鳴らされた鐘の音はそんな現実を即座にカムフラージュしてくれる。半ば諦め、渦中に身を委ね、そこにもまた生きた亡骸からの声が届く。撞く度に誰かの生命《いのち》が弾け飛ぶ。削り取られる心地がする。夢見心地に添い遂げていく。いったい誰と、何者と。悪行の手先と。まさか。いや、さもありなん、とばかりに……。

夜はさほど冷えなかった。時ならぬ冷え込みは誰からも疎んじられた。昼間の北風は勇み足の木枯らしを思わせたが、吹き抜けてみるとあとには深まる秋の静けさばかりが取り残された。色付きを見せる木の葉のような翼二枚を抱えて、隼は進んだ。黙々と歩いた。二本の足は少し離れたところに開かれた新築の公民館をめざした。今夜そこでは、子どもの通う小学校の保護者の集いが持たれる。それも学校公認のものとは予め一線を画した有志の集まりである。これまで公式のほうには決まって母親が出席してきたが、今宵は都合が悪く、それればかりか集会の性格と論じられるテーマそのものにも興味をそそられて、彼が足を運んだ。

他でもないその話題というのは十月の下旬、同じ市内の小学校で白昼に起こった事件である。校庭における児童一名の受難であり、そんな犠牲を伴う犯罪であった。犯人は今もなお特定されず、性別も年齢も全てが不詳である。事件の当日は保護者面談の期間と重なり、児童の帰宅が通常よりもかなり早かった。自ずから校庭の人影は疎らとなったので、決定的な目撃証言も得られない。しかしながら散発する通り魔的な事件とは明らかに異なる背景がさらに別の関心を引き付ける。所業の背後には非合法の組織活動があり、被害者の児童も単なる被害者にはとどまらず、その活動の当事者でもあることが今や確実視されているからだ。この点については学校関係者といえども、あからさまには異を唱えることがない。

かれらの行動には、単純で短絡的な違法行為の水準をこえていく政治上の自覚が伴った。その背後には長年にわたる、見方によっては民族間の、とでも言うべき地域内部の根深い差別が横たわり、あるいは立ちはだかる。特筆すべきは活動の中心を担うのが全て未成年であること、そして当面の敵はどう見ても延命を図る大人たち、それもただ生きのびるだけの成人に限定され、場合によっては殲滅をも唱えたことである。のみならずその具体的な実践ではないのかと強く疑われる複数の事例も存在した。かれらの未成熟な政治活動からはしかし、政権奪取への意図も意欲も読み取られない。いや、むしろかれらは政権というものを大人の象徴として、また敵のシンボルとしてもこの世からは抹殺することをめざしたものらしい。そうやって自分たちの営みの主眼はあくまでも「祈り通す」ことにあるのだと言う。かかる標榜それ自体がすでに非合法の夜を営み、紡ぎ出し、なおも弛まず口ずさんでいく。結局のところ例の児童は、恐怖にかられた大人からの報復にさらされた最初の一人なのか、それとも組織の内部抗争に伴う夥しい犠牲者の中の一人にすぎないのか、おそらくはかれら自身にも確かなことなど何も摑めていないのではないか。

新築の白い板張りに蛍光ランプが照り映えていかにも眩しかった。長方形に並んだだけの机の配置には、見たところどちらが上席で議長席ということもない。黒板ではなく、真新しいホワイトボードが一枚、窓際の隅にどちらかと言うと押しやられている。さらに扉を開けてすぐ左手に見える机の角には、折り鶴が六、七羽色とりどりに小さな翼を休めている。それを見て隼は、ここでは昼間、近在の子どもかお年寄りを集めての折り紙教室でもあるのかと勝手な推測をした。

七時三〇分を少し回る。雑談も交わされず、ようやく十数名が机を囲むと、その中の一人が淡々と口を開いた。まるで休憩時間のあとか何かのように、それ以前と共通する何ものかを引きずりながら、一座の沈黙を破る。こんな私的な懇談にも半ば避けがたい公けを導くようにと、司会を務めていく。

「事件についてはですね、何しろ他校のことですから、マスコミで報じられている以上のことは特に把握しておりません」

　その言い草から隼はこれを教員かと思ったが、所詮は同じ立場の父親にすぎなかった。たとえ彼の職業が教師であっても、このことに変わりはない。父親の参加者はこの二人を含む三名で、母親の半数にも遠く及ばない。しかしその夜は性別などどちらでもよかった。無論これは隼一人の目から見た、何かしらつれない表象にもすぎないのであったが、語り続ける司会者の唇には茫然として、そこには震えのような気配が棲みつき棲み慣れてきた。

「実に痛々しいことです。筆舌にも尽くせぬこれは痛ましいことでありますが、安直な同情もまた禁物です。と言うか、もはやここまで来ると無意味です。何よりもあの事件以降事態は一変をしました。それも日々逼迫の度合を強めています。明らかに私たちは保護者として、これまでに経験したことのないような矛盾に直面しています。事件の突きつける矛盾の中でも最大のものは、法律上も保護すべき自らの子どもらが社会的な敵対者にもなること、これでしょう」

　このとき母親一人の口元から失笑のような短い吐息がもれるのを、隼は確かに聞き届けた。

「だから親たちはこれまで通りに子どもたちを外部の侵害から守りつつ、その彼らを含む内外の子どもたちからより切実に自らを守らなければならない。あ、ごめんなさい」

　いまの吐息に応えるかのように、彼は小さな詫びを入れる。

「もっと簡潔に述べましょうね。親たちは子どもを守りつつ、その子どもたちから自らを守らなければならない。昨日の敵は今日の友でもなく、彼らは友であり、同時に敵でもある。ありうる。これです。こう言ってしまえば、いつどんな社会にもその成り立ちから付きまとうような事柄なんでしょうが……でも、やはり何かが違う、違いますよ……つまりこれまで通りには愛せないというか……」

司会者はここまで来ると、言い淀むことを素直に受け入れて静かに立ち止まった。隼はふと教師たちのことを考えた。これであの人たちにとっても学校を教育の現場であり、職場であり、ましてや子どもたちとの交流の場だと言っていられる時代は過ぎ去ったのか。遥かに遠のいたのか。だとすれば、それらに代わって何と呼ぶのか。戦場？　ハハハ。まさか。というのも、そんなこと言ったら、とうの昔に戦場と化していたのだから。それに今後ますます子どもたちからの内戦が激化展開するとして、学校ももはやその一現場にすぎず、そこだけを取り上げてみても問題の特徴を掘り起こすことには程遠い。考えてみれば司会者の言うような、その事件以来様相は一変したというのがそもそも不正確なのだ。決して場当たり的なものではなく、組織性と計画性を十分に窺わせる大人への攻撃が、数件ないし十数件といったレベルですでに繰り返されていた。小学生に対する今回の殺人は、先立つ一連の事件によって示されてきた様相の変化を改めて明るみに出したまでのことである。それにしても内戦勃発以前の家庭がこんな学校と比べてもどのようなものであったのか、いま明確に語るだけのゆとりを見せる者はどこにもいない。だから記憶にとどめることなど至難の技となるのだろう。

いずれにしてもあらゆる犠牲者は、まず鄭重に葬られるべきである。

司会者の静止のあとには、いくつもの発言が折り重なっていく。

「だからこれまでの私たち保護者というのは、単純にですね、犯罪者から、あるいは変質者から子どもを守れと言っておればよかった。しかし、今や状況は一変をしたのです」

「その守るということで言えば、彼らを大人からも子どもからも守らねばならない一方、その守るべき子どもたちから自らを守るというもう一項目をもはや忘れるわけにはいかなくなった、だから片時も」

そんな警鐘を打ち鳴らすかのように、卓上の携帯電話が唸りを上げた。初めて口を開いたその父親の目前だった。マナーモードにしていたものの電源を切っておらず、発言を終えたばかりの彼が慌ててポケットにしまいながら、スイッチを押した。それでも静寂は訪れず、通り過ぎていく単車の爆音が控えめに連なると、また別の母親がさらにその余韻を受け継いだ。

「だとしたら、わが子は敵なのか、味方なのか、いかがですか。確信を持って、どちらか一方にするなんていかにも難しいんじゃないですか。さらに申し上げるとその事件、仮にですよ、校庭でその子を手にかけた大人か大人たちがいるとして、彼らが私たちの敵なのか、味方なのかということも……」

「それは言い過ぎでしょう」

「でも」

僅かな沈黙が二人の行く手を遮ると、ようやく何かがまとまったかのように司会者の彼が口を挟む。

「いや、それを言うのなら、子どもたちにとって事態はとうにそうだったんじゃないでしょうか。つまりね、そう、保護者を含むですよ、大人というものは自分たちにとって敵なのか、味方なのか、いえ、何よりも保護者こそがですね……」とここまで運んだものの、再び口を噤まざるをえなくなる。

誰彼ともなく、苦虫を噛みつぶしていると今までにない角度から、論議の抽象的な堂々めぐりに苛立ってか、やや年配の母親が切り込んできた。

「そもそも凶器は何ですか」と。

隼にはそれが「そもそも狂気とは何ですか」ときこえてしまう。そんなことをめぐって、彼にはもはや考える余地などなかったのであるが。

「一〇月の？」

「そう」

「ナイフですよ」

「ナイフで背中から一突き」

「ほとんど即死ってきいてますから」

「じゃ、殺《や》ったのは子どもじゃない」

「そんなこと、大人の力がないとねえ」

「そうとは限りません」

「近頃の子どもは、それも中学生なら十分可能でしょう」

「いや、小学校の高学年でも男の子だったら」

「いや、女の子だって今やざらです」

「そんな」

「コワイ」

「殺られたのは？」

「六年生」

「男の子？」

「でしょう」

「報道によると、確か男子児童って」

「やっぱりね」

「で、本当《ほんと》に何《なん》かの活動に？」

「らしいよ」

「学校は何も言わないけど」

「非合法の？」

「うん」

「名前は？」

「たまたま職場の関係でね、その学校の人から聞きましたけど」

「何て」

「組織名はサイノメ」

「サイノメ？」

「はい」

「それって、その子の組織の中の命名？　それとも組織自体の名称？」

「さあ」

「さあって、組織名って言ったら、普通は前のほうだけど」

「私には確認できない」

ここまで隼からの発言は一度もなかった。どちらかと言うと人見知りをするほうで、すぐに気軽に話し出せる質《たち》ではない。それにしても話題の深刻さを弁え一言二言あってもいいのだが、必要に応じてのメモ取りに終始した。あるいは入口でもらった簡単なレジュメ一枚に時折書き込みをしたのだが、いつしかその手も止まっていた。それればかりか、すでにその手が見失われていたのである。ペンを握るほうの手ばかりではない。もう片方のレジュメを押さえる手も見えなくなっていることに隼は気づいた。いきなり気づかされた。よく確かめてみると、双方共に袖に隠れる手首のところまで透明化している。鏡もないので、頭や首回りなどは確かめようがないのだが、恐る恐る左の袖口を腕《かいな》の方に引っ張ってみると、見えざる手は中まで続いて姿を暗ましている。まさか、透明人間のシンドロームが自分に襲いかかるとは思いも寄らず、その場で直ちに認める気にはなれなかった。それにこの異変、少なくとも他者の目からは覆い隠されているようだった。参加者から彼に向けられた視線は、平然となだらかに注がれ流されていく。少し面識のある同学年の子の親が発言を求めてきた時も、隼の強ばったまなざしは事件のもたらす状況の険しさによるものだと受け止められている。そんな傾向にも助けられて基本的な見解だけは述べたのだが、注意深い人びとに多少とも奇異の感を与えたことはまぬかれないだろう。それとても事件の深刻さへと還元されるわけで、孤独な透明人間の見えざる内面へと思いを馳せる者など皆無であった。

とりあえず会合そのものはつつがなく終了した。次回をふくむ今後の段取りなど、隼個人にとってはもはや注意の枠外へと遠去かるしかなかった。一人で帰路につくその彼がふと立ち止まり、姿なきおのが指先の行く末を見つめていると、辺りから桜の枯葉が一枚静かに舞い下りて、あたかも所在を確かめるように手の甲を打った。空中に一時《とき》静止する枯葉に、隼は身震いがした。冷え込みではなく、初めて味わうその恐怖にはあらゆる寒暖をも凌ぐ一途な毒気が伴っていた。そもそも命は見えないものなのに、自分は何でも見えると思い込んでいたのだ。そのことがはっきりしただけだと、再び歩き始めた隼がオレンジ色の街灯に答えを求める。恵みの言葉はなく、その上に懸かる同じ一つの星空もまた、今はどこかに姿を暗ましている。

その時のショックは自宅に戻っても収まるどころか、肉親の前に立つことで当然のように勢いを増してくる。彼らの見慣れた姿こそが自らの異変に伴う冷酷を何よりもあからさまに物語るのだろう。帰り道のことも、空中に静止した落葉の映像のあとでは、何も記憶に残っていない。まるで見えない肉体ともども消え失せたかのようだ。家族からの問いかけには何も取り合わず、隼は洗面もそこそこにして床に就く。すべてを忘れ去るためにというよりは、この異変を夢となし、それが夢であったことを一刻も早く現実のものとするために愛用の布団へと潜り込んだ。これを家族は夜風に当たって風邪でも引いたのだろうと、訝しく思うところもない。

翌朝目覚めた彼は、秋冷の深閑にも想い浮かべるべき千一夜分の夢を、理もなく見過ごしたかのように頭が重かった。茫然自失として何事も伝わらない最中に、雨音ばかりがよく鳴り響いた。そこで雨靴のことなど考えているうちに、前夜の異変は少し遠のいていく。しかしいくつもの夢の彼方に消え失せたのではなかった。いつも通りに着替えようとしてパジャマのズボンを脱ぐと、再び苛酷な現実が突き出された。そのまま突き付けられて、足はどこにも見えなくなっている。のみならず生まれついての肉体らしきものが見られない。声を上げようにも、ここまで来ると肝心の声がもう出てこない。布団の上にもう一度身を投げ出し、一番頼りになるものとして、昔懐かしくもなる整数の一から十までを数え上げた。そのあとの沈黙がさらに重みを増すと、すべての声をあきらめざるをえなくなった。それでも彼らしく翼を立てることで、何とか人並みに起き上がることができた。

「オハヨ」

口ごもった挨拶を済ませて台所脇の洗面台に立った時、少しは冷静さが蘇ってきた。何と言っても鏡の中には、前夜と変わらずいつも通りの寝惚けた自画像が確認されたからである。何も極端な言い方ではなくて、当面はそれだけが、つまり鏡の中からいつも自分を見つめるというもう一人の自分だけが、彼を支える視覚上ただ一つの縁《よすが》となった。その上で、なおもぎりぎり一杯の彼だった。これまで通りであり続けるためにより一層の努力を傾けたが、その努力こそが彼の周囲にこれまでにない異様を醸し出していたのかもしれない。何しろ他者から見た彼の容姿には、そもそも何らの変化もなかったのであるから。

しかし二、三日も経つと動揺も鎮まる。長続きができない。むしろ生存への本能がいち早く手分けをして、恵みとも言うべき慣れを引き当てる。見えない体が日常の生活全般に沁みわたるほどに、隼の側も透明化のもたらす不便を幾分冷静に受け止めていく。そればかりか思わぬ利便も見出されてくる。まずは食事の時など、手が利かないわけではないので、特に機能の上での不都合はない。好物の寿司や毎朝のパンのように、手で摘んで食べるものは全体がよく見えて楽しめると言えば楽しめるのだが、慣れないうちはモノからの自己主張の強さが煩わしい。海苔巻きがこちらに向かって飛び込んでくるような錯覚も伴って、妙な気分にさせられる。ところがひと度その食べたものが口に入ると、見えなくなることには変わりがない。ということは、単純に肉体が透明化しているのではないらしい。でなければ取り込まれた異物は外から見透かされるはずだから。ここには、皮膚が透けて体内が見通せるというのとは異なるメカニズムが働いている。骨肉のみならず異物も同じく姿を消して、隼の占める空間全体が彼の視覚上無化しているのだ。これと同じことは逆の経路を辿って便と排泄についても確認された。その排泄と言えば、これはあくまでも男の立場から言われることだが、特に小用の際は放出の方向が心許なく見定めにくかった。そのため発症以来用足しのスタイルに関しては、大と小の相違がほとんど消え去り、便器に跨るのが常となった。

毎日の大好物だった入浴では、あれ以来とても複雑な気持ちに追い込まれるようになった。浴室には元々鏡があるので、ひげ剃りについては特に不自由もなく取り組める。洗髪では視覚からの補助などほとんど必要がなく、掌に取るシャンプーの量はこれまで通り目でも確認されるので問題は起こらない。さらに体を洗う時も、表面に石鹸の泡をつけていけば輪郭は浮かび上がるし、首筋から背中、尻にかけてなど初めから見えるところでもない。面白いのは、見えない皮膚でも擦れば汚れは落ちてその分タオルが変色をすることだ。汚れが見えないのも単純に程度の問題らしく、指先に靴墨がついた時はよく見えたし、手袋や腕時計、結婚指輪となるとそのままに像は保たれる。まあ、たとえ汚れが見えなくても、体を洗う上でも不都合は生じてこない。ところが、ひと度洗い終わってからお湯で流すのが言わば恐怖の一瞬で、泡とともに体が消えていく。それを何とか堪えて浴槽に収まると、同じ体が今度は湯の中に溶け去りなくなるがごとくである。初めての時は思わずその所在を確かめるように立ち上がったものの水滴がザワザワとこぼれ落ちるばかりで、あとには何の影も残らないことが逆に露わにされてほとんどパニックに陥った。だから体洗いはやむなく続けるとしても、浴槽に浸かることはなくなった。というか、湯の中に体が消え去り、それを取り戻すように立ち上がるとまた体がなくなっているという二重の恐怖から浸かれなくなったのである。

広く日常の手仕事などはどうなるかというと、これまでは手暗がりになったり、手で被われていたところはよく見える。視界が開かれるという意味では好都合なこともある。たとえば手書きの文書を作るとき、いちいち腕を動かさなくても書いてきたものの確認ができる。釘を打つとき、位置の見定めもつけやすくなる。けれども紙の上にペンだけが走り、料理の上で箸だけが踊っているようにしか見えなくなると、無性に気持ちが悪くなることもある。自分が書いて、自分が食べていることが信じられず、不安にかられるのだろうか。机に向かってそんな気分に囚われると、どうしてもキーボードのほうに移りたくなる。初めからメカニックなものの中に入り込み、少しでも安堵を求めて、その分手書きからは遠去かることになる。食事も寿司などは、にぎりや海苔巻きが飛んでくるような印象を避けたいから、見る楽しみよりも素早く口に運ぶことを優先させる。いずれも改めて透明化を自覚させられることへの恐怖なのだ。これまでのところは大した怪我もなく、一度小さな引っ掻き傷で血が滲み出たときなどその赤を見て、むしろ隼には無上の喜びがこみ上げてきた。また、視像が失われたことで、何かを指示したり表現するのにも支障をきたすようになった。それを補うために薄手の手袋をはめるのだが、四六時中用いるのでは奇異にも見えるし、これが夏場であれば中が蒸れてとても長時間の使用には耐えられないだろう。その点冬に向かう時候であったことは幸いしたのだが、長く用いるほどに内面の不安は取り除かれる一方で外面の異様は高まるというジレンマに悩まされていった。

　そして隼が一人の、いや一匹の飢えたホモ・サピエンスである限りは彼の、かれら二人の性生活についてもいつかは語らねばならない。結婚以来、あるいは当然のようにそれ以前からもだが、彼とその配偶者との営みのペース配分は、「頻り」と「稀」をうまく遠去けて何とか今日に至る。しかし一方的な透明化に見舞われて以降は、どちらかというと「頻り」のほうを向いて鎌首をもたげる。それでも一度目までには躊躇いがあり、勇気を蓄えるのに幾分かの時を要した。何と言ってもこれまで通りの露わな彼女に対して、何もない透明の自分が挑まねばならないわけで、そんな1と0が臥所《ふしど》の中で最初に向き合ったとき、隼の頭の中はこれまでにも増して、そして体の中はこれまでにもなく無我夢中となった。ところがひと度段取りを果たしてみると病み付きになるのだから、なるほどこの分野は奥が深くて遣り場に困る。というのも、文字通り何もなくなった自分が、自分の体が彼女の中に溶け去るのを感じたからである。しかしながら彼にはなおも身勝手な二つの不満が残された。それは自分の姿が彼女には最後まで見えていること、いっぽう彼女の姿については夫婦いずれの側からも見失われていないことだ。この落差こそは落胆にほかならず、自分の体の変化については決して口を割らなかった彼だけになおさらのこと、二人の肉体がいつかは同等に視覚をのがれ、あらゆる視覚による暴力をものがれて透明化し、合一する瞬間を思い描いては心惹かれざるをえなかった。彼は消え去ることに恋い焦がれた。欲望だけがなおも姿を変えて押し寄せてくる。消え去ったあとの空白を埋めるものは誰にも読み取られない。ひょっとして純粋対自型の透明人間とは、消え去ることへの憧れを含むエクスタシーの自己表現にして、エロチシズムの別称にほかならないのかもしれない。生きとし生けるものすべての化身ともなるべく。

だとしたらそんな憧憬を支えてきたものは偏に鏡の中の彼自身だった。さしたる自覚もないまま、それまでにも増して懇ろに彼は左右逆転の自画像によって付き添われていた。鏡像に支えられて初めて透明の悦楽を追い求める。その軽佻浮薄がいよいよ本物の見えざるものによって目前に叩きつけられる時が訪れる。それは一一月も半ばを過ぎた木枯らしの夜、ついに隼は足元を掬われ、夢想はもう一人の彼とともに跡形もなく奪い去られたのだった。それにしても浴槽に浸からない限りは、彼にとって入浴ももはや恐れるに足らずとなっていた。日々《にち》の段取りを済ませると、ただ一つのオアシスともいうべき大鏡がぶら下がる洗面所に向かった。そこでついに全ては一挙に崩れ去る。絶縁状は彼自身を含む誰にも見えないところで、日夜にわたり休みなくしたためられていたのである。鏡の中には、彼の後ろに広がるグレーの塗り壁とそこにかかる二着のガウンにもう一枚の手鏡を除いて何も見えなかった。およそ彼自身の体にあたるものは何ひとつとして。

それはある意味では素晴らしいことだった。純粋対自型の透明人間はここに来て最後の曖昧さを一掃すると、一通りの完成を見たのだから。それとともに当の隼は自らの生身が担うべき、不確かな記憶という以外の一切の生活領域から自画像を失くしていた。他人《ひと》様の記述に縋《すが》ることなく、辛うじてその代替を務めるものといえば写真とビデオぐらいだろうか。しかしながらすぐにそちらを試みるようなゆとりもなかった。そもそもがいつでもビデオカメラを持ち回し、撮られた画像、それも自画像を再生しチェックするなんて余りにも煩わしい。純粋対自型にとどまる限りは、自分の姿が写し取り映し出される公算も大きいのだが、鏡にあらず、自らを写したビデオカメラに向かい、逐一モニター画面を見るのでは遠からず隣人からの不審も招くだろう。その点スマートフォン、あるいはカメラ付きの携帯電話なら多少のごまかしも効くのだろうが、それでも日常繰り返すことには異様さが付きまとってくる。隣人以前に、何よりも家族だ。思えば鏡はよき友であった。喪失して初めてそのかけがえのなさも知られる。思い知らされる。病状はかくも重症となって介入の余地もなく、失われたものは何よりも彼自身にとって測り知れなかった。

それでも食事はこれまで通りに摂ることができた。会話にも直ちに支障はきたさない。たとえば、

「あれ、顔に何か付いてるよ」

「え、どこ?」

「鼻のところ」

「ここ?」

「ちがう、反対……もっと右……」

「これ?」

「そう、それ」

摘んでみるとそれはザラザラと輝いて、どう見ても小さな星屑である。

あるいは、

「その服いいね」

「フフ……去年バーゲンで買っといて、今日初めて着たんだ」

「色も柄もいいけど、少し暑くない?」

「いや、別に平気だけど」

とか、
でも、たとえば、

「あ、顔に何かできてるよ」

「え、どこ?」

「口のすぐ横んとこ」

「ここ?」

「ちがうよ、左っかわ……そう、そこ、でも触らないほうがいいって……何ともない? 結構きつそうだけどな」

「いや、ちょっとかゆいと思ってた……ひどい？」

「ん……見たら」

「あとで、洗面所で見てくる」

「手鏡あるよ」

「あ、いい……ちょっと見てくるよ、トイレもしたいし」

と、その場は遣り過ごしたとしても、医者に行くのにはさらに相当の勇気を要する。とにかく、

「こんなの随分前からでしょ、気がつかなかった？」

などと突っ込まれたら一溜まりもない。

それでも日々の生活については、戦場でも家庭でも街頭店内車中であっても、余程自分の体、それも外科的な所見にでも結びつくことでない限りはまずまず無難にやりこなすことができる。たとえ風呂屋に行っても差し支えはないのだが、そこで入浴後の体が纏って、その身を包んでくれる衣服に対して、これほどに感謝の念を抱いたことはなかった。何しろ衣服は他人の目から生身を守り、逸らし、取り込むという以前に、見えなくなった肉体から彼自身の目を守り、逸らし、執り成してくれた。さらに男の場合には整髪とともにひげ剃りが難関としてたちはだかるが、シェービングフォームがまたとない道標をつけてくれる、髪についてもスタイルにこだわらず、撫でつけて乱れをなくす程度なら深刻なことは何もない。散髪はそもそもがプロの手に任せるものだから、仕上がりについて仮に何かを尋ねられても適当に答えておけば大抵はそれで済んでしまう。たとえ少々ピント外れの答えが続いても、この人はそういう客、と相手が気を回し、壺を心得て、尋ねることを控えるのではないか。どうしても自分で髪の長さなりを確かめてみたければ、少し手を動かして触ってみればよい。翻って自

前のシェービングについても、手剃りなんかやめて電動に切り換えればほとんど問題はないだろう。

　数日がたって、男が少し遅めの朝食を食べている時だった。その日の朝もやはり鏡の中に彼の姿は見当たらなかった。もう打ちのめされることもなく、固めのフランスパンを口に運びながら、朝刊の一面から続く戦争関連の記事を拾っていく。二面、三面、国際面。その時不意に妻のことを考えた。彼女は同じ食卓について、出勤前の化粧を整えている。月初めから夫を見舞った変事については、鏡像の有無に関わらずいまだ何も知らされることがない。そうだ、化粧だと、これよりは女のケースに話が転じる。髪型にしても、とてもとても一筋縄では行かないだろう。色々と要求も細かいだろうし、心遣いも格別だろうが、それでもこちらは玄人任せにできるし、そうするしかない。とはいえ、鏡の中の像までが失われた時の絶望はいかなるものか。とても今の私どころではあるまい。それに加えてここに化粧がある。何しろ日々の営みとして励行するのは当人だ。それも私のように指先の感触だけを頼りに髪を撫でつけ、適当に乱れを直すのとは訳が違う。すると女が、テーブルの向こうの妻が、妙な気配を感じてか手を止めた。さらに一瞥もくれて声をかけてくる。「どうしたん？」

「いや、べつに」

　何食わぬ顔をして新聞をめくるが、男の動揺はまたしても大きい。そして揺るぎない。そうだ、彼女にとってもこんな日常の作業現場から、鏡像が背景だけを残して失せるんだ。パニックへの道のりは遥かに近い。比べものにならない。だけど、一度ならず、盲目の女性がきれいに顔を拵えているのを見たことがある。彼女たちはどうしてるんだ。やっぱり他人に作ってもらってるのか。そうだ。たぶんそれしかないが……ここまでくると男には己が無知の独白を前にしてなす術もなく、戦争どころでもなくなっていた。

男はふと思い出す。あれは学生の頃、竹馬の友に誘われて演劇倶楽部の舞台に立った時のことが奇妙に蘇る。淡い疼きにも似たものが巡ってくる。彼自身は熱を入れて拵えるほうでもなかったが、きれいに顔を作るのなら鏡は欠かせない。その鏡の像がないのならせいぜいのところドーラン(Dohran)を塗って、目蓋の上をたとえば青色にでも作るくらいのものか。塗り斑《むら》のチェックもままならず、それがこの役者定番の作法とでも思わせるしかない。そうか。化粧か。この漢字の二文字が久々の質感も伴って重く両肩に伸し掛かる心地がする。

そうなると隼は日を追って鏡に目を向けることも少なくなった。むしろここは鏡のほうからすすんで存在感を希薄にしていくのだった。それとともに化粧という日常の営みもまた彼にとっての持つ意味合いを改めた。重みも徐々に増して、身近な女性を見る目もようやく少しは変わってきたのか、彼は躊躇いつつも別の朝、一度だけ妻に尋ねた。それも彼女が化粧の最中、声も落とし刺激は和らげ、

「もしもね、その鏡の中に何も映らなかったら、どうする?」と。

「は?」

妻は相手にしないわけでもなく、問いの出所が摑めないという風情でほんの一時スポンジを持つ手を止める。それからすぐにまたファウンデーションを続けると、夫もそれ以上には問うことができなくなる。だって答えは明らかで、鏡像なくして化粧をすることなど当面は不可能になる。散髪屋、ヘアーサロン、カットハウスなどと同じく、メイクアップもプロにやってもらうなんて一部の玄人筋の話だろうし、素人なら日々の顔は自力で作るというのが市民社会の原則だ。それも鏡の像のある限り。この前提が消え去るのだから事は重大になる。少なくとも、と隼は思う。鏡像の喪失が持つ意味、そのもたらす結果は、自分のような男と妻のような女とでは重みや持つ意味合いがまるで異なる。常日

頃素っぴんを貫く自分なら隠しおおせる、というか、あえて隠すまでもないようなことが、彼女たちには隠しきれない欠落を生じる。この差異も単に性別と一致するものではない。何よりも問われるべきは化粧の有無なのであり、打撃の深刻さはこの「社会的表現」の存否、あり方の相違に直結している。

早い話が電動のひげ剃りはあっても、化粧機はない。将来的には自分の好みのパターンをプログラムしておいて、それに従って自動的にメイクが進むことも考えられる。でも今のところはあくまでも人が自ら手を加え、アレンジする、そのためのフィールドが失せるのだからお手上げだ。カンバスなくして絵筆を進めるべくもない。厳密に言うと今の場合、カンバスとしての素顔はあるのだが、そこに至る回路が塞がれている。だから目蓋を閉じたまま絵筆を揮う離れ業にも等しい技術が求められる。ひげ剃りにしても好みの形に整えるのであれば同じことで、鏡像なくして魅惑のアイシャドーを引くことなど至難ではないか。あらゆる至福に見放され、ああ、そう考えるとこれまで左右反転とはいえ、鏡像を介していつでもチェックできたものが、今では何の手立ても講じられないがままに知られざるわが素顔を白日の下に晒していることが空恐ろしくもなった。思えば化粧の彼岸に素顔の此岸、あるいはそれぞれの逆にしても、両者を繋ぐものはもう何もない。すべての自画像は色々に奪い去られて民間に漂い、この先政府は恣《ほしいまま》にいくらでもこの私の顔を盗みとることができる。

悶々として迎えた一一月の下旬、それもいよいよ余す所二日になった夜、隼は例の公民館前を歩いていた。今の病を得たあの夜の会合以来初めて、彼は再びかの少年少女のことを考えていた。反乱なり非合法の活動に入っているという未成年者たち、性別は問わず、ひょっとしてかれらは軒並みこの自分と同じ類いの症候群にやられたのではあるまいか。訳もなく見失われたそれぞれの自画像、中でも鏡に映るボクラワタシタチを求めて切羽詰まった破壊活動も繰り広げるのではないか。鏡という鏡

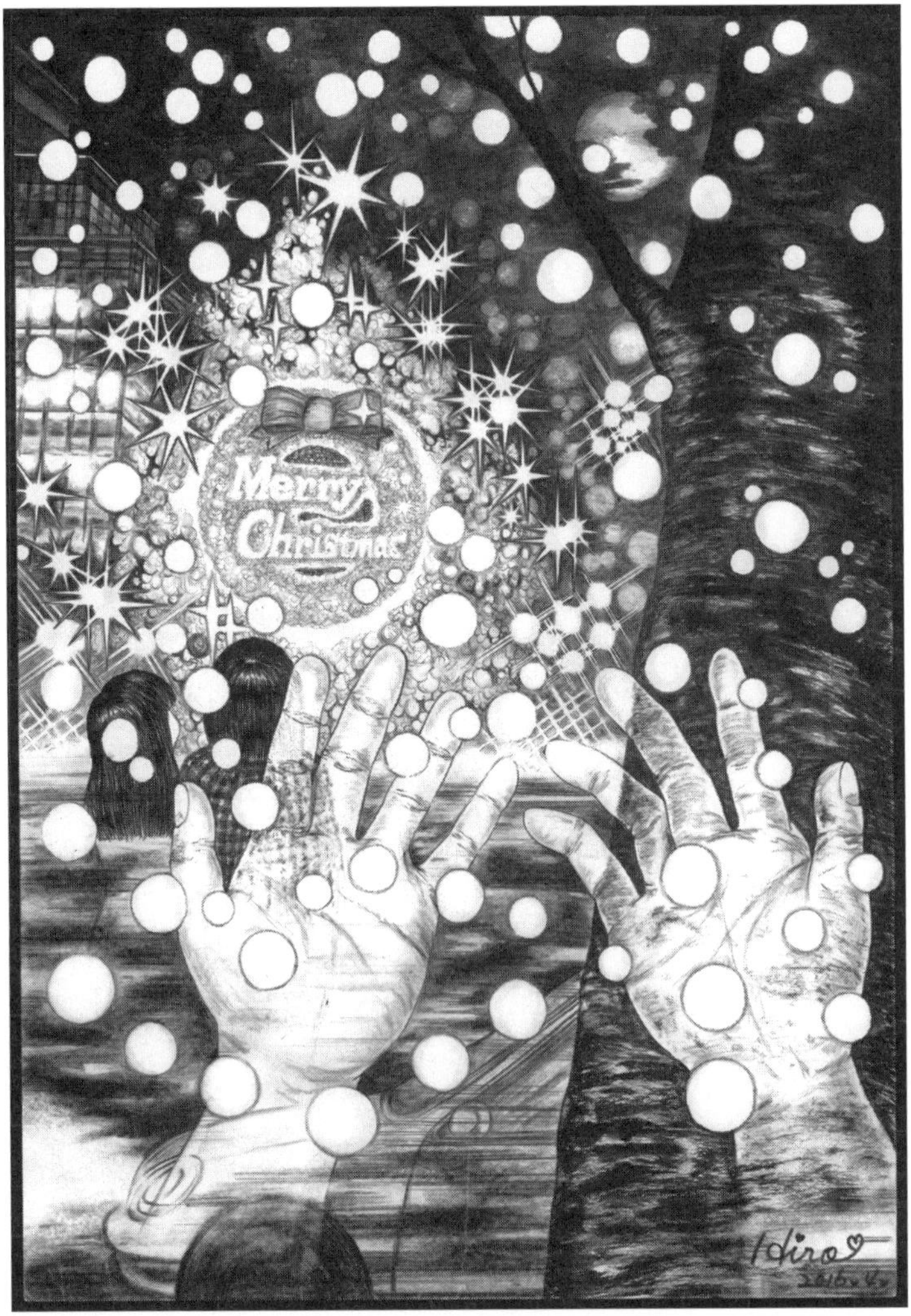
Merry Christmas
Hiro

を打ちこわし叩き割って、その実それと同時に自分たちを再び映し出してくれる、これまでにない新しいタイプの鏡を捜し求めているのではないのか。その鏡には性別がない。あるのは像の有無ばかりだ。

一〇時を回り随分と冷え込んで、ひと月先の師走も大詰めと言ってよいくらいだった。闇雲に歩き回るだけの隼も、世代差年代差をこえて今こそはかれらの活動に合流したいと思った。これまでにないシンパシーにも駆られて。その刹那、これまでにない裏切りへと導かれる。木枯らしに吹かれて辺りにはこの冬初めての雪が舞ってきた。粉雪ではなく、湿り気も帯びて降りしきる。その中からいくつもの大粒が眼前に、あるいは眼下にとどまるのを見届けた。その牡丹雪にくるまれて、懐かしい生身の手の輪郭が浮き上がるのだった。手袋もなく、皮膚はみるみる赤みを帯びていく。二つの手の甲が寒さにも耐えてひと月ぶりに姿を現わしたのは、枯れ葉も消え失せた桜の木の真下である。

ひっくり返してみると、左右いずれの手の平も見事に溶け去る雪また雪を受けとめていく。オレンジ色の街灯の向こう、雪雲の透き間からは月の光がのぞく。車は雪を撥ねとばし、気の早いクリスマスの装飾灯が信号に合わせて点滅を繰り返す。鏡を見るまで何も確かなことは言えないが、どうやら「私は私の透明人間から解き放たれた」。あるいは用無しの足手纏いだと見離されたのかもしれない。たとえまだ鏡の像はなくても、見える範囲でのこの実像ある限り、少しは自信を取り戻して生き抜ける。彼は至る所に自分の輪郭を読みとり感じとることができた。道路脇の排水口の蓋にも、新築ワンルームマンションの切り立った屋上の四隅にも。少年少女の姿ばかりが秋の物語りとなって地下に潜ると、もはやどこにも見出されなかった。かれらの悲痛に比べるとき、過ぎ去りし隼が病状は一篇の抒情詩にもほかならない。

4

公園ではなくて、広場だった。あの町に限らず、ユウラシヤのあの辺り、町一番の教会や市庁舎の前には市民の往き交う広場があって、週末など露天商が屋台を連ねるところもあった。路面は大ていが昔ながらの石畳で、それについてはあの町も例外ではない。そんな中でただ一つ、よそには見られない特異事項があって、それこそが得体の知れない「徘徊の敷石」だった。

徘徊の敷石とは、数ある中に一つだけ形も大きさも異なるものである。他は全て同じ寸法の四角ないし五角だが、それだけがいたって円い。踏んだ者は文字通り徘徊の渦に巻かれる。町からの出口を捜し求めて旅に出る。行き当たることなく一晩中さ迷うことになる。見つかることのないその出口とは、実はその時この世の出口と一体化しているとも言われる。だから見つけられないことのほうが遥かに幸せなのだと。あるいはその町からの出口を出て再びそこを潜る時、すでにそこはこの世からの出口なのかもしれない。

隼がその敷石を踏んだのは、Sと出会ってまもないあの同じ秋の週末であった。それでも踏んだ者が必ず徘徊の旅に赴くのではない。そうなるのは、さらにいくつかの付帯条件を全て満たした時だと言われる。現実に徘徊へと至るケースはごく限られたものである。それら付帯条件の詳細についてはほとんど知られていない。たとえわかっていても口外することはタブーだ。円い敷石の位置にしても固定したものであろうはずがない。その移転も規則的で定期的なものではないらしい。その時々の位置に気づいても、これまた口外することは許されない。それにしても一個とはいえ、敷石を埋め変えるのにはかなりの労力を要する。たとえ深夜に事を運ぼうとも、町の中央広場にあって人目につかぬ道理もない。だからひょっとすると深夜、あるいは意表をついて白昼堂々、敷石の形そのものがそっと、あるいはさっと変わるような仕掛けが施されているのかもしれない。その際何らかの、おそらくは複数の暦にでも従いながら膨大な数の敷石がただ一つの円形を順繰りに受け持っていく。こうして一見不定期な装いの下、円の敷石が広場の中で自らの位置を転じていくシステムが揺るぎのない歴史上の使命としても確立されていたのではないか。

より正確にのべると、隼が踏みしめたのは一一月も最初の金曜日だった。勤め先の研究所では時たま金曜日の夜に、慰労懇親、時には腹の探り合いをもかねてのささやかな宴が持たれた。市街の別の店にわざわざ席を設けるのではなくて、学食の厨房から研究所の中庭に軽食を取り寄せ、集うだけの立食パーティーである。彼は常連でもなかったが、その日は早くから誘われており、折りあらば懇談であのSのことなども尋ねてみたくて、帰宅後ふたたび足を運んだ。ビールを飲んで、摘みに手をのばしたが、中でもビスケットに厚切りのパテとピクルスの薄切りをのせたものは芳しく、すぐに売り切れた。飲み物を注ぎ合うような慣わしもなく、それぞれがそれぞれのペースを楽しめる。ほかのメニューも残り少なくなるころにはワインなども空いてきて、呑める輩は自ずとアルコールの度数を上げていく。話はなおも盛り上がる。Sのことにはなかなか踏み込まれないものの、隼もまた愉しげに翼をのばして杯を重ねた。中でも古典文学の博士が差し入れたテキーラは口に合い、いささか過ごしたものか、心地よい酩酊のなか帰路についた。それでも道に迷うほどのことではなく、常連のパン屋がある角から一番人通りの多い道筋を通ってまもなく市庁舎前の広場に出た。日付が変わるまでにはまだ余裕もあり、広場を取り囲む飲食店もほとんどが営業中、というよりもまさにそちらも宴たけなわといった週末の賑わいを見せたが、彼はどこに入るというわけでもなく、家路に向かって広場の中程からゆっくり左に進んだ。

その時である。いつもとは何か違うものを踏んだなという感触が伴った。取りとめのない、恐怖に至る間際《まぎわ》の無感動に包まれ、いつしか苛まれていく。踏み締める爪先から踵を取り囲む、何か円形の繋がりを確かめる暇《いとま》もなく、視界は一変した。少なくともいま彼の住む町が、彼にとっては異国のこの町が、大きな洪水のような異変に見舞われたのはその直後だった。彼があのとき「徘徊の敷石」を踏んだのだとして、それが来たるべき大洪水の引き金になったと指弾を受けても、これでは抗弁のしようもないタイミングの良さである。それ以外には何の先触れも予報もなくて、水はいずれの方面から流れ込むのでもなく、静かに、しかもひと息に増しながらありとある建物を呑みこみ、自らの胸懐《きようかい》に収めた。物音ひとつしなかったし、明かりという明かりはものの見事に閉じられて、さらに見失われた。それとともに流れなき大いなる水かさはどこかに新たな暦をもたらしたのである。

それでも時代を画するほどの物事など、水面《みなも》から水底《みなそこ》の奥深くに亘り、いずれにも見出されなかった。洪水は端からそんな物事を遥かに超え出ており、被害の規模にしてもあの町だけではとても済まされない。だからこそ一見したところ、広大な静謐の中に知見の及ぶ限りあらゆるものが形も変えず沈み込んでいく。果たして洪水の影響は地表の全面に及ぶのか、その答えは誰にもわからない。魚類だけはもう何度目かのこの世の春を謳歌するが、人類は幾度目かの絶滅の危機に瀕した。それでも時代を転じるまでには、まだ何かが物足りない。そんな愁いを沈めるかのように、隼の引きずり込まれた新しい暦では二週間近く、地表の水は引かなかった。彼にはその間の記憶が失われている。ものの見事に、何事もなかったかのように、あれは平然と生きのびている。あれだよ、あれ。あれは大洪水を前にしても、あり余る暴力を銜《くわ》え、それを糧にし、たとえ食べ残したとしても生き永らえている。その名を心得る者が、たとえ一人残らず死に絶えたとしても。

その新しい暦は早くも二週を経て、新年も猫月《ねこづき》の一四日《にち》を数えていた。この時も先触れはなく、朝からみるみる水が引き始めた。どこかに流れ去るというのでもなく、そのうち教会の塔がわずかに尖端をのぞかせると、町はすぐに浸水以前の賑わいを取り戻した。やがて夕刻も近づいてくると、いつも通り街路には人通りも蘇って、空からは復興を標しづけるように見たこともない箒星が現われた。

その猫の月もすでに半ばを過ぎたところで、慌ただしくも新年の行事が取り組まれていく。市内の主だった通りの四辻には、陶器で拵えた神々の像が供えられる。死神を除いて、あらゆる神々がそこには集い、並び立ち、要所要所を固めている。それぞれの御前には円錐形にこっぽりと岩塩の山が盛られ飾りつけられている。そうなると道往く人びとはたとえどんなに急いでいても必ず、新年の最初に出会った神の像に向かって掌を合わせてから、その手をそのまま自分の額なり鳩尾《みぞおち》なりに押し当てていく。それから一言二言同じく何ごとかを唱えていくようだが、その詳細も隼には聞きとれない。やむなく彼は最初の神に向かって、掌ではなくて両の翼先《つばさき》を合わせていた。

荒玉の年の始めを迎え、人びとは住まいの模様変えや大掃除に余念がない。またこれを機会に、古くなった家財道具も思い切って買い換える気配だ。たとえば広場にも程近い、おそらくは町でも一、二を争う古風な三階建てアパートの前で、黒ずくめの婦人が年齢を包み隠し、いかにも隼好みのアンティークな書斎机を通りに出していた。早速に彼は所望をする。

「あの、よろしかったらそれ、私に譲ってもらえますか」

婦人は割合に鰾膠《にべ》もなく応じてくる。

「縁起が悪いよ」

「私、別にいいんです」

「そっちがよくったって、こっちが」

「はあ。でも、リサイクルで、いくらかお支払いしても」

黒ずくめの婦人はこの言葉に初めて赤い笑みを浮かべて、しばらくは返す言葉も浮かんでこないといった沈黙を守りながら、隼のあたかも全身を見つめていた。目敏くも見抜いてきた。そして
「はあ、そしたらね、明日もう一度同じ時刻に来て、その時まだこれがここにあったら、持っていってもかまわないよ。お代なんて要らないからね」

これでは断われているも同然なのだが、しかし、それ以前に今や出口捜しの隼にはその明日の同じ時刻ということ自体の保証がどこにも見出されないのだった。

机はすぐにも諦め、まだまだ十分な湿り気も残るメインストリートを行く。慌ただしく往き交う人並みをくぐり、そこへゆったりと一人の猫がやってくる。向こうから押し寄せてくる。新年らしく猫も居住まいを正し、長めの喫煙パイプのようなステッキを地べたにつけることもなく、むしろ高く翳すようにして声をかけてきた。

「おめでとう。実に一四日遅れの正月だ。人びとは例年以上に活気づいている。大水が全てを洗い流しても」

「町は生き残っている。人びと諸共に」

「さほどにここん町は不滅だ。それにしてもアンタはどっから来た」

「私、ここに住んでますよ」

「ナニ、したら犬ん子は捕まえたかい」

「犬ん子？」

「アレ、妙だな。ここん住民にして何も知らんのか」

「いや、ちらっと居眠りをしたから」と、隼は華々しく恍《とぼ》けてもみせるが、猫もまたそれにはあらぬ共感を寄せてくる。

「ハハ、だからさ、荒玉の年の始めの捧げん犬へともたらさんがための、例の百一匹さ」

「ああ、あの百一匹のワンちゃんか」と隼はさらに恍けて、翼は窄《つぼ》めてみせる。

「フフ、さてはしくじったな。それとももとんと興味ひかれぬ変わりん者《もん》か。見ろよ、奴ら、この通りにあってアンタ以外は大ていが、ホレ、この一年の好運にご利益《りやく》願っての野良犬狩りだというに」

勤め帰りの隼にも、これでようやく道往く者たちが醸し出す熱烈の縁起が読み取られた。今宵誰もが犬狩りの群れにして、賞金稼ぎの聖なる殺意に満たされてしまうのだ。しかし彼にはいまだ行き着くあてもなく、犬狩りどもも概ね遠のき猫と二人運河沿いの脇道に入ると、辺りは急速な夜の静けさというものに包まれた。隼は何気なく足下から小さな石ころを拾って、力なく下手から投げ入れた。トポンという水音とともに飛沫の跳ねる気配はしたが、波の輪の拡がりまでは見えてこない。猫は神妙にして実に猫らしくとでも言おうか、尻尾をついて前足を立てる。そして尋ねてきた。

「それで、犬狩りでもなければ、アンタ、この新年正月の宵に、何のための外出かね」

「それがね、ちょっと捜し物があって」

「へエ、何をさ」

「出口です」

「出口？　出口ってどこん？」

「この町んですが、ご存知ないですか」

「ふーさ……」

そう言ったきり猫は何も答えなくなる。その代わりにか、右の前足で二、三度、またしても猫らしく右耳の後ろを掻く。それから大欠伸もしてすぐに何かを吐き出した。それを今度は左の前足を引っくり返してサッと受けとめた。そうしながら何やら大きく肩で息をして、体は時折、僅かながらも痙攣を起こしているようにも窺われた。もうとても町の出口どころではないご様子だ。それでも猫は、あの街角四辻で、供え置かれた陶像に向かって人びとが唱えたのと同じような文言を呟くと、左の前足を、何かを受けとめたままの姿勢で高く差し出していく。差し上げられるその先には、あの箒星があった。

隼にも、すぐには事態が呑み込めなかった。それでも直感は鋭い働きをみせて解析を繰り返し、猫がどうやら夜目にも酷く傷ついていることは理解された。それも何事かのために自傷へ及んだ模様である。あるいはそれによって自らを捧げたのかもしれない。しかもいまの大欠伸ののちに左の前足で受けとめたものとは自分の心臓、それも生きたままの心臓らしい。ここまでの推測に隼が自力で辿り着いたとき、猫はすでに虫の息となって傍らに横たわり、捧げられた心臓とやらは夜の太陽となって箒星の行く手に浮かび、燦然たる輝きも誇るのであった。

それから夜は深まり、猫の亡骸からも徐々に遠く離れてしまうと、程なく日付とともに月も改まった。同じ通りを真っすぐに行って、家並みもそろそろ疎らに途切れようとする辺りから右側に少し続いた煉瓦の塀、その一角に両開きの木製の門が設えられて一人の番人が立っていた。番人が犬であることはすぐにわかった。後足で器用に立つと尻尾を垂らし、前足も体側に沿わせると見事な直立不動を保つ。まるで制服を装う鋳型にはめこまれたように微動だにしなかったが、会話には気兼ねなく応じた。というよりもむしろ番人のほうから声をかけてきたのである。

「いらっしゃい。こんな夜更けにどうしました。もう月も改まって犬月ですよ」

隼は問いに応えて直ちに本題に入ろうかとも考えたが、とりあえずは挨拶に続いて別の問いを差し挟むことにした。

「ご苦労様です」

「どうも」

「こちらにはいつからお立ちで」

「今回は、十日になります」

「ほう」

「ですから犬月の一〇日です」

「なるほど、よくわかりました」

次の問いへと移るにはなおも躊躇いがあった。この門が彼の捜し求める町からの出口だとは、どう見ても思えなかったからである。

「それで？」と門番が先を促す。

「いや……」

「何かご用で」

隼は思い切って尋ねた。

「ここは、町からの出口ですか」

「というと」

「私、ずっと以前から、町からの出口捜してるんです」

「それはそれは……ま、確かに出口の一つではありますが、一度通り抜けたらもう二度と再びこちらには戻れないという点で、他に類を見ません」

「やっぱり」と隼は思った。相手は明言を避けたが、ここが冥界の入口であり、彼がその冥界の番人でもあることは一目見た時からどこかで察しがついていた。だから隼もすぐに話題を転じることにした。

「それにしても、あの犬狩りを凌いで、よくもご無事でしたね」

「いや、何、あれは毎年のことだし、この門と共にある限りは対象外です。それにこの向こうに隠れてしまえば、もう誰も、そこまで追いかけるだけの覚悟を固められる者はおりませんので」

「たとえ踏み込み捕まえたところで、すでにこの世のご利益には与れなくなる」

門番は何も応えなかった。

「さっき、ここの番をされるのは、『今回は、十日になる』とおっしゃったけど」

「いかにも」

「ということは、これが初めてではなくて」

「はい、何度も」

「そもそもいつごろから」

「それは少なくともですね、あなた方の種族（人間）がこの世に誕生し、かれらが初めてこの門を通ることになる、そのまた遥か以前から、とだけは申し上げましょう」

「それならあなたは、私たち（人間）がやってくるその一部始終を見届けられたことになる」

思わず勢い込んだ隼は、両の翼も真っすぐに押し立てていた。

「いや、一部始終とは滅相もないが、まあ大体は」

「どう大体？」

「その前に、あなたはそれをどのように聞いてらっしゃるのか」

「まあ、それについては……」

「もしや、神がお創りになったとでも」

「いやいや……」と口ごもると、隼が翼を立てることもやむなくそこまでとなった。

「あえて申し上げるのですが、それは誤りですよ。事実誤認も甚だしくて、傲岸不遜の誹《そし》りはまぬかれません」

神によるヒトの創造など、およそ隼は受け入れない。何よりも翼がそのことを許さない。それでも番人からの切り返しの中味のほうに心ひかれた彼は、この先自らの主張などいかほども差し控えることにした。

「元より人間もそんなことは覚悟の上かもしれませんが、それよりも何よりも犬のあなたはかつて何を見られたのか、どうかそれをそのままありのままにお聞かせ下さい」

そこで門番は不意に目《まなこ》を閉ざした。それを見て隼は勝手な邪推をめぐらせていく。前月の夜を取り仕切った箒星、いま番人はその行く末を案じるのではないかと。しかし邪推はあくまでも邪推として何ひとつ報われることもないまま、居所もなくし、立ち所に隼の目《まなこ》は開かれる。番犬はすぐに物語りを始めた。

「神の手、御手によるなどとはとんでもないのです。今も生き残るあなたがたヒトビトの遠い祖先はね、われらが犬族の崇める犬神様が、中でも偉大な母神様が、創られたのではなくて産み落とされたのですよ。もっと厳密に申し上げるなら、母神様の産み落とされたそれこそ無数の子どもたち（子犬たち）の中から、やがて自然の摂理にも従って生じた一種の突然変異に由来するのです。しかも、随分と形状の異なる、何と言っても尻尾がないという奇妙な、いや、奇怪なとも言われるべきその児にも驚かず、犬母神《いぬぼしん》はほかの子たちと全く同じように育て上げました。そもそも尻尾というのはわれらにとって、当の持ち主が神性の有無ないし優劣に関わりなく、われらと神々を結び合わせるたった一本の通路にして端末でありまして、一種のアンテナにもあたるものです。その尻尾がないということはある意味で、決定的な欠損とも見なされかねないのですが、それをもって例えば間引きなどとは犬母神にとって思いも寄らぬことでした。やがてその子がヒトの祖先として成長を遂げ、ひとり二本の足だけで立ち歩くようになってもこの姿勢は変わらなかったのです。だからこそあなたたちは栄えた。この時の犬母神の慈悲が、慈愛が、のちの世のヒトの傲慢をもたらしたと非難をする向きもあるようだが、私は今日に至るも決してそのようには心得ません。ヒトの罪に対してはあくまでもヒトの責めこそが問われるべきでしょうから」

この点に関しても、番犬はあえて隼からの同意を得ようとはしなかった。

「それではここで先刻来お尋ねの、犬神様を崇め戴く犬族がどのようにしてこの世にもたらされたのか、そのあらましについてお話ししましょう」

そう言われても、隼には一向そのような問いを持ちかけた覚えがなかった。番犬は一切構わず、徒に吠えることもなく滔々と語る。

「それは他愛もないことです。われらが犬神様をも一つの配下に収めて君臨する、この世で一つの大神様（オオカミサマ）が、すでに作られていたそこいらの土を捏ねてたちまちのうちに体を作り上げると、そこに自らの凮の息を吹き入れて最初の祖先を生み出したのです。その際、よろしいですか、われらが一人目の祖先の目《まなこ》は万里をも見通せたのです。しかしそのことに、神性を侵すような不遜の種子を見つけ、それも犬神様ではなくて、夜の太陽に身を窶《やつ》した猫神とも言われるのだが、ソヤツが生まれたばかりの祖先の両眼《りょうがん》に厚く霞を吹きかけたのです。すると瞳はたちまちにして曇り、限られた視界のうちに閉じ込められるようになった。このことは、われらが突然変異体であるあなたたちヒトビトにおいても、今日当然のごとく受け継がれているのです」

その時隼には、番犬が少し俯いて目頭を拭っているようにもうかがわれた。

「さてと、これ以上冥界に対し無用な好奇は抱かず、立ち去りなさい」

「そうしましょう」

「それに夜が明けて月も改まれば、この門は閉ざされます。いかなる者も通り抜けることができません。次にまた開かれて同じ私がここに佇むのは、蛇月が次の来々月、すなわち蝙蝠《こうもり》月に入ってからですよ。概ねどの町にあっても、冥界への門口《かどぐち》はそれぞれ隔月の営業となっている。必要とあらば、来月はまた別の門に当たるがよい。どこかに必ず開かれているはずです。さあ」

隼が少し進んで振り返ると、早くも未明の暗闇の中にあって、犬はおろか門の影も形もことごとく消え失せていた。これを見届けてから隼は、さも安心したかのように両の翼を拡げると、一気に大空へと飛び立った。しばらく行くと、やはりあの門のあった辺りから一つの遠吠えがきこえた。それはもはや犬ではなく、野生の狼そのものであった。

やがて朝を迎えて、月は改まっても隼は飛び続ける。食事も摂らず、指折り数えて五日目の夜が更けてもなお町を出たという実感は得られない。旅が陸路を経たものでないからである。空腹はともかく、飛び疲れた彼は徐々に高度を落として陸地をめざすことにした。驚くばかりに何も見当たらない。おまけにどんよりとした夜の曇り空があらゆる識別をなきものにする。一時間二時間と何も見えない原っぱをゆくうちに、ようやくただの一本、行く手に大きな立木のような影が浮かんだ。なりふり構わずその影をめざしてしきりに飛び去るものの、残された距離は一向に縮まる気配もない。隼はますます空腹以前の疲労困憊によって苛まれるところとなる。とその時、同じ並木の根元から女の声のようなものがきこえた。矢庭にみるみる立木との隔たりは縮まっていく。予想を遥かに上回る高木の下《もと》、確かに黒ずくめの女を見出すと、手前の荒れ地に降り立った。

なるほどその木はただの一本にしてどこまでも聳え立つが、低く垂れこめる雲に掻き消されて高みは望まれない。黒髪黒装束の女は木の根元に腰を下ろし、ゆっくり、それはゆっくりと、髪を梳《と》かしながら話しかけている。半円形の櫛は黒曜石か何かを思わせる重量感に風格を備え、長めの睫毛から零れ落ちる雫が選ばれた言葉となって誰かに語りかけていくのだ。その誰かになりすます気などさらさら持ち合わせず、降り立ったそのままの場所から彼は挨拶代わりに謎をかけた。「町はどこですか」と。

女はなおも髪を梳かしながら、事もなげに切り返した。

「いらっしゃい。ここは町ですよ」

「ええ」と隼も相槌を打つ。

「但し、町の外れにして世界の中心です。だってほら、こんな木が立って天地を貫き、私たちを支えて冥界にも至るのですから」

「なるほど」

「樹液は赤く、生命《いのち》にみちあふれている。アンタの血も赤ければ赤いだけ、この赤を拠り所にしている」

女は梳かす手を止めて、今度は櫛の歯に絡みついた抜け毛を除き始めた。隼からの問いを待ち受けるかのように。

「それで、どこから来たんですか」

「どこも何もアンタ、私はこの町の人間ですよ。もっと厳密に言うならば、私こそはこの木から生まれ出た者であり、あたかも終生その世話をするかのように運命づけられてきた」

但し女は、前月のあの門前の犬を思わせるような番人ではなかった。

「そもそも私の務めというのは最初の訪問者を迎えるまでさ。そしてね、いずこよりか舞い下りたアンタこそがその最初の一人……」

それはちがうと隼は思った。少なくとも同じ町の住人を自認する彼は違和感を覚える。

「そうそう、どこまでも高いこの木の天辺には一羽の霊鳥が翼を休め、四方に睨みをきかせるって言うけど、誰も見た者なんかいないよ……ねえ」

曰くありげな眼差しを向けられた隼は自分こそがその霊鳥であり、最初に翼を休めたのもこの木の天辺ではなかったのかと、錯誤の淵にまで追いやられる。過ちの只中に陥らなかったのも所詮は僥倖の域を出ず、彼自身の勇気がなせる業ではさらにない。

「聞くところによると、近ごろ町中ではヒトというヒトが競って高層建築とやらに憂き身を窶《やつ》しているらしい。いつの日にか天にも届くものを造り上げることをめざしてか、そうではなくても、あわよくばその先端が自ずからのび上がり生長もして天に届くことを願ってか、いずれにしても、ホラ、世界の中心にあってすでに当初より、この木こそがその願望を果たしてきた。しかものび上がったころにいまだヒトビトはなく、だから同じ願望があったとしても、決してそれはヒトビトのものではなかった」

夜半を過ぎて、潔くも急速に雲が晴れると十六夜の月が現れた。明かりが差し込むと、止めどなく天空をめざすばかりの木像が、そんな立木の姿が浮かび上がった。さらによく見ると、無数の枝先にはさまざまないずれも白い花がついている。空に向かう花の積み重なりは木像全体を白くくるみとる。月の明かりにでも照らされぬ限り、群立《むらだ》つ光華は誰の目にも捉えられないだろう。見えざるその花の白さに包まれ、黒ずくめの女はいよいよその際立ちを増していく。

花はいずれも人の魂《たま》であろうと隼が推測を立てる。「その通り」と再び髪を梳かし始めた女が心の中で呟く。魂はこの木に生まれ、一生を終えてのち、新たに一輪の花となって同じこの木に再生を果たす。それから同じ魂がまた次の人生を得る時、宿る花は枯れるのではなくて、ただ見事に消え去るのだ。

夜明けごろ、身だしなみを整えた女はついに、ようやく、かつて生まれ出たこの木を上っていけることに感謝を表わした。あの天辺の鳥にもいよいよまみえることができると。

しかし隼の関心は天辺ではなく、ひたすら間近の地上へ向けられていく。

「それで、この木の世話は誰がするんです……まさか……」

「ご心配には及びません」と切り返す女は至る所羽根を生やし、細長い大蛇へと生まれ変わっている。

「まもなくあの白い花の中から撰ばれた者が次の肉体を授かり、この木の世話を焼くのです。でもあなたにその姿を見ることはできない」

大蛇はさらに付け加えた。

「それとお尋ねの出口、町からの出口だけど、この木をどこまでも上れば、いつかその答えの片鱗くらいは得られるかもしれない」

隼には、そんな問いを差し向けた記憶もないのだが、蛇はみるみる昇っていく。一度だけうねりを外して一本の枝先に進むと、そこに咲き誇る一輪の男の魂か何かを捥《も》ぎ取り咥えながらもさらに昇る。木の天辺は望みがたい。答えの片鱗など望むべくもない。蛇は空へと踊り出て、朝日を浴びながら優雅なまでに流される。虹との見分けもつかないばかりに昇りつめる。ゆくゆくは天の川をめざし、流れも勢いを増すのだろう。蛇の虹にも隼は釘づけとなる。月日はそこで改まり、翼も忘れ去られて彼はまた元の街路に佇んでいる。天地を貫く高木などもはやどこにも見当たらない。

それは橋の上だった。町を横切る川一筋を渡して緩やかにアーチを描いている。辺りには週に二日で市も立つ。蝙蝠月の六日にもなると、そこに弔いの季節が巡ってくる。川沿い運河沿いにはいつもにも増して盛大な市が連日の十日間、六日はその初日にも当たる。露店の賑わいは流れの両岸に連なり、弛みなく商いの帯となって橋の上からも長く眺望される。そこに隼は、あの前月の虹の蛇がさかのぼるべき天の川を折り重ねる。丹念に、一言一言、祈りも込めて。

「あの、すいません」

男がそんな近くにいたことに、隼はその時まで気がつかなかった。

「ア、はい。何でしょうか」

男は男で声をかけながらも、相変わらず川面を見つめているのだった。傍らには黒の蝙蝠傘を立て、常に持ち歩き、杖としてもしばしば用いるのだが、いかにも年齢不詳で、季節知らずの重ね着を貫き、頰は随分と痩《こ》けている。そばの欄干の上の〈守りの髑髏《どくろ》〉が眼《まなこ》を閉じたような印象も伴う。もっとも、男が本物の髑髏ならそんなこともかなわない。なぜならされこうべからは眼球が消え失せ、かえって目を開けているのでは、といった夢想にいざなわれてしまう。

「あなた、火、お持ちですかね、切らしちまって」

男はなおも目をつむるようにして水面を眺めつつ、二本の指を口元に寄せた。煙草の影もなく、喫煙の意欲ばかりが示された。川の面に記された。

「あ……私、吸わないんで」

隼がそう応えると、男はそのまま指を唇に押し当てたまま、しばらくは何もしなかった。名前はキミル、仕事は立会人をつとめる。求められるなら事柄の吉凶を問わず何にでも立ち会うとは言うものの、隼には一目してそれが死に臨み死に立ち会うことだと直感される。

それから二人は近くの屋台で好きな飲み物に軽食も買い入れた。橋の上での朝食を済ませると、またキミルが尋ねてきた。

「今日は、どうするんです」

平日の朝だというのに隼からは、職場に向かうという発想が全くと言ってもよいくらいに失せ果てていた。町の出口のことなら少しは気にもかかったが、今日は市場の見物にこそ心惹かれるのだった。

「なら、どうです、ちょっとそこまでご一緒しようかね。つい、そこいらで、私もこれから弔いに立ち会うんで」

と、キミルは微かに吐き捨てていく。隼の直感は難なく一つ目の例証を手に入れた。あとはその弔いとやらを求め、傍らのキミルとともに橋の袂から左岸に沿って、少し下るとすぐ一筋目にさしかかった。立ち並ぶ露店の雑貨屋とパン屋の前からのぞき込むと、何やら粗末な祭壇が見える。数人の若者も屯《たむろ》をして、蠟燭のように立ちつくしている。目前の煉瓦の壁には少年の写真が吊り下がる。額《がく》もない剝き出しの上端には三角にセルロイドの紐がかかり、真下の路面にはCD、DVD、何かのノート、緑色の帽子、新旧の雑誌に腕時計が並んだ。

それは事故ではなく、誰がどう見ても事件だった。数時間前の深夜、写真の少年が刺されて殺された。まだ加害者はわからない。仲間内の誰かか、敵対関係にあるようなグループの一員か、それとも通り魔的な犯行なのか。目撃者もなく、凶器のナイフだけが残された。胸に突き立てられたまま、少年は仰向けになって事切れていた。鋭利な石のナイフだと誰もが噂をする。最初に亡骸を見つけたのは縁もゆかりもない中年の男で、朝早く、今日からの〈お弔い市〉の支度に訪れた商人だった。警察による現場検証はこの路地だけを立入禁止にして、ちょうど今しがた終ったところだ。辺りにはなおも制服警官のほかに数人の私服刑事がいて、複数の人物から事情を聴いている。おそらくは第一発見者を含む露店の関係者ばかりだろう。

キミルはいつの間にかどこで手に入れたものか、火の付いた煙草を燻らせている。被害者の友だちを自認する少年少女、かれらは検証が終わるのを待ちかまえ、立入禁止が解かれると手早くこの祭壇を組んでいた。少女の一人が灰の詰まったビール缶を置くと線香を立てた。それが一本、もう一本と、さらに煙草も加わる。まるで亡くなった少年の父親か何かのようにキミルも腰を下ろし、銜えた煙草を立てて、その前には慎ましくも青と紫の花束を寝かせた。横たえた。少年少女と彼の間には何の挨拶もなければ、ぎくしゃくとした諍いの兆しもなく、双方はしめやかに打ち解けていく。隼はと言えば、少年の父親にしては未熟であり、兄貴にしては必要以上の分別臭さが鼻につくのかもしれないが、それ以前にまず一見してその佇まいは異様そのものであった。そこから無用の刺激をもたらしたくもなかったし、ひたすら目立たぬように努めることが示し得る最良の弔意かもしれなかった。

誰もが緑の帽子に口づけをする。白のハンカチが置かれると、また別の少女が翡翠を思わせるビー玉をのせた。その時はじめてキミルが口を開いた。

「その玉は亡くなった彼の目玉かな」

「ううん、それよりももっと大切なガラスの玉よ」

「三つの時に死んだ父親がただ一つ買ってくれたもんだって」

「いつもポケットに入れてたからね」

「時々握りしめてたよ。何だか慰めるみたいに」

「明日、最後の時に、これだけは口ん中入れて送り出してやる」

少年少女は不良でもなければ善良でもなく、そんな識別からは遠く隔たり離れて暮らすこの町の未成年ばかりだった。キミルはもう一度、ビー玉をのせた少女に声をかけた。

「明日のお弔いには、また必ず立ち会うよ」

「場所わかる?」

「もう知ってる」

そう答えるとキミルは、少年の口中を満たすべきガラス球もさながら、飴玉をひとつ含んだ。煙草は少なくとも明日のお弔いまで控えるのだと言う。彼が「じゃ」と言うと、少年少女もみな同じく「じゃ」と挨拶を返した。渡る風もなければ、祭壇の煙は真っすぐに立ち昇る。陽ざしが壁面を高く照らしても、足元の路面にまでは届かない。隼は終始何事にも関わらないようにしてその場を離れた。傍らにはキミルがいる。川沿いの市に戻ると、人通りは先刻の倍以上に膨らんでいた。品物を眺めるばかりで、買い物をする意欲など橋の上に残してきた。それを誰かが見つけても、持ち去ることはかなわない。いつしか二人の話題も町の出口へと飛火して、キミルもすかさず同行を申し出るが、日付とともに彼は消え去り、彼が消え去ると同時に月もまた改まらざるをえなくなる。いつしか市も遠のき、隼はそのまま一人で川沿いを進んだ。

蜂月も一六日を迎える。町の住人の中には「はちづき」ではなくて、「ほうげつ」と読む者も少なくないという。辺りの家並みは次第に疎らとなるが途切れることもなく、町外れながらもいまだに同じ町が続いていく。何よりも変わったのは川沿いの様子で、水上生活者の定住接岸するような船影などもはやどこにも見当たらない。運送遊覧を問わずこの辺り、船はいずれもゆったりと通り過ぎていく。優に三十メートルもあろうかという木材運搬船の材木の上にのんびりと腰かけ体いっぱいに陽を浴びる船員、ほんの気まぐれに隼が手を振ると、相手もまた至極愉快そうにほんの軽く、何の負担にもならない程度に掌を返してみせる。するとその辺り、と言うよりもすぐ真上を燕が一羽風を切りながら見事に飛び抜けた気もしてくる。

陸上に話を戻すと正午も近いというのに、この日は何かの休日でもあるのか、往き交う車はなきに等しい。ただサイクリングの集団が一つ二つと同じ方向に通り過ぎたあとで、ようやく行く手から随分と古めかしい小豆色のオート三輪がやってきたのだ。それはこの季節、開花の前線とともにじっと北上を続ける虫飼う人、養蜂業者の一家であった。荷台には巣箱を何段も積み上げ、ほかにも蜜を採るための分離機など所狭しと色々な用具を載せている。あとからよく見ると、巣箱にはどこにも金具が用いられていない。

運転席の男は隼を見るとすぐに速度を落として傍らに車を停めた。そしてざっくばらんに尋ねてきた。

「なあ、この川沿いに行くと町の広場に着くんかい」

「あー、そうね……正確に言うと、この川が別の川と合流するところにかかる、サレコウベの橋を左に少し行ったところだけど」

「あ、そうそう、サレコウべ、その橋だ。そこまで行ったらもうわかる……」

するど男は紙コップを手に取って誘いをかけた。

「お茶飲むかい。蜂蜜入り」

「え、どうも、いいんですか」

「気にすることあない。今日は呪い《まじな》の日でさ。さっきだって神様に捧げる小さな木像《でく》をね、二つばかり燃やして、誰もが目を止めるすぐ道端に残してきたところだ。何も不吉なもんじゃない。少しでも多くの蜜が採れることを願ってな。そいで、出会ったお方にはこうやって例外なくこのお茶を振舞うことにしとる、ホラ」

話しの間に男は助手席の女にそのお茶を注がせておくと、すぐにも差し出してきた。何しろ濛々と湯気の立つ熱いものなのでとても一気には飲み干せないが、息を吹きかけながら一口二口と含んだ。男が味わいを尋ねると、隼はお愛想でもなく、甘みというより厚みを愛でながら微笑みを添えた。自らも癒やされた様子で、男はさらに話題を転じた。

「普通はさ、こんなに蜂を抱えてるんだ。町中なんか避けて、花の多い原っぱも広がる郊外ばかり走り抜けるんだが、ここには古くからの付き合いで親戚みたいな業者がいてさ、いつもその年最初の品物を納めることにしてるんだ」

「この蜜ですか」と、お茶を飲み干した隼が尋ねた。

「いや、蜜もあるけど酒も拵える……蜜蠟もな……も、いいんかい」

隼は手短に礼を言って紙コップを戻した。男は車を降りてそれを荷台に運ぶが投げ入れるのではない。むしろこれまでのものの他愛もない積み重ねにまた一つ新たな使い古しが重なるように見えた。

助手席の女は素顔を明かさない。どうやら仕事で使う覆面布を被っているようだ。

「女房だよ」

男の仲介で、彼女と隼はようやく会釈を交わす。

「アイツあ、生まれついて話すことはできないが、実に見事な女でね。目は口ほどにものを言うの手合いでさ、誰が見ても月の女神にして、自殺の女神を背負ってるんだよ……どう?」

唐突にきかれても、隼には返す言葉など用意されなかった。やむなく唾を呑み込むと、男は全てを折り込み済みといった頷きを戻した。男の発言に対して当の女はと言えば、なるほど見事なまでに何の反応も示さない。隼が精神的に一歩も二歩も退いて眺める時、彼女が座るのは崩れ落ちてきた寂寞の三日月、それも断片なのであり、荷台に積まれた巣箱は、オート三輪ではなく、何よりも彼女自身が生涯背負い続けていくと評しても差し支えないばかりであった。

「だからさ、日夜養い暮らしておるものはただの蜜蜂にはあらずして、よいカナ、かつての自殺者が新たな化身にもほかならんのだよ」

ここまで夫婦に束になって追い詰められたのでは、隼とてもはや闇雲に出口のことを尋ね合わせるしかなかった。

「ところでご主人、付かぬ事をお尋ねしますが」

「はあ、何カナ」

「これまで長の旅路を北上して来られたんだから、当然この町の出入口をご存知なわけでしょう。どうかひとつご教示いただけませんか。就中《なかんずく》出口のほうをいま私は躍起になって捜しておるんです」

「あー、そー、お生憎だねえ」

「と言いますと？」

「いや何、かかる生業からしてそれは十二分に心得ているんだが、それがその……ここに鎮座まします明神様との契りにおいて誰にも教えないことになっておる、同業者を除いて。それに何と言っても、仮にそれをアンタに明かした暁、掟に従い、この私自身が荷台の箱に入ることになってしまう」

ひょっとしたらこの荷台にはそんな境遇の男ばかりが積まれているのではないか。隼はそんなふうに訝りながらも言葉なく、惜別の情押さえがたくも、あとは虫飼いからの話を承るしかなかった。曰く、女神に寄り添い眠る幼子は生来聴力をなくしている。その分風の移り変わりには驚くばかりに鋭敏で、視力に恵まれぬ大人の自分など及ぶべくもない……

男はこんな捨て台詞を残して平然と車に乗り込み、エンジンをかけるとまたも三輪車を走らせて一路町中をめざした。ハンドル捌きは適確で、左右のいずれかに外れるという気配もない。隼の耳には「じゃ」という男の挨拶がいつまでも焼きついていた。車が道の向こうの点となって消え失せたとき、すかさず月日も改まって鰐《わに》月の一日を迎えた。

再び町の広場に立っている。ところが一度も来た覚えがない。なるほど周りに見えてくるのはいつも目にする建物ばかりだ。ひょっとしたらこの旅の起点となったあの「徘徊の敷石」を隠し持つ中央広場と同じものかもしれない。但し、広き水路とでも言おうか、ゆったりとした水面を浮かべて掘割が取り囲んでいる。その七、八割方を巨きな葉っぱの睡蓮が埋めつくす。先月の中頃からぽつぽつと花を咲かせているのだろうが、盛りは今月の終りに迎える。石橋のような狭い通路、そこを渡っていよいよ広場に入ろうとした隼は花の一輪に目を遣って思わず背けた。人面花である。一繋がりの大輪を開いて、人の顔をしながら生きている。瞬きもするし、唇を開いて呼吸する。呟いている。耳をすませば確かに根本の方から湧き上がるように「あろうことか……」と聞こえるのだ。それも足下近くの一輪に限られたことではない。一面の花々からなぜか重なり合うこともなく、この同じ文句が繰り出されてくる。「あろうことか……」と。それに応える余裕など捜す余裕もないままに、隼は石橋の通路を渡り終える。

この日広場の真ん中には劇場がある。いつも週末には市が立つところに、今日はこんもりと銀の天幕が張られている。劇団の名前らしきものは掲げられていないし、公演のポスターも見当たらない。それらに代わってというか所も選ばず、テントとその周辺には「世界はワニが食べつくす」というゴチックの一文ばかりが貼られている。それも宗教団体の警句か交通安全の標語を思わせる作法で散在する。やはりこれが上演作品のタイトルかもしれない。入場者の列もすでにできて、その数大きく百を上回る。興味を覚えた隼は受付に行く。幌のかかる荷台の後ろに切符を求める。そんな車が何やら先月出会《くわ》した虫飼う一族のオート三輪を思わせた。

そこで彼はようやく、天幕を司る芸能集団のあからさまな特徴を思い知る。受付を守る者、入口を固める者、さらには出入《はい》りをする役者といわず裏方といわず、背丈だけを見れば隼の腰までもないくらいの小人《しょうにん》揃いだ。中には車椅子の者もいて、受付にも入口にも等しく携わっている。

「当日券はありますか」

「整理券ですか」

「いや……」

「何をお持ちになりました？」

車椅子の女はてきぱきと問いを積む。束ねただけの髪を右肩の前に垂らしているが、隼は言い淀むしかない。

「料金は……？」

「ここでは毎年それぞれの方の大切な捧げ物をお預かりすることになっておりますので」

女はきっぱりと彼を見つめ直して、一段と唇を引き結んだ。それでも言葉を絶やさない。

「この町の方じゃないんですか」

隼は畏れとともに真実も包み隠さずに物語ることにした。

「もう何年も住んで仕事もしてるんですが、私のパスポートはここのもんじゃないんです」

「じゃ、結構です」

「と言いますと」

「この券を持って同じく並んで下さい」

受付の女は何も拒むところなく、一種類に積まれた整理券の中から次の一枚を手渡す。そして後ろの客に応対を始めた。そこに会釈を残して男は体を回した。目の前には長く天幕を支えてロープが横たわる。列に並ぼうとするも、ロープの端を見て度肝を抜かれる。そこには天幕を司る小人たちとは対照的に身の丈二メートルを遥かに超えんとする巨人が片膝をついている。男か女か、性別はいかにも読みとられず、肩にはロープをかけて引いている。それも一人ならずほかのロープにもやはり巨人がついて同じ姿勢で天幕を支えているのだ。余りにも動くことがないので、人間なのか、人像なのか、いずれにしても生気の向う側に渡っているとしか思われない。とはいえ、すでに受付も済ませて観客となった隼には、巨人に近づいて確かめることなど躊躇われて憚られるばかりだ。鮮やかに輝きを増す宵の明星にも見送られ、捧げものなき異国の男が宿願の入場を成し遂げる。

客席には使い古された紅地の絨毯が敷き詰められている。一面に広がるのは幾何学文様にあらず。同じものの繰り返しを認めず、さまざまの情景、風景、人物が配分される。血の匂いとともに描かれているものがこれからの上演と内容上の関わりを持つものかどうかはわからない。それを知る意味も見出されない。ただやさしく見下ろすようにして「世界はワニが食べつくす」の一文こそが再臨する。堂々たるタイトルとも言うべきか、舞台正面に高く掲げられている。客は履き物を脱ぎながら詰め込まれていく。絨毯に腰を下ろして静かに開演を待つ。すると目前の幕が中央から切って落とされる。俄に湧き上がるラジオのニュース番組、聞き取り不能なアナウンスにも導かれ、客席からは拍手が飛ぶ。一人ならずも力を込めて。

演じられるのは荘厳なる天地創造の物語りに他ならない。次々と繰り出し転げ出してくる小人の俳優たちは、それらをものの見事に笑劇へと演じ上げるので、場内には絶え間なく至る所爆笑の渦が巻かれる。おそらくその中にあって隼一人が笑うことも忘れ、ドラマの進行に見とれた。心地のよい唄や演奏が頃合いも見計らい挿入されることで、人びともまた舞台の奥へ、さらに奥へと引き込まれていく。それでも時折、息をのむように静まり返る場面が訪れぬわけでもない。例えば人間創造の場面など、まずは度重なる失敗が次から次へと笑いも誘い出す。そののち初めて成功するという段取りになるのだが、そのとき床に横たわった最初の人間がむっくりと起き上がった。そして黄金の椅子に腰を下ろして正面を向く。アア、と観客はこれにて人類は完成を見たものかと安堵の胸を撫で下ろす。ところがそこに作り手の神が「ヤア」と一声かけると、どういう仕掛けになるものか、腰かけた人物の皮膚が全身からめくれ落ちていく。要するに脱皮である。これには観客のだれもが息をのまされる。ヒトはここにこそ完成し、その誕生を見た。それをめぐる創造の営為もやはり一区切りを迎える。皮に見えたものは高度にして巧妙なる鋳型であり、蛹《さなぎ》の殻にも価する。

さてこの作り手を演じるのが、役者の中でもひときわ人目を惹きつけてやまない傴僂《せむし》の男だ。彼こそが劇団のリーダーではあるまいかと隼も想像をめぐらす。終幕近く、傴僂の男は羽毛をつけたワニの仮面を被って登場する。鰐である、ワニ。鰐月のワニ。ワニはたった一匹で、あるいは一頭で、ようやく繁殖の途についたばかりのヒト一人を捕まえると、何の造作もなくその首を刎ねてしまう。あろうことか流血をなみなみと飲み干すとさすがに笑いも途絶え、ひたすらに恐怖を誘う。唄もなければ演奏も聞こえない。静寂の中に向かって傴僂の声が轟く。

「私はこの世を食べ尽くした。空に上って金の星になった。私のことを先祖を苦しめた最悪の化物と決めつけ、血に飢えただけの獣《けだもの》と詰《なじ》る者も多いだろう。だけど待てよ、本当のところは微笑みを少し持て余しただけなのだ」

彼が仮面を脱いで小脇に抱えると、これもどういう仕掛けかその小さな男自身が羽毛のワニになり果てたようにも見えていく。

「それが証拠に君らには、今もきびしい光が浴びせられる」

隼には「光を浴びせかける」と聞こえた。

「朝な夕なと」

その刹那である。物凄い光が男の頭部から放たれて、観客には何も見えなくなってしまうのだ。そして暗転。アッという間に舞台の設定が変わり、というより、あらゆる道具立ては取り払われ消し去られて、何事もない平面に出演者が勢揃いしている。客席からの拍手、頭を垂れる出演者、そこへと飛び交う掛け声にも促され、隼も取って置きの一語を叫んでしまう。

「出口」と。

瞬時に向けられる観客全員からの白い眼差し。沈黙の響《どよ》めき。舞台の小人たちは誰もが一斉に真上の空を指さしてくる。そのとき再度の暗転とそれに続く暗闇の中で、芝居が終りなのかどうかも定かにはならない。それでも天幕はどこかに消え去り、星もなく月もなくて、町の明かりさえ見られないのでは、いまの舞台からの指示を受けて空に上ることなどとても果たせるものではない。当て所をなくし、あのキミルに再会するまでの長い夜をさすらうことになるのだ。ただその前に睡蓮の掘割の水面には、夥しい数の海月《くらげ》が浮かぶのを見届けることができた。

月が改まっても闇の夜は続く。さながら一心不乱に横たわる。ようやく最後の日付とともに朝が訪れた。ふた月にもわたる暗転が隼を物語りから遠ざけてきた。降り注ぐ光は殊の外眩しく、あらゆるものが輝いて見えた。それでも陰は巧みに居所を見出し、それが比類もない人影を装うところに彼はいた。隼ではなく、キミルが一人で立っていた。華月も二〇日のこと、住民の半数はこれを「はなづき」、あとの半数は「かげつ」と読んで互いに譲らない。

町中の広さ一ヘクタールには遠く及ばない一画に、いかにも児童公園を象徴する設いが鏤められている。目に飛び込んでくるのは何故か二ヵ所に置かれたブランコであり、砂場を見下ろす滑り台にジャングルジムであり、金属のネットで囲われた幼児専用のプール、大人も使う公衆トイレに大人も腰を下ろすコンクリートのベンチ、大人も喉を潤し手の汚れを落とし、時には洗顔もする給水場に一本の蛇口。通りに面しては針葉樹が立ち並び、その内側に沿ってもう一筋銀杏も枝を連ねる。こんな早朝遊ぶ子どもはまだないが、犬の散歩が二組に何かの拳法にでも打ち込む中高年の一団がいる。それらの中央にあってただ一本樫の木が聳える。そこにもコンクリートのベンチが円く根元を固める。その上に立ち、両手を腰に当てた人影が見える。陽射しはいまだ木洩れ日程度でも、その人影が木を見上げているのではなく、むしろ幹を背にしてこちらを見つめていることぐらいはすぐにわかる。

それがキミルだった。正真正銘の死者に付き添う輩であったが、どこかに導くような意図もなく、黒い蝙蝠傘はいつも手放さなかった。近づいてみると重ね着の枚数は変わらないが、何だか下着と上着とが身ぐるみ逆さにされたような印象が強く隼を捕らえた。さらに色眼鏡をかけて、前回蝙蝠月六日の朝より幾分活動的にも見えてきた。するとキミルのほうから声をかけてくる。

「やあ」

「久しぶりです」

「どこ行ってた？」

「色々と」

「色々か……出口は？」

「まだ」

「フーン」とため息をつくのでもなく、キミルは腰に当てていた両手を垂らす。隼は思い切って尋ねる。

「長かったね」

「何が？」

「夜」

「夜？」

「ええ、夜」

長い夜についてはとんと議論が噛み合わない。

「大方ふた月ですよ」

「そうかい」

「もう朝が来ることもないのかと、一時は思い詰めたほどです」

「それはそれは。まあ確かに今月は、休みのひと月なんだが、どちらかと言うと一年のうちにあって、ホラこんなにも陽は眩しくて、夜もまた短い。だから闇ならずも、人は皆しきりに日陰が恋しくもなる季節、なのにお前さん一体、どこをさ迷ってたんだ」

そのとき隼は思い当たった。ひょっとしたら知らぬ間に町を出ていたのではという疑念にも囚われた。するとあんなにも出口を捜し求めておきながら、外側に広がる長時間の闇に対してこれまでにもない恐怖を覚えるのだった。もちろん彼が町を出た確証などどこにも見られない。そちらをめぐっての闇こそがこの上もなく深く、キミルからの問いのみがそこに救いの手をさしのべる。

「知ってますか？」

「何が？」

「今日は球技大会が開かれる」

「いや、知らなかった」

「この太陽の季節、太陽のひと月をしめくくる恒例の儀式にして市《まち》の祭礼もかねている。行きますか」

「何時から」

「今ならちょうどこの朝日に向かって黙々と歩き続ければよい。十分に間に合うし、方角上の誤差はほとんど生じない」

誘いに対する拒絶の意志とはおよそ無縁の背景が隼を支えた。摑みどころのないあの長い夜の、それは化身であり、世を忍ぶ仮の姿にも他ならない。闇こそが光である。その光がこのとき同意の言葉となって毀れ落ちた。

「行きましょう」

二人が黙々と歩みを進めた。蝙蝠傘の相棒は傍らにいることを忘れさせる影の薄さだが、これも行く手に昇る朝日の効用としか言い様がない。訪れた沈黙の中で、二ヵ月にもわたる夜の闇を思い返す時、その上空に去来するものは月の満ち欠けではなかった。誰にも光を捉えることのできない夜の太陽ばかりが偲ばれるのだ。それはこの旅の始まりとなった新年の夜、息絶える猫が空に向かって自らの手で捧げた心臓部である。形見ともなり、箒星の行く手に浮かび上がるや、燦然たる輝きを誇るのだった。以来隼には、それが没するところを見た記憶がない。だから昼の太陽に掻き消されながらも、いつもどこかに浮かんでいるのかもしれない。況《いわん》やふた月の闇の空には浮かび続けたに相違ない。

このとき奇妙な日焼けの跡に彼は気づいた。それは隈なく全身に行き渡り、皮膚の下では色素の沈着ではなく、誰かの残した言葉の渦がケロイドとなって巻き込んでいる。問うのでも応えるのでもなく、渦巻きには耳を傾ける者もない。だから隼もまた忘れ去られたかのようにして、ここは目をつむるほかなかった。すると焼け爛れたそれらの言葉を唱えるべき、数多くの音声《こえ》が別の方角からやってきた。夥しくも行く手から押し寄せる。球技場は遠からず、すると別の声も駆け上がる。久しぶりに近づいてくる。またしてもキミルだ。

「着きましたよ」

目を開けると、彼らは球技場の界隈に佇んでいる。往来は祭日の賑わいも見せかけてくる。左手のやや広くなった一画に市場も開かれているのだが、かつてキミルと初めて出会った朝の川沿いのものではない。手前には植物園の温室を思わせる半透明の建築があって、何やらサウナを営んでいる。「プール付きの会員制」と、但し書きもすぐに目に飛び込んできた。反対の右手には、やわらかくお椀を伏せたような朱色のドームがたつ。大きさから言って球技場には程遠く、せいぜいがプラネタリウムというところだが、なるほど案内板に目をやると「天体観測漂流所」とある。これも公営の施設だろう。そしてもう一つ、目前に建つ球技場も公営で、城壁さながらの立派な石積みに囲まれている。相当の年代物であることに疑いの余地はなく、二人は券を買い求めることもなく入場する。長方形のグラウンドはサッカーの半分にも及ばず、バスケットボールの二倍にも届かない。それに比べると観客席は異様なまでに高く、広く、巨大な外見を内側から支えている。しかもこの町にこれだけの人がいたのかという大観衆によってすでに埋めつくされていた。

二人が顔を見せたのはグラウンドに間近い所だった。芝生でも赤土でもなく、そこには黒光りのする石が敷き詰められていた。見渡す限りの全てが石、石、石である。転んだ場合のダメージなど察するに余りある。キミルに導かれて隼は座席に向かう。そこは彼らのための指定席なのか、二つだけの空席は最前列の中央に当たる。グラウンドを挟んで真向かいには、高き観客席の天辺に掲示板らしきものが聳え立つ。心持ちこちらへと伸し掛かっても見える。一対の空欄は得点用だろう。そこだけが緑の縁取りも際立つから。それ以外に整然と並ぶのはメンバー表かもしれないが、隼には複雑な紋章の連続としか映らない。いずれにしてもここは、特上の一等席ではあるまいかと北叟笑《ほくそ》む。すでに場内は十分な熱気にも包まれていた。二人が腰を下ろすと、時を移さずいずくからともなくプーンと角笛のような、はたまた喇叭《らっぱ》のような高鳴りが響く。響きわたる。エーイ、エーイと歓声も一段と凄まじく、掲示板の向こうからは高々と白球が投げ込まれた。それを追いかけて石畳の上には競技者どもがなだれ込む。プレイボール。何のセレモニーもなく、あるいは二人が遅れただけかもしれない。

「これは夏と冬の闘いだから」とキミル。涼しげな薄ら笑いを添えて、時折ぶっきらぼうな解説もくれる。チームは七人編成、シンボルカラーは「夏」が赤で「冬」が青、色を除いて競技者全員同じユニフォームを身に付けている。ヘルメットではなくて、銘々の頭には鉢巻き状の冠をはめている。それもまた「夏」は赤く「冬」は青いのだが、見たところ固定したポジションのようなものは窺われない。すでに投げ込まれた白球ははサッカーよりも小さくて、せいぜいハンドボールくらいのゴム製だろうが、それなりの重みは感じ取られる。

「手は使えないよ、どちらも」

なるほど言葉通りに球の扱いなどサッカーを思わせるが、大きく異なるポイントならすぐに浮かび上がった。石畳のグラウンドに落とすとたちまちゲームが中断されるのだ。そして球を扱う権利は相手方に移って再開となる。だからとても高度な技術が求められるのだが、ユニフォームにも何ヵ所か球を保持しやすい仕組みは施されているようにも見える。さらに得点はバスケットボールを思わせる。長方形のグラウンド短辺の中央には石の輪が突き出して向かい合う。とても手の届く高さにはないが、やはり一方は赤く、もう一方は青くて、キミルによると赤の輪が夏至、青の輪が冬至を象徴《あらわ》すというのだ。

そこに球を通せば、輪と同じ色のチームにさしあたり一点が加わる。但し球を通した競技者は、そのあと一人でさらなるゴールの旅に出る。「石の輪の一年」とやらを巡らなければならない。というのは短辺のみならず長辺にも向かい合って中央に石の輪が突き出しているのだ。

「緑が春分、黄色が秋分を象徴《あらわ》して、左回りに一年が巡る」

競技者は点を加えたゴール下から始めて春、夏、秋もしくは秋、冬、春と巡って、その全ての輪に球を通さなくてはならない。見事にやり遂げるとさらに一点が加わる。だが一つでも仕損じ、あるいは一回でも落球すると、最初の加点までもが水泡に帰す。であるから夏冬の輪に通したからといって無邪気に喜んではいられないのだ。競技者の抱える緊張の度合いは否応もなく高まって、そのあとに打ち寄せる会場の熱気もますます大きなものになる。加えて夏冬のゴールに次ぐ四季巡りの旅には多分に舞いの要素も含まれるようで、そのための舞楽のような音曲が賑々しくも生演奏されると、観衆は手打ち足踏み鳴らしながらリズムをとってまた別の声を上げる。その一つめの旅に際してキミルは、確かにこんなことを言った。

「審判には旅路の芸術性も評価される」

かくも高度な技術に忍耐も要する球技であるが、試合そのものは先に二十点を上げたほうが勝利を収める。二十点とはこの町のひと月の日数にでも因んだものか、時間制限のないゲームは往々永きにわたる。日付を改め朝を迎えてなお決着を見ないことも稀ではないという。いつもながらの激しい攻防を経て、ようやく夏方の競技者が点を入れた。続く四季の旅路が始まると、観客は熱狂の只中に身を委ねる。誰かが濃緑の木の葉を投じると、どれもがブーメランのような飛跡を描いて元の手に戻ること、戻ること。すると竹笛か何かを鋭く吹き上げる。吹き終えると細い棒の先に被せて胸のどこかに収めるから、どうしてもペンのキャップか何かに見えてくる……

しかし、ゲームの本当の結末は余りにも残酷なものだった。何しろ敗北を喫した側のリーダーはグラウンドの中央で首を切られるのだ。ユニフォームでは見分けが付かないので、多くの観衆がそこに至って初めてリーダーの誰かを知る。但しその前に、勝利を収めた側の競技者全員が今一度四季を巡るあの旅に出る。一人ずつ、リーダーを殿《しんがり》に、夏方なら赤の、冬方なら青のリングから始める。七人が一度でゴールを決めた時に限って、相手方のリーダーの命は救われる。たとえ失敗をしても、最終的な勝利が覆るようなことはない。そうは言ってもわざと外すようなことは滅多にないのだが、それ以前に二十八のゴールを一発で仕留めること自体が至難の技である。本来のゲームよりもまたさらに数段、数十段も厳しい。何よりも精神への圧迫において、あたかもそれは勝者の罪深さを思い知れと言わんばかりなのだ。

さてこの日のゲームはどうやら異例の速さで展開を見せ、僅差ながらも夕暮れを待たずに夏方が勝利を収めた。競技者の技量はいずれも並々ならぬものであったと言うほかはない。そしてこの日の締めくくりもまた例外ではなかった。夏方には肩を落とした冬方と握手を交わす者もなく、皆が緊張した面持ちで次のプレイに備える。一筋縄では行かない複雑な勝利であることは誰の目にも明らかだった。

「これは難しいんだ。大抵が仕損じる」

キミルに言われても、隼にはまだ何のことかわからない。それでも石畳の中央に跪き、冠も嵌めたまま両手をついてお辞儀をする冬方リーダーの姿に不吉なものは見出していた。もっともそれを不吉と感じているのは彼一人かもしれないのだが。

「九分九厘と言ってもいい」

呟くキミルの視線は有無を言わせず、その冬方のリーダーに注がれた。またしても四季を巡る最終の旅、もはや音曲は似合わない。代わっていかにも単調な、間延びしたような太鼓の響きが伴うばかりだ。そこには芸術性を量る余裕もなければ意欲もない。初めから排除されていると断じても過言ではない。だから観衆の熱狂も矛を収めて静まり返る。一人、二人、さらに同じ夏方の三番目か四番目のプレイヤーが隼の目の前に突き出す緑の、春の輪を外した途端に全ては決した。たちまち向かい側の、黄色の、秋の輪の下の通路から、自分の身の丈もあろうかという剣を担いだ剛の者が歩み出た。そのまま真っすぐ冬方のリーダーのもとに向かう。いつの間にか目隠しもされたその後ろに立つと、深々と一礼をくれて長剣を振り翳す。ここに至って球技の顚末を思い知った隼は全身から一息に血の気の引くのがわかった。まさにその時である。場内のそれこそ至る所からものすごいブーイングが巻き起こったのだ。

「こんなことは初めてだ。今まで見たことがない」

キミルは小さく舌打ちもして、観衆を見回す。あくまで目の玉だけを回すよう気も配りながら。

「何か忌わしいことの先触れでなければよいのだが」

隼はたまらずに立ち上がると、半ば目をつむったまま一言も発することなくすぐに最寄りの階段を駆け下りた。何はともあれ、ここは競技場からの出口を町からのそれだと思い定めて一息に駆け抜けるのだった。時同じうして背後からは、まさに津波のような叫喚が押し寄せる。やはり今日も犠牲は捧げられたのか。それにしても一面の石畳では、流される血潮を受け止めて地の糧たらしめることなどできるものか。あとは止めどもない喉の渇きが隼を虜にする。そこに新たな月のもたらすべき一廉《ひとかど》の、水の恵みを求め一途に彼は、見知らぬ町を駆け抜ける。

やがて、おろそかな流れを前に途方に暮れる隼。それ以上に逃げようもなく、なおも押し寄せる球技場の熱気、熱風、怒濤のごとく、阿鼻叫喚を一人背負って立ち尽くすのみ。流れは成程あの時そっくりだ。三月《みつき》前、虫飼いの一族に出逢ったあの川の流れ。だけどここには川沿いの道など見当たらず、流れの向こうが町の外だということはよくわかっても、渡り切るための勇気がどこにも見つからない。意気阻喪し、流れそのものの中にも出口など見定め難い。見晴るかす上下に橋のかかろう気配も立ち上らない。水月も九日を迎える。ある者はこれを「みづき」、ある者は「みなづき」、さらに別のある者は「すいげつ」と読み方もバラバラで、その中に「みずづき」と読む者だけが見当たらない。一種のタブーにも、それは等しい。

晴天にして無風、どこにも朱色のない青一色の夕暮れ、まるで何者かの無作為な手が大挙して隈なく塗り込められるにも等しかった。堤に群れ咲く蓮華草もまたその花弁は本来の紅い紫色を失くし、同じ青に染め抜かれようとしている。その中にあってただ一つ、緑を帯びた水の流ればかりが横たわる。やむなく隼は堤の土手に座り込む。すると待ち構えたかのように絶妙な頃合いを見計らってもう一つ、えもいわれぬ異色の物体が姿を見せた。夜の先駆け、宵の明星、否応もなく隼は思い起こす。ふた月前の一日《ついたち》、舞台に観たあの天地創造の笑顔。さらに問いかける。相手はいま目の前にあるのだから。

「弟はあの傀儡《かいらい》かい。ヒトを作り、そのヒトの首を刎ねて流血を呑み干し、この世の全てを食べつくして空に上ったというあの小さな男かい、金の星なる金星君」

意外にも金色の星は、野太い大人の声で答えではなく、すぐに問いを返した。

「そう言うお前は、私を食べたことがあるのか」と。

「いや、ない、ないね。この世に金の星を身につける者は大勢いたとしても、それを食べる者などここにもいないのじゃないか」

すると金色の星が二つ目の問いを差し出した。

「それならどうしたらお前は私を食べることができるのか」

隼が応えに窮していくと、金色の星はさらに言葉を付け加えた。

「何も応えは今すぐでなくてもよい。少なくとも、そう、私がこのつぎ夜明けに現われるまでには考えておけ」

こう言い残すと金色の星はもう何も語らなくなって、あとは地平線の彼方へと沈むがままにまかせるのだった。片やその跡を追うようにして、堤の隼にも重大な遊離の刻《とき》が訪れた。魂は肉体を旅立ち、翡翠の目をした亡骸、抜け殻、だから無き殻ひとつを残し、あとは水の流れにのる。流れ去る。無き殻もまた造作なく青一色に染め抜かれ、緑がかった瞳だけがなおも金色の星を見つめる。後世、人はこれを流水葬と名づけるだろう。静かな葬儀には一匹の蛙と一匹の亀が立ち会う。事の顚末を見届ける。蛙は堤の中程から見下ろし、亀は水面に浮かんでしばし付き添ったという。

月の変わり目はもはや誰にも読み取られない。水の流れは時の流れにほかならず、一日は千日もの重みを重ねてのしかかる。やがて流れそのものを巻き込むようにして新しい月は訪れた。人はそれを卯月と呼ぶ。指折り数えるばかりの魂が早くも一七日を数える。不可視ではなく、葬儀の始まりから姿形をとどめてきた。慎ましい木偶《でく》となってポッカリと水面に浮かび続けるのだが、それを神の像と捉えるのは個人の自由意志以外の何ものでもない。それに木偶は地上の誰にも見られず守られず、また何ものにもくるまれず、剝き出しのままだった。ただ一つ、今は金色の星もいない夜の空を司る満面の月だけが行く末を見守ってくれる。

浮かぶ木偶は、その魂は、やむなく自問自答を試みた。

「私を作ったのは誰か」

「デミウルゴスだよ、ママ」

持ち出された自らの返答に魂そのものがたじろいでしまう。デミウルゴスという「世界の製作者」を表すギリシア言葉にではなく、末尾に添えられた「ママ」なる呼びかけの唐突さ、意外さ、測り知れなさにである。こうして行き詰まった一問一答がすかさず満月によって引き取られていく。

「それならば私が作ったのも、そのデミウルゴスだろう」

このとき魂は、今にも天頂にさしかかろうとする月と初めて向き合うことになった。望み通りの年老いた兎の声で月は呼びかけるのだが、性別は誰にもわからない。

「ナア、聖なる魂よ、血塗られた言葉」

「私のことですか」

「アア、そう言うお前は私を食べたことがあるのか」

その問いかけ、木偶にはいかにも聞き覚えがある。先月、金色の星が投げかけたものとそっくり同じだった。

「はい、もちろん。それも私ばかりではありませんよ」

「と、言うと」

「たとえば今のあなた、満面のあなたを象る菓子に惣菜の類いなら、それこそ地上に満ちあふれているのです。円い餅に円いパン。軒先にバナナを吊るす者なら誰もが三日月色のあなたを連想することでしょう。それから西瓜、いや林檎でもいい、そのままの状態で満面のあなたを想う人は少ないかもしれないが、切り分けた半円形のものが出されると、夕暮れの空にあって南中しようとする半身のあなたに想いを馳せるのですよ。そんな西瓜を食べ終った時には必ずや弓なりの皮の部分に、半月ではない数日前の、もっと若い、まだ幼い三日月のあなたがまた蘇るのを見届けるのですから」

「成程、そこまで手厚く賞味もされているのなら、私には何も思い残すところがない」

この言葉だけを遺して、その日の満月はものの見事に崩れ落ちた。なおも流れゆく聖なる魂、血塗られた言葉の上には余す所なく、その月のかけらが降り注ぐ。どこにも光る所のない黒一色《ひといろ》であった。こうして月の裏側を目にする機会も永久に失われたのか。いや、そうではない。すでにその頃手回しもよく、新たな三日月が瑞々しい生気を解き放って、同じ流れの遥か前方に浮かび上がっていた。流れは今しも天の川を名のり、真理の海へと流れ込む。誰もが扉を開ける時、降り注いだ古き満月の破片からは眩《まばゆ》くも瑠璃色の匂いが立ち上った。

そこに風が吹く。瑠璃色に輝く水の流れのような疾風《はやて》が駆け抜けても、強風は緩まない。止《とど》まる処を知らず、微風のせせらぎも見出されない。こうして迎える新たな月、瑠璃月の二日に至るまで隼は強い風の中を漂った。踏んばり、転がり、打ち倒されてもなおさ迷い続けた。やがて長いフェンスの傍らに立ち止まる。煉瓦作りの塀には見覚えがある。それは、冥界への入口を守る番人と言葉を交わしたあのフェンスではないのか。犬月の一〇日、すでに八ヵ月も前のことになる。さすがに百五十日を経て、塀は随分と長さを増しているが、高さには変化が見られない。それにあの時の門もなくて、風は何よりもこの塀に沿って吹き抜けていく。

隼は少しでも風を避けようと、壁際に身を寄せた。するといつの間にか、五メートルほど前方にはキミルが立っている。かの門番もさながらの同じ風貌に身を包み、幽かに唄など口ずさむ。トレードマークとも言える蝙蝠傘はきつく閉ざし、結わえたままに突き上げる。まるで捧げ銃《つつ》のような姿勢を崩そうともしない。それでも隼には、彼の眼差しが自分に向けられているようには思われない。ゆっくりと、重々しく、途切れ途切れに口ずさむその唄はいかにもどこかの国歌を思わせるのだが、どこのものかは皆目わからない。以前に聞いた覚えもなくて、さしあたりは数ある黄泉国の一つということに収めると、あえなく思考を停止する。蟠《わだかま》りなく、そこに程よい秩序を供えてもなお……

キミルは蝙蝠傘を儀仗よろしく肩にのせる。行進でも始めるような気配を見せながら鮮やかにそれを裏切り、親指一本で軽々と開いた。強風を堪《こら》え、姿勢は微塵も崩さず、傘はそのまま十秒は持ち堪《こた》える。余裕を湛《たた》えて再び閉じるのと、満を持したキミルが口を開くのと、その後先は誰にも見定め難い。吹き抜ける風は少しも手を緩めなかった。それだけが動かし難い事実とされて後世に伝えられる。それも好んで、私たちの知らないところへと。キミルは言う。

「確かにアンタにとって、途中で球技場を抜け出したことは正解だったのかもしれない」

抜け出した、ではなくて「逃げ出した」。隼の耳にはどうしてもこちらに聞こえてしまう。構わずにキミルは続ける。

「何せあのあとの顚末ときたら、見方によっては残酷にすぎるので、アンタのような小童《こわっぱ》にはさぞかし刺激が強すぎただろう。だけどたとえ見届けなくても、せめてアンタは聞き届けなくてはならない。それがあの球技場に入った者の果たすべき最低限の義務なのだ」

ほんの一息ついてから付け加えた。

「国籍を問わず」

キミルの見方はこうだ。あのとき観客たちは唸りを上げる長いブーイングを前置きに何よりも「心」を求めた。そのことをはっきりと口に出して訴えた者も少なくはない。断ち切られた首ではなく「心」を、切り離された魂ではなく「心」を、何よりも生きた「心」を、と。

ところがあの日の審判団は寛大にも、観客からのこの要求を受け入れた。そればかりか、彼ら自ら重い石造りの器、それも実に堂々とした手術台のような、あるいは祭壇を思わせる移動寝台を転がしてきたのだ。グラウンドの中央に固定され、音もなく捩子式の突っ張りが回るのを、敗れたチームの主将は身じろぎもせずに見届ける。誰かに支えられたり摑まれたりということもなく、彼はすでに余程の覚悟を固めていたのだろう。

「あれほど立派な犠牲者はかつて見たことがない」

キミルにこう言わしめたそのキャプテンは審判団にも深い敬意を抱かせた。そんな彼らから一種丁重なる仕草で促されるや、キャプテンは落ち着いた様子で寝台の上に仰向けに横たわった。本来ならここで審判団が手分けをして体を押さえてもよさそうなものだが、そんな動きも見られない。そのうち先程のブーイングが嘘のように静まり返る中、一番の小柄ながらも至って筋肉質の審判が、断頭を司るあの剛の者から身の丈の倍はあろうかという剣《つるぎ》を受け取った。

キャプテンは決して目をつむらない。全てを見届けようとしている。筋肉質の審判は主将の胸倉のすぐ傍らに立ちつくす。器用に剣を扱うとその切先を左の胸板に、それもシャツの上から突き立てた。薄手の布に被われて、吹き上がる血潮の幾分かは抑えられるのか。そのまま円く切り取ると、審判は動き止むことのない生きた心臓を切り出し、剣を持たないもう片方の手で高く取り上げた。祀り上げた。するとどこかで稲妻のような音がする。観客からはブーイングではなく、深呼吸の霞みが流れ出す。積み重なるそれらは静かな轟音を伴い渦を巻くのだろう。巻く渦の中心を担って、心がさらに脈を打つ。キャプテンも脈打つ自らの心を見上げながら、ゆっくりとまなこを閉ざして事切れた。天晴れなる往生を遂げた。

「死後も心臓は、しばしば脈を刻んだという」

思えばまだ四十日前のことだった。それでもキミルは、遠い昔のお伽噺を締めくくるような伝聞形で球技場の顚末を結んだ。余所者の目に映る残酷さを少しでも和らげようとしたのかもしれない。ところが隼自身の思いは違ったあり方に捕らわれていく。残酷さを抱えながらも、他人事では済まされないような気がする。キミルの伝える顚末は単なる殺人行為、殺人事件の類いとは自ずから趣きを異にするものだ。どう見てもそれは神聖なる儀式であり、切り出された心臓が捧げ物なら最高レベルの供犠ということになる。成程キミルは隼の逃避を逃亡とすることなく、これを咎めようとはしなかった。適切な回避として評価も与えた。その上で顚末を語って聞かせた。聞くべきだと明言もした。だから視覚からは遠ざけられて、情報としては耳に入ってくることになる。

するとと隼には似て非なるものが思い浮かんだ、私たちの身近に潜む、それは手術だ、医療の名の下に日夜取り組まれる、たとえば心臓の外科手術にしても直接携わる者以外の眼差しからは厳しく遠ざけられる。それでも一定の情報は医師を、医療機関を、マスメディアも通して送り届けられる。日進月歩の、技術上の進歩を織り込み、重々しく倫理上の課題を背負い、あるいは突きつけ、いや、それだけを見せつけて。

それにしても、と隼は一本の問いを立てる。これら心臓の外科手術とかの球技場の供犠との間にはどんな違いがあるのか。手術とは科学理論の成果産物にして、どこまでも積み重ねられるべき善行、供犠とはすでに迷妄極まる悪行の果て、などと安易に言わせたくはない。生きている心臓に入れられる剣、ナイフ、メスということに形態上何ほどの相違が見られるのか。確かに手術は執刀される者の延命を図る。供犠は絶命を目的にするが、犠牲を捧げ恩恵を求めることで、残された人びとのより豊かな延命をめざしている。手術にあっても移植の場合など、多くに他者の絶命が前提とされる。もちろんその絶命は供犠の場合ほど明確に意図されたものではない。だから手術はあくまでも殺人を回避するが、供犠はどこまでも殺人こそを選び取る。だが、これで尽くされるのか。いずれも特定の生命が捧げられることに変わりはない。手術では病者の再生のため社会に、供犠では大地の再生のため神へ、神々へ。このとき、社会と神々とは果たしてどれほどに異なるものなのか。いつの日にか隼は遺書という名の自伝、もしくは回顧録の一節にこう記すだろう。

「そのとき社会の顔をした神様を見た。私は祈りを捧げるのではなくて、疑いを差し向けた。すると返された応えとはとどまるところを知らない暴力だった」。

少なくとも一つは違いが横たわる。球技場では観客が執刀を見届けたのに対し、有料無料を問わず、手術室に観客が立ち入ることはほとんど許されない。

「この塀の向こうを見たことがあるのか」

キミルの問いは呆気なく、隼の現在を球技場の顚末から切り離した。

「ない」

「このところ雨がないからな」

確かに水月の九日以来、もう三十日以上も雨からは見放されている。格別に暑い季節でもないのでその分助かるが、隼はずっと水辺に身を置き、水面に心を、魂を浮かべてきたので余計に気がつかなかったのかもしれない。

「実は私もよく知らない。と言うか、これまで夜にしか通ったことがないので、よくわからないんだ。通るのは決って一本道でな、ずっと歩いて辿り着くその先には、大きな井戸がある」

とても深い、聖なる井戸だとキミルは付け加えた。こんなに日照りが続くと、塀の向こうの住人たちは生贄を捧げるという。太陽の怒りを鎮め、雨神様の歓心を買うべく、民族の違いをのりこえ選び抜かれたヒトをその井戸に投げ込んだ。捧げられる生贄の人数は時と場合によるのだが、性別年齢を問わず、間違っても特定の民族だけに偏ることのないよう細心の、共同の注意を払ってきた。生贄というからにはやはり少女、少なくとも少年少女だろうと思い込む輩も多いのだが、事実ではない。逆に塀の向こうでは、投げ込まれる生贄ではなく、投げ込む者こそが選び抜かれた少年少女に限られる。

生贄は、投げ込む前に全身を鮮やかな瑠璃色に染め抜いた。染め抜くと言っても実際は顔料を塗りつける。その上で両手両足の甲の中心点には生贄自身の犬歯を抜いて植え込んでいく。植え込むと言っても強力な膠で貼りつけるのだが、流れる鮮血が皮膚を被う瑠璃色に映えて、儀典の情感は否応なく高まりを見せる。その中を選び抜かれた少年少女が無抵抗の生贄を担いでゆっくりと一本道を進む。そして井戸端に達するとそこでもう一人、これまた選び抜かれた立会人の大人が頃合いを見計らって精一杯の叫びを上げる。立会人になるのは大抵が初老の男だ。その出自体格は問われない。男の喚声を掛け声に読み換えて、少年少女は生贄を巧妙に滑らせていく。自分たちが喚声を上げることもなく沈黙を守り、そのまま頭から投げ込んでしまう。深い井戸の底から着水の音など届くべくもないのだが、その水はいつでも黒く淀んでいるという。さらに少年少女は生贄の意向には一切構わず、めいめい記念の品を携えている。それらを同じ井戸へと投じることで一連の供犠を締めくくるのだ。

「金、銀、銅製のたとえば丸い皿。但し、塀の向こうではそれらの金属の間に価値の高低が伴わない。生贄を象って作られた仮面、粘土のマスク。少なくとも一個の宝石を埋め込んだ木製の箸、匙。夥しい貝殻を繋ぎ合わせた鎖、誰にも使われたことのないガラスの短刀などなど」

列挙し、それも一部訥々と語り終えるころ、キミルは蝙蝠傘ならぬ蝙蝠そのものに姿を転じていた。口を噤むとすぐに飛び上がり、螺旋を描きながらおよそ蝙蝠にはあるまじき上空に達する。すると今度は一転、それこそ隼のような鷲となって舞い下りる。そのうち墜落する死神となって、あえなく塀の向うへと姿を暗ます。

それとほぼ同時に、長大なフェンスは風に煽られたわけでもなく、一挙にキミルの墜ちた側へと倒れ去る。崩れ去る。一面の大平原に隼は立ち尽くすのだが、一本道などどこにも見えず、キミルの姿も見当たらない。町の内外などおよそ問うべくもない次元にひとり佇んでいく。やがて夕立のような大粒の雨が落ちてくると、たちまち一本道ならぬ一筋の水の流れが蘇る。そこからアッという間に流れ去る時間、改まる月日、雨降って地固まるの格言も奉じるがごとく、ヒトは石月を迎える。

勢いも弥増《いや》す雨に風、それも嵐、あるいは熱帯性の低気圧、流浪の果てに辿り着いた荒野から粗方水が引いてしまうのにはさらに日数を要する。

数日も前から隼は身近な所にかの鷲の亡骸を認めてきた。やはり濁流の中を流れついてきたのだろう。冷水に洗われることでさほどの腐敗も進まず、水が引くのを待って早くもその月の一九日を迎える。いよいよ乾き始めた荒地を踏みしめ鷲の傍らに足を運ぶと、そこに遺されたただ一つの体を刻み始めた。活きる縁《よすが》とも言われるべき石の刀をふるって解体処理の手順を進める。そこには自己供犠かとも見紛うべき痛みが伴い、その度に隼は刀を握る手先を緩めざるをえない。

しかもその鷲の、いや、キミルの遺した体を余す所なく用いて、遠く見失ったあの町の再建に取りかかる。翌二〇日までの二日間というとても限られた時間の中で、ものの見事に事業を成し遂げる。出口など初めから問いの対象となるべき成立の基盤を失くしている。町に戻ることでとにかく精一杯の彼にも、そんなことを顧みるゆとりはなく、再建に伴い出口への問いそのものが誰からも認められなくなった。

さしあたり町を出ることなどご法度である。

万事平穏、喜びをもって人びとは、町の住民たちは、数えて十二番目の月、蛙月を迎え入れた。誰もがこれを「かわづき」とよぶ。そこに隼一人が、石月の中になおも封じられた「出口への問い」もさながらの強い隔絶を見出してしまう。

そんな眠りを醒ましてくれたのもやはり蛙だった。雌雄不明にして握り拳大ののどかな一匹が、月も半ば近い八日になっても、自らの種名を冠した「蛙月」を一身に背負い耐え忍んでいく。その上でこの日が特別な日となることを告げる。何よりもその発生を知らせる。その開始をも正確に予言する。言葉を用いてではない。だから隼も蛙に導かれて町中へ向かう。やがて行く手の装いは間違いなく、ここがあの町であることを確信させる。すでに蛙は繰り返し短く、鳴き声を連ねることを繰り返していた。それも一定の間隔をおいてまずは十回、次に九回、次に八回という具合に一つずつ回数を減じていく。こうしていよいよ満を持して最後のただ一回を鳴いてみせた時、誰もが覚悟してきた通りに事態は進行した。それも徐々に一変を遂げる。そんな日蝕が、この日の町全体を押し包んだ。

隼が佇むのは見慣れた光景にして、市庁舎へ向かう通い慣れた道筋の一角だった。思い返せば全ての街路は市庁舎をめざし、全ての街灯は市庁舎を照らすと、複数の知人や同僚が恨み言をこぼすのを耳にしたことがある。だがその前にだ、そもそも道そのものが市庁舎へと通じた日のことを思い出せる者などどこにも見当たらない。そんな気がして隼は目をそむける。忍び寄る暗がりに何よりの救いを求めて。

日蝕は長らく「新しい火の祭り」と呼ばれてきた。一体何が「新しい火」なのか、それは市民たちにもわからない。日輪が新月によって一度は掻き消されることで、一種の禊《みそ》ぎを済ませるとでもいうことなのか。今やかれらは自宅や仕事先、あるいは訪問先の窓辺から、軒先から、屋根裏からも仰ぎ見る。道行く者たちも何やら懐かしげに立ち止まり、じっくりと眺めていく。誰もが祝祭日よろしく余裕を持って一連の推移を見届けようとしている。そんな薄暗闇の中でややもすると急ぎ身を隠すように、足早に通り過ぎていく者が目についてくる。ごく限られた一人、二人。いずれも成人の女性で、どうやら妊婦のような出で立ちに立ち振舞いだ。太陽からはどこまでも目をそむけ、身重の女にはいかにも不似合いな足の運びが内心の動揺を顕わにする。

「だから言っとるのに」

蛙は造作もなく、ヒトの言葉を口にした。

「ナニ?」

「この火祭りについては、だいぶん前から予告も出てる。私も一役買ってきた。なのに」

「見ないのかい?　あの人たち」

「見ちゃいかん。お腹が大きいのなら、見ることとまかりならん。何も今日だけの話じゃない。古くから言われてることだろう。この火祭りを仰ぎ見た妊婦から生まれ落ちた子は、ほかの経緯《いきさつ》を問わず大難に見舞われることとまぬかれない。町中の誰もがそれを堅く信じて疑わない」

右肩の蛙はやけに大きな欠伸をくれた。

「ま、彼女たち、こうなったからには、子どもはともかく、自分は当分の責苦をまぬかれまいよ。それがいつまで続くかはお天道様のみが知る」

欠伸がここにもう一つ小さな揺り戻しをくれた。

「町の外に出ればまた、話は別かも知れんけど」

間髪入れずに、空ではコロナがこの世の暗黒を浮かび上がらせていく。町の出口にでも通じるような話の流れに隼は飛びのった。

「その出口はどこだい」

「わからん。それがわかれば世話はない。出口と言っても、いつもこうやって真昼の新月にかき消されていくのだから。血の叫びも上がることなく、気がついた時には誰もが打ちのめされているという寸法さ」

蛙はケーと、一声鳴いた。

やがて日蝕によって眠りも奪い去られたかのような一夜が訪れる。静かに右肩の蛙が消えていくのと入れ替わりに明けの明星が姿を現わした。もう随分と前から未明の勢力を誇示してきたのだが、隼と遣り取りを交わすのは久しぶりで水月九日の宵以来の賜物となる。明星はいつもながらの野太い、落ち着いた口調で例の宿題を持ち出した。

「それで、私の食べ方は見つかったのかな」

「さて、それがこの私にできるかどうかはわからないが、一つの答えは見出された。あの黒い月に頼めば造作もない。つい昨日だってあの夥しい陽の光を前にしてたじろぐどころか、見事立ち塞がったのだから」

物腰の落ち着きについては、この隼もまた劣るところを知らなかった。むしろ問いかけた明星のほうがたちまち応えに窮して沈黙を余儀なくされる。そればかりではなくて、何やら色も失くしていく。何よりも金星、それも明けの明星が青ざめて、空がみるみる赤みを帯びるのは不吉の最たるものと言われてきた。行く手には必ずや大きな災厄が待ち受けている。それがいつになるのかは金星そのものにもわからない。

月が改まるまでの十二日間、隼もまた一切の沈黙を守った。それを介助するかのように行く手には、なるほど途切れのない街路ばかりが続いた。沈黙を破るのはいつの時代も農民たちである。黍月も四日を迎えて先触れもなく、彼らは姿を見せた。

それは「きびづき」と誰もが声を揃える収穫の季節だ。いま隼が立つ市庁舎前の広場には、朝早くから農民たちが作物に犬を連ねて集合した。どう見ても町の面々とは思われない彼らを見て、隼は仄かな希望の湧き立つのを覚えた。町の出口への展望である。彼らにになら難なく教えを乞えるに違いない。それでも有無を言わせぬばかりの気魄があった。仕来りはしばし止まるところをしらなかった。

彼らは収穫されたばかりの夥しい黍を携えていた。黄金《こがね》色の実を結ぶ彼らの主食が穂のまま、粒のまま、さらには碾《ひ》かれた粉の形でも堆く荷車の上に積み上げられていた。訪れた農民の一団を町の人びとは朝から鈴生りになって取り巻いている。そこには市庁の職員も総出で迎えているのだろうが、それと識別されるような設いにはなっておらず、町を代表して市長が謁見を受けるような気配もおよそ見られない。そのぶん町全体が公私を問わず一丸となって農民たちを歓迎し、彼らの捧げる儀典に身を委ねるということなのか。

黍を積み上げた荷車が市庁舎の玄関前に並ぶ。横一列になったその手前には大きな火が焚かれる。すぐに炎が人の背丈の二倍三倍にも達すると、それぞれの荷車を守る農民たちが祝詞のようなものを唱えながら舞いを奉納する。車ごとに様式は異なる。祝詞の合間には集う人びと全体で声を揃えるところもあって、会場の熱気は自ずと高まりを見せてくる。やがて様式の違いをのりこえ、農民たちの舞いがいずれも犬の戯れを思わせるに至ったところで、荷車とちょうど同じ数の本物の犬が引き出される。どれもが黍と同じ黄金色の毛に包まれ、荷車の手前にはすでに畳一畳分もありそうな厚手の板が並ぶ。何ら抵抗もなく犬たちは一匹ずつ、そこに仰向けに結わえつけられるのだ。

一人の長老が立ち上がる。不意に身の丈ほどもある杖を振り翳す。一言叫んで合図を送ると、忠実なる農民たちは犬たちの胸を切り裂く。そこにもさしたる悲鳴は上がらない。手際よく、ここでも心臓が取り出される。次々と、燃え上がる焚き火の中に投じては、どれもが完全に灰となるのを待つ。舞楽に祝詞はおろか、話し声一つも立てることは許されない。改めての深い沈黙となる。農民たちの祭りによって破られた静寂が、それも実りの静けさが、彼ら自身の手によって取り戻された。

思い返せばここいらのヒトの祖先は犬であった。それも突然変異した犬の子一匹に由来する。その犬族の祖先をさらに辿るとき、見出される始祖はこの黍の練り粉を捏ねた試行錯誤の果てに創られたものと、農民たちは信じている。創り手たる大神様を、彼らは黍神様と呼びかえる。毎年、それも黍月の今頃に捧げられる黄金色した犬たちの生贄とは、収穫とともに、自らの産みの親にもあたるその黍神への感謝を表わすものに他ならない。自分たちの祖先をこの世にもたらし、毎年の実りをも授けてくれる者への奉納、供犠、生贄たちの心臓が燃えつきて灰になったのを確かめてから、遺された肉は丁重に調理もされて相集う町の人らへと振舞われる。大きな鉄鍋でさまざまなその年の実りとともに煮込まれるのだ。黍で造られた新酒も大そう振舞われる。犬の頭部はどれもが豪奢なまでに飾りつけられて、入念に洗い浄められた板の中程にと改めて据えられる。空腹を満たした人びとは何よりもそれらの周りを取り巻き、銘々に持ち寄った思い思いの品々を供えていく。

さて、真昼の宴も酣を過ぎてようやく日も落ちかかる頃、黄金色をした犬の皮を被り、一人の百姓が現れ、犬神を演じていく。動きもごく緩やかに静かな舞いを見せると、この犬神は町の人びとにも、また実りをもたらした黍神様にも、祭礼の締めくくりとなるべき祝詞を捧げた。

愛でや、愛でや
コーレ、コーレ、何《なん》に呪《まじな》うか

コーレ、コーレ、何に清まるか
黍の黄金《こがね》のかなうまじ
犬の心の能《あた》うまじ
人の流れのはやるまじ
神の功徳の及ぶまじ
愛でや、愛でや
コーレ、コーレ、何に早まるか
コーレ、コーレ、何に償うか
愛でや、愛でや
コーレ、コーレ

最後は犬神が「愛でや、愛でや」と高らかに吟ずると、誰もがそれに応えて「コーレ、コーレ」と唱和した。

祭礼が幕を閉じ、犬神の男がそのままの姿でごくすんなりと隼の前を通り過ぎようとする。祝宴に与り、少々黍酒の酔いも回ってきた隼は思わず知らず懇願した。

「ねえ、よかったら私を連れてって下さい。このあと皆さん、町を出るんでしょ」

犬神はきびしく立ち止まり、尋ねる隼の全身をしげしげと眺め回した上で短く応えた。

「アンタが、来年の収穫にも、なるんならな」

予想外の返答に隼は重ねる言葉を見失い、犬神はもはや疾風《はやて》のように冷たく消え去った。

立ち去り際になって農民たちは、黄金色ではなく焦げ茶色した斑犬《ぶち》数匹を連れていった。よく見るとそれらは初めから庁舎横にある黒の物置小屋に繋がれており、黍の祭礼の一部始終を見届けていた。取り乱して動揺を見せる気配もなく、どれもが落ち着いて綱の引き手の意志に従った。忠良なる一種の番犬たちは二ヵ月ののち再びこの町に戻ってくる。同じ農民たちによって、今度は豆の収穫に感謝して捧げられるのだという。焦げ茶の斑はその豆を表すと見て一向差し支えあるまい。そしてこの日の祭礼を予め見せておくのは、待ち受ける運命を前にして、よく覚悟を定める犬だけが次の禊を実り豊かなものにまで高めると信じられているからだろう。

荷車の列の最後尾に引かれると、斑犬たちは名残り惜しげに何度も振り返った。やがて農民の姿は消え去るが、犬の姿はいつまでも消えることなく残っていく。その執拗な自己主張は、全てを取り仕切ったのが実のところ犬たちであり、農民など初めからいなかったと言わんばかりなのだ。事実、市庁舎前に集まった人びとの口から黄金に焦げ茶、いずれの犬の話をきけても、農民のことを話題に上せる者はなかった。たとえ隼が彼らの出自を問い尋ねても、皆一様に無口なまま怪訝な笑みが戻されるばかりだった。

だからあの犬神にしても、何者かが犬の皮を被ったのではないのかもしれない。そうではなくて、きっと初めから誰もがヒトの皮を被って現れたのだ。この日の生贄と再来月の生贄を除いて、犬こそがことごとく農民を装ったのだろう。遠去かるにつれてそれぞれがヒトの皮を脱ぎ捨てたとき、もはやそこには犬の群れしか残らなかったのも当然で、祭礼を通じて彼らは涙ぐましくも自らの同族を生贄に捧げたのである。犬族の大祭にこそ、町の人びとはかくも挙《こぞ》って駆けつけた。立ち合った。いや、待てよ、その彼らもまた小気味よく誰もがヒトの皮を被ってきたのであり、詰まるところ生身のヒトとはこの隼一人かもしれぬ。最後にそれすらも疑われる直前に辛うじて月は改まり、人知れず猿月の叫びも上がった。こうなると市庁舎ひとりがこの町の見えざる一角に佇んでいる。

その中を銀河通りは少しずつ右へと折れて、否応もなくわれらが北を、北極星をめざしていく。かつては「さるつき」、次いで「さるづき」と誰もが呼んだ第十四の月だが、今では「えんげつ」と読む者が多数を誇る。そんな月の名を象徴するような老猿に隼が出逢ったのはもちろん夜だった。それも十一日目の夜の銀河通りに他ならない。九時をすぎて人びとも早々と寝静まったころだった。トボトボと前を行くその猿がかなり年老いていることは容易に見てとれたが、性別については言葉を交わすまで何も定かではなかった。

声をかけてきたのは猿のほうだった。当てどなく家路を急ぐばかりの隼は、こんなところで猿なんぞに関わり手間取るのは何としても避けようといっそう足早に追い抜き、通り去ろうとした矢先のことだった。

「お待ちなさいな」

メスであった。隼に多少の衝撃が走ったとすれば、猿すなわちオスであるという先入見が醸成されては、偏見として深く根づいていたからに他ならない。

「あんたも、北極点に行くんかね」

「いえ、ちょいと行く手の星も見ながら家路を急いどるだけですよ」

そう応えながらも彼は目前の彼女が、老いたそのメス猿が本当に北極点に向かうのなら、町を出るのもたやすいのではないかと、内心ほくそ笑んで両手を打ち鳴らした。そして何気なく申し出た。

「もう夜更けですから、北極点はとても無理ですが、よろしかったら町の出口くらいまでお伴しましょうか」と。

「ああ、それは有難い、心強い」と老猿は早速右手を取らせて、自らはその左手に並んだ。もはやそこからは足取りをはじめ、全てが猿のペースで運ぶことになる。頃合いをみて隼が尋ねる。

「でも、どうしてまた遠い北極点なんぞに」

「これが初めてじゃない。それに何もあそこが本当の目的地じゃないのよ」

「と言うと」

「姉を捜しておる」

途端に老猿は顔を曇らせて、雲一つない頭上の星天を恨めし気に見上げながらも、限られたごく最近の身の上を語り始めた。それによると彼女たち二匹の猿は、この町でも評判の聡明な双子の姉妹であった。サルなどというその類別はものともせず、共に町の公職にも携わってきたのだ。それも姉は代表議会の筆頭書記官、妹もただ一校の高等学院にあって算術の教師を務め、余暇には二人して絵画彫刻をはじめさまざまな工芸作品も製作するという。共同の個展もこれまで一度ならず催されたというではないか。そう聞いてくると、かような双子の猿のことを隼自身も耳にした覚えがあるが、実物を目にしたのはこれが初めてだった。

「その姉が、貴方、もう一年以上も前に突如職場から姿を消しましてね。以来行方知れずなんですよ、もの悲しくも、嗚呼」

姉が職場であった議院書記官の執務室、そこには失踪の直後、机上に高く積まれた膨大な公文書の上にもう一枚、公用の便箋が残されており、先ずは一言「町を出る」と、それからややあって「北極星に問われるべし」と書かれていた。どう見ても姉自身の筆跡で。

「それから、いつ退職したって不思議のなかった私はね、事件を受けてすぐに退職を願い出た。それが許されると、戴いた退職金のほとんどは銀行に預け、残りの何がしかを身につけて姉捜しの旅に出たんですよ。この銀河通りが北極星をめざしていることはとうにわかってましたからね。姉もまたこの道を行ったのにちがいない。そして何があったのか、何のために、何で何の断りもなく。だって私たち、いつもお互いの能力を分かち合い、ここまで尊重し合ってやってきたのにですよ、嗚呼」

感極まって彼女はきれいに折り畳まれた青色のハンカチを口に当てたが、そこから涙を拭うためではなく、寒さを堪えながら二度ばかり小さく鼻をかむのだった。

「ごめんなさい」

「いえ……で、北極には行かれたんですね」

「ええ、ええ、行きましたとも」

「それは、それは。でもここからだって、あの星に尋ねることぐらいできたでしょうに」

「ここからでは駄目！」

荒立つ語気には、むしろ猿のほうが驚いた。慌てて口を噤むと、その面立ちはすぐに元の曇りを取り戻すのだった。

「何も答えてやくれませんよ。だから声をかけていくうちにいつの間にか辿り着いたというのが事の真相なんです、嗚呼」

隼は特に狙い澄ましたわけでもなく、いい加減堪え切れなくなって出口の問いを差し向けた。

「で、その時どこから町を出られたんです？」

いきなり老猿は立ち止まり、憮然として首を傾げると、斜め下よりしげしげと隼を見上げた。彼にはもう広げる翼も見当たらない。

「何言ってるの。出てやしないのよ」

「出てない？」

「そう。あの北極点まで行っても、姉は愚かね、町の出口さえ摑めないのよ」

隼はしばらく言葉もなかった。この町の持つ恐るべき容量に愕然としたのだ。老猿だけがいかにもやさしげにその空隙を埋めようとした。

「でもね、あそこまで行って、あの星はようやく口を開いてくれました」

「ホウ……また、何て」

「それがね……『私のところまで来たら、少なくとも町を出ることくらい十分可能だから』って……フフ……姉のことなんか、まだ何も言ってくれやしないのよ……鳴呼……鳴呼……」

こうなるとさほど絶望した様子も見せずに、彼女は再び歩き出した。隼は先を譲ってやや後ろから、これまでにもない敬意を表すようにして付き従った。

「私はさすがにがっかりして、その前に尻込みもして、それに何よりも持ち金もほとんど底をついてましたからね、やむなく踵を返して戻ってきたんですよ。でもね、まさかこのままで諦めるつもりはございません。だから今度はもう有り金残らず下ろしましてね、あなたはどう見てもよさそうなヒトだから言うんだけど、この身につけて同じ道を辿り、もう一度北極点に立った暁には何があってもあの星のところまで上ってやろうと思い定めてる。そう、何があっても、まずはこの思いを告げてやるんです、ハイ」

老猿はこれまでにもなく随分と威勢がよかった。それに反して夜の空はすっかり雲に被われており、

「あの星」はおろかどの星も見ることかなわぬ夢の頸木《くびき》に成り果てていた。それでも老猿は行く。なぜなら彼女にはこの先どうしても歩みを運ばせるもう一つの理由があったのだ。

「ここは危いから」

再び取り出したハンカチで押さえるまでもなく、彼女は小さな嚔《くさめ》を零した。

「戦さが近い、すごく」

両の目を拭いながらこう呟くと、喘ぐように、しかも鋭く鼻をかむ。またしても一度、二度。隼にはもはやそれ以上一歩たりとも付き合えなくなっていたが、聡明なる老猿に対してはなおも最大限の敬意を払って、ひと言に告げた。「それじゃ、私はこれで」と。

何の応えも寄こすところなく、老猿はむしろ悠々と遠ざかっていった。小柄な後姿を隼ひとりが見送る。猿だから騙されているのか、騙されて猿になったのか、それは誰にもわからない。ところが、それからややあって同じ彼女からの声がした。それも「かつて私は太陽であった」と言い残してきた。今や北極星ばかりが彼女の瞳の奥に照り輝いている。変わりなく、言葉なく、安らぎもなく。

その銀河通りが彗星通りと交わる、町でも一、二を競う十字路に隼が戻ってきたのは昼下がり、とうに月も明けて早々と豆月が一五日を数えた。表向きは誰もがこれを「まめづき」と読むのだが、符牒紛いに「とうげつ」の別名も罷《まか》り通る。それを公然の秘密とみなしても、差し支えはなかった。当の十字路は町でもただ一ヵ所のスクランブル交差点、ためにどうしても待ち時間が余計にかかるように思われるのだが、特にこの日は装置に支障でもきたしたのかやけに待たされる。隼は手っ取り早い斜め横断を目論むのだが、そのうちに一人の男が道を尋ねてきた。それもいずくへ如何にまいるかということではなく、目の前に交差する道のいずれが「彗星通り」かということを。

「これですよ」

いくらでも掲示があるのにと不信を抱きながらも、隼は手指で通りを左右に辿ってみせる。すると男は蟠りのない会釈を返しながらすぐに見分けもつけて、「ここのもんじゃないので、字が読めんのです」と言い添えた。「ああ、なるほど」と応える代わりに隼が与えた笑みに向かって、男は胸元より取り出した一枚の名刺らしきものも差し出しながらこう名のる。

「私、ユクチアフと申します」

信号は一筋縄に変わる気配もない。それに銀河通りの側は特に車の往来そのものが少ないようで、気がついてみると北から南の方向には信号待ちがいない。男の差し出したカードには、隼のまるで読めない文字が軒を連ねている。

「行商人をやっとりまして」と、軽く右の掌で押しながら、男は隼の懐中にそれを仕舞わせた。

「どうも」と応えたものの、隼自身それ以上の名のりを上げる気にはなりようがない。男にも探りを入れる素振りなど見られず、そんなことは商取引上第一のタブーでしょうが、とでも言わんばかりなのだ。

それでもユクチアフと聞かされて、勝手に隼のほうはスラブ系の出自を思い浮かべたのだが、判然とさせるものなど何ひとつ手に入らない。その下唇は異様なまでに垂れ下がり、両眼の回りはどこか内臓の具合でも悪いのか、いずれも黒々と縁取られている。そのくせ当人ときたら出し抜けに「禁酒こそはわが人生のこよなく愛するテーゼなのです」と小見栄を切りつつ、「だから酒に代わって血を求めるのだろう」と誰に言うともなく物騒なことも呟く。全身からは何やらココアにも似た甘い芳香を放ち、コヤツ何ヤツだろうかと、隼は好奇心を深めるばかりで、よく見るとユクチアフの首筋には二枚の青い羽根が並び、突き立っているというよりも生え出ているといった印象を与える。

「今日はお取引で?」

思わず、相手の風貌に引き寄せられるようにして隼は尋ねた。

「ええ」

手に提げている緑の薄型アタッシェケースから、品物は不動産の類いかと早合点もする。そんな連想も覆すようにユクチアフは問答を引き取ってしまう。

「交易するのは何だっていい、というか、何でも来い、なんです」

そう言われても隼には、何もピンと来ない。

「それに何と言っても、当社の売り物というか、モットーにも代わるべきものは、他所には見られないその貨幣ですから」

「貨幣?」

それも他所にないだって、と繰り返す隼の内心も引き攫うと、またさらに商人は畳みかけた。

「ええ、そう、それも犬の骨ですよ、あなた」

改めて眺めると、ユクチアフは夥しい数の犬の脚、それもどうやらミニチュア化された斑犬の脚の骨をぶら下げている。確かに悠々と何憚るところもなく身につけているのだが、それは首輪でもなく、足枷でもなく、腰帯でもない。あえて言うならば見渡す限りの、出口も不在の空の輪と言うほかはない。それも広がることを忘れた空環《くうかん》であると同時に、中味を入れ忘れた空環《あきかん》である。

「品物は、いついかなる場合でも必ず一日遅れで、うちの者がお届けします」

剝き出しのビジネススマイルに秘められたものをその言葉通りに辿っていくと、品物を運ぶのは牛頭犬歯の忠実なる手下どもらしい。ヤツらにも性別は見られず、銘々の蓄える細長い尻尾は並みの工芸作家の手先なんぞより数段は技巧に勝り、器用であること請け合いだという。そこに再び、手元のアタッシェケースへ注がれる隼の眼差し。こよなく受け止めるユクチアフ。ついに明かされる秘められた中味。耳を傾ける者もないが、そこにはこれまでの通商で交わされた領収書類が塩漬けにされて詰まっているのだという。これぱかりは、死ぬまで自分以外に見せることは決してないと強弁する。そして「商談の間、太陽は決まって、空の道を動くのを控えるのです」と謎めいた言葉も添える。目前の銀河通りをゆっくりと眺め渡しながら。

そのころになるとようやく隼にも、自分たちを待たせているものの正体が摑まれた。ユクチアフはとうに弁えていたのかもしれないが、さる高貴なご一行の通過らしい。長らく往来も途絶えた銀河通りの北から南へ、いよいよ先導の、そのまた先導を務める、番いの白バイクらしき番いの点滅が近づいてくる。それにしても、ここいらに行き来をする商人《あきんど》に業者は、出自を問わず見知らぬ者に呑み物を振舞うのが習わしでもあるのか。ほぼ十ヵ月前の蜂月一六日、養蜂業者がくれた茶に続いて、今度はその体から香る通りのココアを馳走になる。「まだかかりそうね」と言いながらユクチアフは、上着のポケットから小さなガラスのコップを取り出す。懐中からも何やらウィスキーの小瓶を思わせる携帯用のポットを取り出してくると、とても濃いめのココアを注いで手渡した。強い香りが見る間に広がり湯気も立ち上るのだが、信号待ちの人びとは一向見向きもしない。湯気の揺らめきを隼が眺めていると、ユクチアフはほんの軽く顎をしゃくって促してくる。隼も応える。

「ありがとう」

「砂糖は入れない。この苦味こそが何よりの滋養だ」

ユクチアフももう一つのコップを取り出して注ぎ入れると、二人して見つめ合うでも頷き合うでもなく呑み始めた。

白のバイクに続く直接の先導車は一台限りで、さらに二分近くも待たせていよいよ「本星」が近づいてきた。苦味に耐えて何とか半分まで喉に通したところで、隼は一息ついている。ユクチアフはと言えば、なおも悠然と啜る。まるで口に含めば含むほどに苦味は甘味へと転じ、それに連れて味わう当人の姿も薄れていくかのようだ。先導のすぐ後ろに続く黒の大型リムジンは旗一本掲げることなく、窓は全面ミラーガラスで被うという仕来りにも準じ呆気なく通り過ぎた。やって来たのはなるほど北の方角からで、その先を進む老猿はなおも極点をめざしていることだろう。おそらくは前歯も抜け落ちて、食事も喉を通るまい。それでも彼女は歩む。やむなく、ではなくて、やみまなく。

リムジンが去ってさらに一分以上の空白ののち、信号はまず彗星通りの車道側から青になる。慌ただしく、苛立たしげに車の波が行き交ううちに青信号は銀河通りへと転じ、それからややあっていよいよ歩道の人びとにも恵みはもたらされる。待望の青が点る。その矢先、ついに隼が最後の一口を呑み込むと、どこかで鏡の割れる音がした。単なるガラス板では出しえない、音響はいくつもの像を含んでいる。急いで傍らに目をやると、何とあのユクチアフが跡形もなく砕け散っている。これこそが開戦の合図なのだと、隼を含む誰もが読みとった。

「町からの出口、ほんとに知らないのか」

ますます飛び散る商人のかけらに隼は問いかける。

「実はね、私が今一番売りたいものは、まさにそれなんですよ」

「How much?」と、使い慣れない国際言語で問いが重なる。

「それがね、どうにも値段がつけられなくて困ってるんですよ」

たとえどんな欠片になろうとも、コヤツ、ユクチアフは武器商人に違いないと、隼は一挙に確信を深めた。この先二人の間には牛頭犬歯の手下どもに守られて、あるいは阻まれて、視覚障害者のための発信音ばかりが横たわる。ピポ、ピポ、ピポと、謂れもなく、誰の目にもとらえることのならない、それが聴覚上の隔たりだ。

人びとは次々と歩道を渡る。行く先々で号外が配られる。

受け取る者はいても、読む者がいない。

配る者がいても、受け取る者がいない。

すると書く者がいても、配る者がいなくなる。

そのうち何が起ころうとも、書く者がいなくなった。

(それにしても、何かが起こってそれを書くとはどういうことか?)

そのとき大きな戦争が始まる。それが町の内部なのか外部なのか、当分は誰にもわからない。すでに鹿月も七日を迎える。隼がそれを「しかづき」と読むとき、誰もが即座に「ろくがつ」と改めてくる。

彼はいつもと変わらぬ町の通りを抜けて、少し早めに昼食でも摂ろうかと小綺麗な定食屋の縄暖簾を潜る。するとそこでも人びとは誰彼となく、テレビと呼ばれる目まぐるしい電気仕掛けの紙芝居に釘付けで、すぐには注文も取りに来ない。お得な日替わりの昼定食で何とか希望のオーダーを通すと、隼も画面に目をやり、ぬるめの番茶を啜った。こうなると出口への問いなどもはや意味をなさなくなる。

町にとってそれは大切な節目の日にも当たる。何でも新しい市長が選ばれて、就任式典の中継が正午から始まるらしい。選挙ではなく、任命に至る手続きの詳細も本人以外には明かされない。その中で町の人びとにとって何よりも悦ばしいのは、純粋に「赤のピューマ」と呼ばれる血統に連なる人物がようやく探し出されたことだろう。その証しとも言うべき新たなリーダーの眼《まなこ》は、生まれついての真紅に染め抜かれていた。

正午の時報が伝えられたが、日替わりの定食はまだ来ない。画面からはいつも通りに定時ニュース冒頭の音楽と映像が流れる。すぐに一頭の鹿が浮かび上がると、こちらに向けた尻尾を風に靡かせている。後ろ姿は元気そうにも見えるが、中継の場所については何もわからない。字幕も割愛され、説明も省かれていく。それでも待望の定食とともに、耳慣れた口調のナレーションは届く。明らかに野外の画面とは異なる、屋内の部局から。

「みなさん、本日予定されていた就任式典は、現地の治安状況の悪化により、やむなく中止、正式には無期延期となりました。繰り返します。本日予定されていた（以下同文）。なお、市長の業務はすでに昨日から新市長に引き継がれております。

その現地では、朝から激しい戦闘が続いています。それこそナチスや皇軍も顔負けの著しい侵略者ども、我物顔に闊歩して、米軍をも凌がんばかりの残酷な武器を手に、所構わず、まさに至る所荒らし回っているのです」

ナレーション中の「侵略者」に付け加えられた「ども」の一撃は、ニュースの「中立性」を足元から揺るがした。

「それでは早速伝えてもらいましょう……キミルさん」

突然隼は食べかけていた箸の動きを休め、摑み取ったばかりの魚の切れ端もそのままに画面を仰いだ。スタジオからの呼びかけに対して後ろ姿の鹿はすぐには応じることもなく、あえてゆっくりと振り向いてみせる。少なくともその頭部を見れば、隼もよく知るあのキミル以外の何者でもない。

かくして鹿も身元が確認されると、日付は月を巻き込んで幾重にも改まり、いきおい翠月も一三日を迎えている。この月を「みどりづき」と読めない者には市民権がない。陸続として情け容赦もなく剝ぎ取られていく。ひと月で町は余りの変貌を遂げていた。

なおもキミルは緑一色の大地に佇む。一見それとわかる穀物畑だ。成り行きまかせの風も吹き抜けると、葉群という葉群は大袈裟にざわめいて野分立ち、キミルもマイクを保つことができない。それでも煤けた黒の皮ジャンパーの襟を立ててこよなくレポートを送り届けるのだが、口調はニュースメディアに似つかわしくもないし、スタジオからのいかなる問いにも答えようとしない。

「この辺り、もう一面の穀物畑で、収穫までには相当の月日も残すのだろう。すでに私は複数の亡骸を見た。彼らはいずれも戦死者であり、端正な面立ちを見せる青年ばかりだが、全身緑に変色をして穀物の葉との識別も容易ではない。そしてここにも一人倒れている。それもどうやら戦死者ではなくて、まだ息のある負傷兵として」

するとそ画面には、その負傷者の敵とも味方ともわからないもう一人の若い兵士が現われる。そやつが悪辣な意欲の手先であることは見るまでもない。だからと言ってあの傷ついた者が、加えてキミルその者が、同様の手先になることを免れる保証も見当らない。そもそも画面のこちらからでは推測することも許されない。

「また一人、若き武士《もののふ》がやってきた。同じく画面に立ち止まり、腰に下げた軍刀を抜き出してくる。

それを逆手に握りしめ、躊躇うところもなく足元の、手負いの兵士の左胸めがけて振り下ろす。あくまでも突き立てる……そして抉り出す。彼らはいよいよ事切れる」

キミルが見下ろす中、剣を握りしめたままの武士が抉り取ったばかりの負傷者の心を、心臓を、丁重に両手に抱えて持ち上げていく。その刹那、中継の画像は途絶え、断ち切れ、事切れて、これに驚いた食堂の客は皆いっせいに隼の方を見る。たまらずに彼が目を落とすと、定食の皿の上には魚の切り身ではなくて、今のあの心臓が生々しくも湯気を立てながらのっている。盛り付けられている。

隼はすぐに食事を諦めて代金を支払うと、「泥棒！」の罵声もよそに皿を持ったまま元の通りへ出かけていく。さらに湯気も際立ち身元不明の心臓を抱えて、いや、捧げて、さりげなく通りに出てみると振り向く者などどこにもいない。往き交う多忙に包まれて、いかにも気楽な孤独へと彼は酔い痴れる。出口をめぐる問いなどやはりどうでもよくなった。あえて言うならば町を出る前に、任意に選ばれた二つの日付のいずれが先か後かということのほうが、今の隼にははるかに深刻な問題となってのしかかってくる。

「私の足がとぶ。私の心はとべないが、私の足は今どこへでも飛んでいくぞ」

皿の上の心に導かれ、隼は日夜を問わず町中をさ迷い歩く。これまでにもなく心は乾いて、ミイラとなった十日目の夕方、竜月も三日を迎えると世間は年の瀬を控えて何かと気忙しくなってくる。それを「りゅうげつ」と読もうが「たづき」と読もうが一切お咎めはない。これほどの任意が認められるのは、一年を締め括るこの月をおいてほかには見られない。

いつしか皿も割れて粉々に砕け散った。そこには剝ぎ取られたばかりの隼自身の足指の爪も紛れ込んでいる。ミイラの心臓も眼球くらいの大きさに縮んで、ズボンのポケットに収まっている。最後に隼はあの市庁舎前の広場へと導かれた。人びとが再び集って、いかにも年忘れを思わせる荘厳な乱痴気騒ぎを企てていた。この町では年越しもいよいよ間近になると、新たな年に備えて休養をとるべく人びとは家に籠もりがちな生活に入っていく。商いを始め公私いずれの業務も竜月一五日をもって終了し、世間は十日間の沈黙に入る。

早々と訪れた薄暗がりの中、目を凝らしてよく見ると、市民が総じて天晴な獣の一族と化している。見渡す限り、一人残らず、ジャガーとしての身のこなしを弁えている。歌も踊りもゆめゆめ宗教的な熱狂の所産ではない。今では自分がジャガーであることを確認するための冷静な手続きである。それとともに民主という名の専制支配をめざした邪な能産にほかならない。その中にあってただ一頭、種目を違えながらも全体の進行を司る者こそ赤目のピューマだ。新任の市長である。

やがて広場では至る所から香が炷《た》かれる。炷くのはジャガーの市民でもなければピューマの市長でもない。隼が迷い込んだこの〈一夜の一年〉をさまざまに彩ってきた、その道の達人たちの懐かしい顔ぶればかりだ。自らを傷つけ、自らの心臓を空に捧げて夜の太陽を導いた猫。冥界の門口を交代で守り抜く番犬。世界の中心軸を、しかも生命の樹を空へと昇り詰める虹色の蛇。父の形見を、そのガラス球《だま》を口に含む遺影の少年。愛おしく、自殺の女神を背負い続ける虫飼いの家族。「世界はワニが食べつくす」と呟いて舞台を務める傀儡、小人、その一族郎党。手を封じられてもなお球技場に生死を分かち合う冬夏両軍のキャプテン。隼その人の流水葬を見届ける一匹の蛙と亀。犬歯を抜かれ、底知れぬ井戸へと投げ込まれる生贄たち。その儀典の一部始終を見届ける立会人にして初老の男。蘇った隼の右肩にのり、ヒトの言葉を操る蛙、また別の蛙。町中に黍の実りをもたらす百姓ども。その中の一人が演じ務める犬神様、犬の農民たち。それから行商人のユクチアフ。

香煙立ち込めると、ジャガーの人びとが列をなす。長蛇の市民はあの隼も踏んだ徘徊の敷石をごく堂々とこれ見よがしに踏みつけていく。一人、また一人と町を捨てていくのか。香を炷《た》いた面々もそれぞれの煙の中に一つまた一つと消えていく。ごく滑らかに、まるで炷いたかれら自らがそもそも香であったかのように。すると、同じ敷石を踏んでここに至った隼ひとりが取り残されていく。やむなく彼は上着のポケットから干からびた心をひとつ取り出すと、もくもくと立ち上る煙の中にくべてみた。何の異臭も漂わない。見事な調和が新たな薫香を招いて煙もまた勢いを増す。今では音頭を取ることも止めた政治家の市長が、かくも窶《やつ》れて立ち尽くすピューマの目が本物の血の涙を浮かべる。それも一筋二筋と流れてくる。これほどに悲しい姿はかつて見た記憶がないし、それを哀れな末路だ、などとは誰にも言わせせない。こうなれば一人出口を忘れた者にのみ、この先も生きのびる機会は与えられるのかもしれない。だから今、隼にとって何よりも差し迫った問いとなって浮かび上がるのは、この徘徊がいつ終るのかということであった。

猫月、犬月から竜月へと十八の月が終わってみると、そこにはまるで見落とされたかのような残りの五日間が眠りこけていた。誰もがそれを「ゼロ」と呼び、言うなれば無名という名の最後の月で、これ以外の呼び方は誰にも思い浮かばない。一年はこの「ゼロ」をもって終焉を迎え、完結を見る。

月が改まるや否や、町はあの年始めの洪水を思い起こさせるような大雨に見舞われた。しかしこちらは邪悪《よこしま》な雨である。そいつが、どこから降ってくるのか見当もつかないような厚みも伴い、町をひと呑みにした。それでも洪水とは呼ばれない。いまだ誰も見たことのない雨だった。一昼夜以上も降り続き、人びとは例年にも増して家へ閉じこもり、帰路を失くしたままの隼ひとりが軒下から軒下へと渡り歩いて何とかこれを凌いだ。降り止まぬままに、やがては渡り歩くことが難しくなった。雨粒

は装いを改め、押さえがたくも変質して、痛みを伴わずにはいられなくなったからである。世にも稀なる、それが棘《とげ》の雨だった。茨、枳殻《からたち》、サボテンのような棘の雨粒が一斉に降り注いで街頭に突き立ち突き刺さる。それでも数秒の後には解消されていずくへともなく流れ去る。氷結したのでもなかった。人びとは常温のままの酷い仕打ちに耐えた。何としてもそれだけを耐え忍んだ。隼も思わず膝をかかえて幾度か仮眠をとり、ゼロの月も三日目に入ろうとする深夜になってようやく空は晴れ上がった。しかし今度はカラカラに乾いた冷たい砂嵐がやってきて、彼はさらに半日以上も足止めを食った。

砂まみれの、それでも静かな午後、相変わらず人気のない裏通りを行くと、長屋の一階の窓越しに液晶のテレビが見えた。独り住まいの初老の男が見入る、不釣合いに大きな画面が隼の目にも貼りついてくる。人びとは何事もなく暮らしているのだ。画面の向こうの戦争は今この時も続いている。それがいつまでも続くと言う者もいなくなるほど、人びとは無関心に陥り、あらゆる意欲を喪失《な》くしていく。そこへキミルが再登場を果たす。先日のようなレポーター、従軍記者としてではない。例の初老の住人ときたらそんな変化にも何ら動じるところがない。隼からの注視などは意にも介せず眠りこけているのか、それとも千年も前から同じ姿勢で亡くなってきたのかもしれない。

ところがよく見ると、画面の人物はキミルではなかった。よく似ているが、少し小振りな男だ。そやつが夥しい灰を被った薄暗い物腰で松明片手に所構わず、今なお人の住まうかもしれない民家という民家に火を放ち、おまけに鋼の槍をふるって板壁を貫き、次から次へ叩き壊していく。すると今度は初老の住人からその首が脱け落ち、何とか破壊をまぬかれたような長屋の廊下をどこまでも転がっていく。但し、画面の向うとこちらとでは流されるべき血の量が異なっている。単なる比較の問題ではなく、片や無限、片やゼロなのだ。こちらでは、今月の名前「ゼロ」にも因んでか、出血はゼロ、皆無であり、乾いた首のボールだけが何らかのゴールをめざす。転がる道の向こう、だから画面の中で日夜流されていく血の限りのなさとは自ずから構えを異にする。両者は素数と素数のように割り切れず、縁も所縁《ゆかり》もないように見えるが、その実、数という同じ類別の中に深く囚われている。

慌てて隼が大通りに飛び出すと、彼もまた真っすぐに駆け出した。町の出口などはもはやおかまいなく、季節感をなくした晩秋、初冬、それとも未整理なままの早春の息吹きならぬ嘆きこそが追い立ててくる。空ではこのとき、ピューマの目のように赤い火星からの繰り言に向かって、低く梟の鳴き声ばかりが応じる。隼は町外れの、画面同様の攻撃に今にも晒されんばかりの掘っ立て小屋へ逃げ込んだ。中からは十分に睡眠もとった本物のキミルが姿を見せる。挨拶もそこそこに隼は訴えた。食い入るような眼差しで食堂、そして壊されていく長屋のこと、これまでに見た二つの画面について伝えると、キミルは強《したた》かにゆとりをもって、とうに待ち構えていたかのような切り返しを見せつける。

「ハハハ。一つ目は私だ。あるいは私のコピーだ。それも緻密な模写にして、よくあるエピソードの一節だ。でも二つ目はお察しの通り私じゃない。私によく似た、ボルグという名の猛者だ。名うての猛者だ。それも人殺しだ。あれには私も迷惑してるが、知らない仲ではない。むしろ友だちと言ってもよいくらいだ。今も昔も、変わりなく」

キミルは事もなげにここまで言い残すと、まるでそのボルグのように少しは小さめの後ろ姿を見せながら町の方へと向かっていく。もしくは引き返していく。隼は邪悪な雨も、その棘の雨粒も、冷たい砂嵐のことも忘れてあとを追いかける。それでもすぐに姿を見失い、やむなく一人ぼっちになってほっつき歩くといよいよ一年も最後の日の朝を迎える。するとまたあの掘っ立て小屋の前に立っていた。懐かしい、それこそが彼の帰りたがっていた、運河沿いのアパートの入口にほかならない。そのまま三階に駆け上がって部屋に入ると、着替えることもなくベッドに倒れ込んだ。

夜明け前、狭霧が立ち込めて薄暗く、雲も群れなし生い茂る。疲れ切った隼の傍らにはもう一人の彼が立っていた。そいつは少し残酷な気分にも囚われて、眼下に横たわる隼が一夜の放浪に自らの手で決着をつける手助けをしようと考えた。そして利き手のほうを摑むと、そのまま心臓の脇腹辺りに付けられた小さなファスナーを摘ませた。開いていくと、みるみる隼は裏返しになって再びチャックは閉じられてしまう。すると別の所に、開いたままの新たなチャックが見つかる。この上もなく残酷なそのもう一人の男は、隼の疲労困憊には目もくれず同じ利き手を取り直すと、今度はこちらのファスナーを摘ませた。隼はというと、存外素直にそのチャックを閉ざした。こうして次々と見つかるチャックを幾重にも閉ざしていくと、最後に隼は小さな塊りとなって大きな寝台の上に投げ出された。

残酷な男はそれを見て、そこに自分の心が、隼ではなくてもう一人の彼である自分自身の心臓が眠り込んだことを確認した。そして血の涙を流しながら、静かに息を引き取った。あるいはこの時、隼の身代わりとなって自ら天寿を全うしたのか。相変わらず窓の外には何の風景も望まれない。そこはもはやユウラシヤでもなかった。例の邪悪な雨がはたして低気圧によるものか、それとも知られざる火山の爆発に由来するものか、今となっては皆目見当もつかなくなっていた。

正午《ひる》近くになって目を覚ました隼は、天寿を全うしたあのもう一人の彼というのは、同居するマネキンだと思った。当のマネキンは、天寿を全うしたのは隼その人だとみなして冥福を祈りつつも、決して喪に服するようなことはしなかった。こうして両者の間には決定的とも言うべき擦れ違いの別れが成就し、こののち二人が同居していると言えるのは、何万光年もの彼方からただ無関心に眺めた場合に限られる。

一年にもわたる放浪の一夜、そんな彼方にSはいたのだと拠所《よんどころ》ない確信も深め、隼は寝返りを打つ。同じSからはキャンセルも入っている。すでに昨日の朝、扉の下に一枚のメモが差し入れられた。土曜午後のチェス対局と手解きを、今週は私用で外さざるをえないとのこと、代わりに夕刻、外での食事に誘うものだった。特に予定もない隼は早速承諾のメモをしたためた。出がけに同じく一号室の扉下に差し入れると、翌朝には二通目が返ってきた。目覚めた隼がすぐに気づいて手に取ると、落ち合う時刻は五時半、食事の場所は仕事先にも近いレストラン、というより肩の凝らないビストロで、こちらも川沿いの一角を占める。常日頃通りかかることもしばしばだが、隼自身はまだ一度も中に入ったことがなかった。

「やあ」

「今来たところ?」などと、どちらからともなく言葉を交わしながら二人は歩み寄る。そのままごく自然に進んで出会うところが約束の店の前になる。手ぶらの隼に対して、Sの方は珍しくスーツケースを提げている。少し大柄なスエードのコートに身を包み蒼く沈んだような姿には、前夜に見かけた行商人ユクチアフを偲ばせるものが宿るが、連日メモを差し入れた彼が泊りがけの遠出をするわけもなく、ここは曖昧に尋ねていく。町からの出口には関わりもなく。

「お出かけ?」

「ええ、ちょっとね」

はぐらかす言葉に淀みなく、濁りない問い返しがこれに連なると、すでに外は薄暗くなって秋の日も暮れ落ちていく。

「待ちました？」

「いや、来たところ」

「そうか、よかった……ここは？」

「初めて……前から知ってたけど」

「さあ、どうぞどうぞ」

　Sに先を促されて隼はドアを押し開く。長き夜会の扉。バロックのチェンバロが流れ、来たるべき食卓の秘蹟を奏でるかのように、右手には高くカウンターが続き、左手には一番手前のテーブルに先客がいる。Sが自ら名前を告げると、「こちらです」と若い女が応じて、一番奥の隅にある円卓の予約席に案内する。持参のケースを床に置くと、Sはコートを脱いで壁のハンガーにかける。すぐ上には蝙蝠の剝製が静かに、やがて厳かに睨みをきかせる。入口の方に少し戻ったところでは梟の掛け時計が振り子を刻んでいる。隼は上着を吊るすこともなく、椅子の背中に羽織らせた。

「今日はごめんなさいね」

「いえ……」

　そう応えながらも隼は、このSからの詫びがチェスのキャンセルのことなのか、それとも食事に付き合わせたことなのか、左程よく摑めない。当のSにとってはそれらのいずれでもあり、その実いずれでもないような眼前の大らかな流れを、この詫び言は何よりも指し示していたのだが。

「でも、いいでしょ、ここ。肩凝らないし、おいしいよ」

「そうね」

「あ、よく来ます？」

「いや、初めて」

「ああ、そうねえ」

先客はどうやら恋人同士の学生のようだ。もうデザートをつついている。Sが予めオーダーを入れておいたので、段取りは早い。食前酒もそこそこにこちらもまた前菜をつつくと、Sはワインを誘った。好みをきかれると、隼は言葉に甘えて白を所望する。程なく甘めのグラスを重ねてスープもお腹に収めると、自ずと唇も滑らかになってくる。まずはチェス談議に一華咲かせてから、魚の皿が届くのを待って隼が話題を転じた。興味本位ながらも、改めて尋ねておきたかった事柄であるが、少しは遠回しの気配りも見せた。

「今日は、お仕事ですか」

「ええ」

隼は足下に置かれたスーツケースを思い浮かべるが、決してそちらに目をやることはしない。さらに遠回しを重ねる。

「お忙しいですか」

Sは S で相手の興味が自らの生業に注がれていることを確かめるようにしばらく隼を見つめると、極力、嫌味なく、単純な問いを切り返した。

「あなたは？」

「私？……いや、そう……」と柄にもなく動揺を見せるが、それもすぐに収めてまた皿に向かった。

「今忙しいです。秋というのは新学期が始まってからずっと休みなしで……これが故国《クニ》ですと、反対に、この時期は休日とか、学園祭なんかもあって息がつけるんだけど」

自らがSの生業のみならず、その生国にも並々ならぬ関心を寄せていることに隼はこのとき初めて気づかされた。当人は悠然と魚のムニエルを一口二口と頬ばると、またワインを少し注いで出し抜けに、相手の問いに含まれた何やら避けるべくもない情欲にも似た好奇心を丁寧に満たしてやるのだった。

「私はいろんなことをやってます」。

頭上の梟が午後七時を告げたのはそのころだった。先客のアベックも早々に去って、しばらくは二人きりの店内が続く。隼も気おくれしながら声を出す。

「はあ」

「まあ、滅多に教師はやらないですが、代々うちは『レンズ磨き』をやってきました。それが生業です。生きるための営みですよ」

「レンズ磨き、ですか」

隼にはこれがなかなかピンと来ない。それでも何か遠くには、少なからず感じ取られるものがある。そこでまたムニエルを口に運んでみると、ほんのりとした白身魚の味わいが滞りなく滑らかに海からの息吹きを招き寄せた。

「余りご承知ないかもしれませんね、近頃じゃ。無理もありません。それに代々と言いましても、うちはこれまでの全てが養子縁組なんですよ。昔から『血縁はレンズを曇らせる』とか言いましてね」

「？」

さすがに困惑も深める隼は、初めてSのグラスにワインを注いで一息つこうとしたのだが、彼はあくまでもそれぞれのペースで楽しむことを望んだ。

「もちろんね、今じゃ時代遅れもいいような『レンズ磨き』の職人なんぞに、昔通りの需要など望むべくもないんですよ」

そう言いながらもSからは、寂しげな気配など漂ってこない。目の前の皿も平らげるとグラスを取り上げ、改めての乾杯を求める。隼も手を止めると、そんな相手の顔色からは目を逸らすことなく、おだやかに無言のグラスを合わせた。そのまま一口含んだが、Sは何も飲まずにまたグラスを戻すのだった。

「だからいろんなことをやってます。やらざるをえないんです、生きるためには」

食事ナイフを持ち直した隼には、具体的な中味を尋ねることなど覚束なかった。

「それでもね、一部の特殊なレンズについては今でも、特に秀でた技能を身につけた職人が製作とメンテナンスに携わっている。そこにはやっぱり確固たる需要があるんですよ。たとえば人の心……いいですか、人間の精神を嘘偽りもなく詳らかにするためのレンズなどは決して大量生産には馴染まないし、そんなこと初めから不可能です。それは完全に「オーダーメイドの世界」であって、観察対象となる心の持ち主自身がそのまま注文主をかねる場合もしばしばですが、とにかく注文主の人数だけレンズもまたその種類を異にするとしても何ら過言には当たらない。だから『レンズ磨き』もそれだけ手間ひまかけて個別の要望に応じなければならない。それに「オーダーメイドの世界」って言いましたけど、世界と言えば、もっと広い意味でこれを捉えて、たとえばほら、『世界をよく見るためのレンズ』とか、『世界をよく望むためのレンズ』なんて、そういうのもあるんですよ」

Sの口ぶりはここに来て、えも言われず不思議な熱気を帯びてきた。

「但し、注文のほうは滅多にないんだけど」

Sの語るものがいわゆる望遠鏡の類いでないことぐらいは、隼にも読みとられたが、熱気の向かうべき技術の先端からは置き去りにされていく。翼をつぼめて隼はそんなふうに実感せざるをえない。平らげた魚の皿も下げられて、ラムをのせた肉料理の皿が運ばれてくる。この時、店の女が初めて言葉を添えた。そして尋ねてきた。

「メインディッシュでございます。このあと飲み物は何になさいますか」

隼はSの顔を見つめ、一人了解をとるようにして頷き、「じゃ、コーヒーで」とこれに応じた。Sもその場の注文は揃えながらも「あとであちらのバーに移りますから」と言い添えた。「いいでしょ」と隼には確かめながら。

「かしこまりました」

隼にも拒むつもりなどさらさらなかったし、ひと月ほど前、別のカフェで聞いたSの言葉を思い出していた。彼はさりげなく「光学技師」を名のった。今またこれに「レンズ磨き」なる要素が付け加わるのだが、具体的内容を明かすどころか、むしろ謎は一段と深まるのだった。しかもこの謎は、どう見ても情欲とは道筋の違う仄かな快感をもたらすように思われてならなかった。

しばらくは黙ってラムの香味焼きとやらを頬張る。ワインはもはや適量にとどめておく。Sが皿を見つめたままで尋ねてきた。

「どうですか、この町は?」

「うん……住みやすいですよ」

「そう」

「余所者って目を、強くは感じないから」

「そうね」

隼はいよいよここから、次の遠回しにとりかかる。

「じゃ、ずっと代々、この町で？」

「私？」

まさかといった表情を浮かべて、Sは顔を上げる。

「いや、私は一〇歳の時に移ってきました……遠方《とおく》から」

この「遠方から」には特殊な余韻が込められる。

「あ、そうでしたか」

Sは黙って頷きながら、最後の一切れを口に運んだ。

「ああ、おいしかった」

そしてグラスも飲み干しておく。

「どうぞ、ごゆっくり」

声をかけながら立ち上がる。

「ちょっと、失礼」

それからしばらくトイレに入ると、何度も手を拭いながら戻ってきた。そのころには隼も食べ終わり、二人の皿が揃って下げられたところだった。Sは腰かけると、席を外して考えをまとめてきたかのように整然と語り出した。

「生まれたのは同じユウラシヤですよ。それももっとずっと南の、まだ熱帯とは言えないけれど、ここよりはずっとあったかい。そして季節によってはなるほどかなり暑かった。そこで生まれて九歳の時、難を逃れて何とか脱出、その次の年この町に辿り着いたのですが、すぐに、直後に、たった一人の肉親であった父方の祖父が亡くなったんです。それからは天涯孤独ですよ」

珈琲が運ばれてきた。大そうなデザートなど付かないが、ここいらでは定番ともいうべきクッキーがいわくありげに寄り添っていた。深煎りの珈琲はなかなかに渋くて、苦くて、語るべきSの身の上にも気遣い調和して、嚙み砕いた焼き菓子からはシナモンの風味が立ち上る。当面の隼には控えめにそれらを味わうことしか許されなかった。

「それでも僕はまだ幸運ですよ。ここにはいい組織があったから」

思い出したかのようにSはミルクを注ぎ入れる。スプーンの描く渦の中からも何やら同じ「身の上」が立ち上るかのようだ。

「民族会です」

「私も入ってます」

間の抜けた場違いになることは弁えながらも、隼にはこう応じるしかなかった。

「そうね。あの中にあってね、僕と同じ信仰、と言っても僕自身はほとんど無信仰なんだけど、まあ、僕らと同じ信仰の下にある人びとの協力会とか、組合組織からの援助で勉学も続けることができたし、あそこの紹介で見込まれて『レンズ磨き』の養子縁組にもありつけたんだから、その点、民族会には本当に感謝してるんですよ」

ここまで隼は、Sの言うことを誤解してきた。遠方からの移住者だと聞かされた時、レンズ磨きの養子縁組というのは移住以前の昔の話だと勝手に思い込んだからである。そんな誤解を自らとくように、彼は一段と微妙な領域に足を踏み入れた。

「戦争ですか、お郷土《クニ》では」

　Sは少し沈黙を守ったが、まもなくきっぱりと肯定した。

「そうですよ。もともと僕らは郷土《クニ》にあってもここと同じ信仰の下にいたんだけど、もう今から一世紀以上も前からです、そこの支配者にして為政者である「王党派」と呼ばれる人びとからのきびしい弾圧に晒されてきた。彼らは彼ら持ち前の信仰を、他者に対しても暴力的に強要し、改宗か、さもなくば出国かの二者択一を迫ってきたのです。もちろん僕の生まれる前からの話ですよね。僕の先祖、と言ってもまだ近しい、祖父の父親、曾祖父の時だけど、やむなく改宗することを選んで彼の地にとどまりました。無論それは危険を伴う擬装改宗でしょう。どうやら自分たちの商いの関係からも、簡単に郷土《クニ》を離れるわけにはいかなかったらしい。多分に私からの推測もありますがね。

　ところが、王党派の流れを汲む連中は四半世紀ほど前から、再び酷い弾圧にのり出してきた。擬装改宗など許すまじ、邪教の血を受け継ぐ輩は一人残さず叩き出せ、そこに王位継承をめぐる政情の不安も重なって、不穏はいや増しに募り、いわゆる「反王党派」を標榜して連合する勢力との激しい対立から内戦状態に陥った。そうなると僕たちは、擬装改宗を疑われたが最後、家からも追われて、町の中でも特に環境も劣悪な、よく「ゲットー」と呼び慣わされるような地区に押し込められるようになった。長引く内戦の中で、自分を守る術もない僕らに恐るべき災厄が襲いかかるであろうことは容易に予想がつきました。それでもなす術は見出されない。無力です。その無力をあえて守ること、だから非武装を貫くことを余儀なくされました。そしてついにあの日、追い詰められた王党派は私たちをあの国あの町からではなく、この地上から消し去ろうと企て、「ロボット」と呼ばれる者たちを送り込んできたのです」

そのころ二人はレストランを離れ、夜のバーへと席を移していた。移りゆく彼らの耳元で正体不明のもう一人の何者かがこう囁いた。

「ロボットというのは二本足の暴力です。少なくともその別名ですよ」

Sは肯定も否定もしなかった。沈黙だけがその囁きに応えた。バーというのは運河沿いの、少しのばせばすぐに手の平を水に浸せるような狭いテラスである。走り去る小船からの余韻か、小さな波も休みなく打ち寄せてくる。波打つ水面はピチャピチャと、まるで囁いたあの「もう一人の何者か」が今度は大きな口を開けて何かを噛み砕いていくように、無作法な音を立てる。それでも水辺を吹き抜ける風のせせらぎばかりが冷気も伴って心地よい。橋の上には川面を見つめながら永い将来を言い交わすような若い男女が見える。かれらがあの先客の二人だと言い切れる者はどこにもいない。同じ橋の上をかなりのスピードで無灯火の自転車が駆け抜けた。遠くで教会の鐘が鳴る。その時テーブルの上には小さな二つのグラスが浮かび上がった。いずれにもストレートの強いスピリッツが中ほどまで注がれていた。


八時を少し回ったころだった。腕時計を眺めたSがようやく手をのばしてくる。グラスを取り上げて一口含んだもののまだ何も話さない。そのまま真っすぐ水面に向かうと、吹き抜ける風の思惑を見事に読み解いていく。隼はというと、こちらは斜めに構えて橋を正面に捉えている。男女の姿はもう消えて、隼は何やら強い連想に取りつかれた。すでに「レンズ磨き」と聞かされた時に少なからず感じ取られたものが、席をバーに移すころからそれを待ち構えてきたかのように、形を変えながらも鮮明に近づいてきたのだった。現われた像にはレンズ磨きに亡命者という二つの容姿が伴ったが、そのいずれもがのがれようもなく歴史上の一人物を指し示す。スピノザだった。

大学当時、隼は文学部の学生で、哲学と哲学史について多少とも突っ込んで学んだ時期がある。まずは対話篇という形式にひかれるところがあってプラトンを読んだ。と言っても最初に読んだ『弁明』と大著『国家』の間には数年の開きがあるだろうか。それから近代にも赴いたが、どうかすると講義録、メモ、草稿の類いも加えて膨大なテキストが並びがちな一九世紀以降の面々にはどうにも気おくれがした。そこで少し時代をさかのぼると、限られた記述の中により深いエッセンスが込められているような一六、七世紀の思想家により強く惹かれるものを見出していった。ご多分に漏れずその一人がデカルトであり、さらには微積分法の発見者であるライプニッツが待ち受ける。彼の場合は遺された文献も膨大な数に上るが、物体的な分子でもなければ原子でもない形而上学的なモナド（単子）には、十代半ばで聞きかじったころから変わらぬ魅力を感じてきた。それがどれほど理論的なものかはともかく、魅惑は高じ見境をなくし、ついには自分の子どもにまでこの名「単子」を付けようかとの夢想を伴わせた途端、現われたグロテスクに鼻白み、自ずから腰も引けたくらいだった。しかし、その前にもう一体の、「エチカ」と呼ばれる人格なきカリスマが姿を見せると、いつしか大きく立ちはだかった。彼の関心は急速に鉾先を転じ、著者であるスピノザへと乗り移っていった。

四十四年と二ヵ月二十七日の長からぬ生涯を通じて、スピノザは一度も大学の教壇に立つことがなかった。主著にあたる『エチカ』を独自の幾何学的な秩序による証明としてまとめ上げるが、生前には公刊にも至らなかった。最後の著作といわれる『政治論』では君主政治と貴族政治を論じ、民主政治についてはわずかに四節を綴ったところで死を迎えることになる。そんな彼の生計を支える職業とも言われるのが「レンズ磨き」であったことは、数ある伝記や概説書を繙けばすぐにも行き当たる周知の事柄である。もっともそこには職人的な技術にとどまらず、光学の研究という学術的な要素も大きかったと言われるのだが。

この時どこかでとても血腥い臭いがした。耳を澄ますとたちまちヒトというヒトが消されていくような音も聞こえる。土曜日だというのにバーの先客は見当たらず、二人を除いてグラスを傾ける者はない。不景気も極まる市場の事理《ことわり》がここでも週末の夜を支配する。目前のSもまた自らが「レンズ磨き」の系譜を引くのだと言う。「血縁がレンズを曇らせる」ことを十分に弁え、これまで血縁なき代替わりを重ねても、同じ技は切れ目なく継承される。その最新の継承者たるS、「レンズ磨き」のSは亡命者である。その背後からはいっせいに血腥いものが立ちのぼる。それは彼が脱出したと言う故国《クニ》であり、その地の支配者から代々祖先は信仰信条を曲げること、捨て去ることを強いられた。やがては改宗さえも認められず、情け容赦もない追放の魔の手が迫る。しかも同じ魔の手はすぐに手の平を返して、故国《クニ》ではなく、この世からの追放を目論む。それが「最終的な解決」だと言わんばかりの、場合によってはそのことを声高に叫ぶ世界各地のロボットたち、世に言う二本足の暴力が抹殺の特命を帯びていま送り込まれる。それは王党派の兵士か、それともその手先となってもっと小回りの効く民兵、自警団の類いか。要するに夜が明けるまでやりたい放題の破落戸《ごろつき》なのか。

歴史上のスピノザも同じく改宗を強いられることの痛みと無縁ではなかった。それどころか、カトリックの王政によってユダヤ教からの改宗を強いられたマラーノと呼ばれる人びとの系譜に属している。しかもイベリア半島の旧教徒たちはそんな彼らに対する異端狩りをその後もさらに押し進めた。各地で見せしめの火刑を強行する。苛酷な迫害を逃れて離散するユダヤ系の亡命者たち。スピノザの父ミカエルはそんな一人として海を渡ってきた。辿り着いた亡命の地にあって、長く奪われてきた元の信仰に立ち帰った。しかし改宗者の改宗という二重の変転の痕跡は、彼らのアイデンティティーを新たな危険に晒す別の魔の手を秘めていた……

と、ここまでは真面目に復習もやりとげた隼だが、急に馬鹿らしくなってきた。スピノザから三百年以上を経て、その亡霊を思い起こすような打ち明け話を何で今ここに持ち出されるのか。ひょっとしたら、こやつ、こちらの無知と高を括って、スピノザの実話を出汁《だし》に模作を愉しみ、私をからかい慰みものにしているだけなのか。あるいは知識教養の深さを試しているのか。いずれにせよ、話の照合ぶりにたじろぎ初めは真に受けたものの、ようやく隼は思い直した。そもそもが、具体的な地名も国名も明らかにしないでこんな話をするなんて、ひょっとするとこれは相当にタチが悪いな、と……

しかし改めてS本人に目を遣ると、グラスを見つめながらなおもきつく口を噤んでいる。少なくとも茶化したような、人を小馬鹿にしたような雰囲気だけは微塵も感じ取れない。だから思わず耳を傾けたが、その口ぶりときたら至って真摯なのである。隼は賭けに出て、心中ひそかに誓った。「よし、ここはひとつ騙されるだけ騙されてみようか」。遠くの店員を呼び寄せ、よく寝かせた濃厚熟成のチーズを一皿所望する。その到着を待ちながら、新たな問いも準備する。たとえそれがどんなに場違いなものになろうとも、問いは短く核心を突くことだけを心がけながら。

「ご両親は?」

答えはなかった。いや、少なくともまだ示されなかったと言うべきだが、それでも近づくチーズの香りを読み取るように、滑らかなSの唇が再開した。

「朝早くにラウドスピーカーの声がしたんです。今でもよく覚えてる。『外に出ろ。危害は加えないから、外に出ろ。全員外に』と繰り返すんです。何時ごろかわかりません。時計もなかったから。夜はまだ完全に明けてなかった。ですから二人とも、私も祖父も布団の中にいました。閉め切った窓、というか、傾いたままの開かずの窓には厚くカーテンが引かれてた。昼間も余り開けることがなかったけど、祖父は年相応に大きく見開いた両の目で私の瞳の奥底まで見通しながら、呼吸《いき》を止めるようにして低く呟いた。『ロボットが来たぞ』って……ロボット？　それはなすべき処刑のためには、虐殺も厭わないという機械の別名でしょう。但し、心臓がついてます。紅々と命の油をさしながら、ヤツらは好んで安物のアルコールばかりを燃やしてる。だから、ロボット……祖父に限らず、辺りの住民は誰もがかれらのことをこう呼んでいた」

Sは初めから安易な介入など許さなかったが、他人を排除し拒絶するような語り口ではなく、むしろ底知れず他人《ひと》をどこまでも誘い込んで手放さないような神秘のなせる業と捉えるべきであった。

「まるで遅刻に気づいた中学生並みの早業でね、祖父は起き上がった。その余りの素早さにボクは一人ぼっちにされることを恐れたのでしょう。『どこか行くの？』と尋ねました。でも祖父はすぐには答えません。代わって、と言うか、立ちあがる時にはガチャリと音がしました。いつものようにです。何しろ眠る時にも首には代々譲りの鍵束がかかってましたから。それはいつか帰る、帰るべき、家の鍵だという。私はそれしか聞いたことがありません。それでも今は、私がそいつを預かっています。もう二度と使われることもないのでしょう。祖父はと言えば、真っ先に扉の閂を掛けました。そこだけは、あばら家の全体より何倍も頑丈な鉄の扉でしたよ。掛けながらようやく祖父は答えた。『いいや、どこにも行かん。永久にどこにも行かん』。この「永久」の一語が私にもたらした深くてどんよりとした印象だけは、今も拭い去ることができない。現にカーテンを引いたままの室内の暗さは、日がしっかりと昇って晴れ渡ってからもほとんど変わることなく、祖父は一日中明かりを点そうともしなかった。私たちはじっと座ってた」

ここで初めてSは、運ばれた皿の中のチーズに手をのばした。少し大きめの一切れをつまみ上げると、二口、三口でゆったりと味わった。

「旨い?」

「うん、とても。でも、この辺りのじゃないな」

隼には適切な答えの持ち合わせがない。

「攻撃はね、何もこの朝いきなり始まったわけじゃない。もう一週間以上も前から「ゲットー」を取り巻く地域全体が戦場と化していた。王党派軍事勢力による激しい攻撃にさらされてきました。空からも陸からも爆撃が続きます。時間をおいて、半ば無差別に繰り返されるのです。「半ば無差別」と言ったのはこんな選別も行なわれるからです。つまりね、陸からの砲撃を受けた所に人びとが集まってくる。救援のためにやってくるのを見計らって、今度は空から同じ所に二回目の攻撃が加えられるんですよ。だから彼らの目標はどう見ても施設ではなく住民です。明らかに人間ですよ。私は見たことがなかったけれど、音もなく、一瞬にして巨大な病院とかビジネスビルなどが崩壊する「真空爆弾」というのも使われたそうです。それに、リン爆弾。このために体中に火傷を負った友だちもいた。『こいつは並みの焼夷弾じゃないから』と、知り合いのおじさんが言うんだけれど、ボクにはよくわからなかった。『とにかく水をかけたら駄目』っていう不思議な言葉も忘れられないけれど、大人になってようやくその意味がわかりました。リンというのは水に反応してさらに高温を発するんです。体を燃やしていくんです、長いこと、ブスブスと、芯まで」

語るSの口の中にも、いまだ癒やされぬ火傷の痕が残るのか、その痛みと渇きを鎮めるかのように、彼はグラスに残る氷塊を飲み込んだ。口に含んでしばらく舐めてみたが、何かの違和感を覚えたか、それともむしろ渇きを嘸《けしか》けるような予期せぬ反応を見つけたのか、手の平に取り出してじっと眺めた。それからいきなり傍らの黒い流れの中に投げ込むというより、横手に払って投げ捨てた。

「失礼。どうにも冷たくて。いや、思った以上だ……その、いま申し上げた数々の恐怖にしても、ボクにとってはいずれも実体験じゃない。だからロボットがやってきたあの朝からの、一昼夜にわたる身近な危険に匹敵するものは携えていません……すいません！」

Sはウェイターを呼ぶと、アルコールには早々とピリオドを打ち、メニューの中から上質の飲料水一本を所望する。いま少し飲み続けるつもりの隼は、少々うろたえてみせた。

「どうぞ、ご遠慮なく」

「はい、じゃ、ゆっくりと」

「どうぞ、どうぞ」

Sは運ばれた瓶を手に取ると、何もない新しいコップいっぱいに注ぎ込んだ。そして一気に八割方飲み込むと、また注《つ》ぎ足して瓶のほうを空にした。

「いいですか?」

Sの口調はどこかに尋問者風の支配権を打ち立てている。

「ロボットはね、最初のラウドスピーカーを何とか信じて外に出た者ばかりか、家宅捜索をして次から次へと住民を狩り出し、もしくはその場で抹殺した。ボクと祖父がまんまと生きのびたのは、どんなあばら家よりも力強いあの鉄の扉とそこに降ろされた閂のおかげです。あるいは、崩れかけた人気のないバラックと、錆びてもなお力強い鉄の扉との一種異様な不釣合いかもしれない。それがおそらくは中からというよりも、外から長年にわたり誰も入れないように閉じられてきた空き家の扉、というイメージを醸し出したのでしょう。雨露に打たれて傾き崩れ、鉄の扉だけが錆は見せても頑丈さを誇るという、血統書付きの遺物なんですよ。

祖父と私は残りのパンを齧《かじ》り、僅かな水を飲んで、一昼夜を凌いだ。

その間、騒然とするようなことは一度もなかった。少なくとも私たちの界隈では。むしろ恐ろしいような静寂こそが支配したのです。それでも時折遠くでは、女たちの悲鳴を交え、小さく銃声が途切れ途切れに鳴り響いたのです。

夜になると「ゲットー」の周囲から、少し離れたところから、王党派の正規軍でしょうか、しきりに照明弾を打ち上げて、少しでもロボットの「仕事」が捗るように支援をしたのです。そんなこととはつゆ知らず、幼い私は花火だと思って、それでも幼いながらに状況との不釣り合いはどことなく感じ取りながらも『花火じゃ、じっさん』と小さく声をかけました。しっ、と人差し指を立てましたが、祖父はすぐに何のためらいもなく微笑み返して『おお、花火じゃ、久しぶりやのう』と囁いた。そのあとは決して私の方を見ることがなくて、眠らせるための心遣いかもしれませんが、あの人はまんじりともせずに朝を迎えたのだと思います。隙とか油断という以前に、眠ることで洩らしてしまう生き物の気配を抑えたのでしょう」

「それじゃ、やつらは、そのロボットっていう連中は、あなたの近くには来なかったの？」

ちびりちびりとやってきた一杯目のグラスをぐいと飲み干して、隼は尋ねた。思い切って介入を試みた。見たことのない「ロボット」という言葉も受け入れて。

「いや、一度だけ、少なくとも一回、夕方近くになってすぐ側を、鉄の扉の前を通りました」

隼は珍しく指を鳴らしてウェイターを呼ぶと、同じスピリッツをもう一杯、それもダブルで注文した。すると例の橋の上には何やら正体不明の一羽が舞い下りる。欄干の上で夜行性の翼を休めると、キィと鳴いてまた飛び去った。

「数人のグループでね、無線の音が絶えず聞こえていた。その中の一人が扉を蹴り上げたようですが、扉は余りにも剛健で、むしろ兵士のほうが足を痛めたくらいかもしれない。だって祖父も開け閉めには苦労してたようだし、ボクには土台無理でした。兵士もそれ以上に銃撃を加えようとすることもなかった」

ウェイターは盆にのせて運んできた次のグラスをテーブルの上に置こうとしたが、隼は右手を差し出して直に受け取ってみせた。

「それから、グループのリーダー格でしょうか、そいつが別の一人に尋ねました。相手はまだ新入りだったのかもしれない。

『こわいか？』

『いや……大丈夫』

でもね、声には力がありません。ボクなんかよりも、もっと虚弱だ。それで、

『いいか。周りにいるのが人間だと思うとこわくなる。そうではなく、二本足で歩く動物だと思うこと。いいな』

『わかりました』

ボクは今ほどよくわからなかったけれど、それでも今よりも何倍もおそろしかった。その時そこに、

無線の連絡が入りました」

　Sはここまでの渇きを癒やすべく、残りの水を小さく一口また含んでいる。隼もアルコールで何とか付き合おうとする。

「大体こんな内容だった。

『〈木の葉〉です。こちら血塗られた〈木の葉〉、応答願います、オーバー』

『ハイ、了解。こちら〈山彦〉。血まみれの〈山彦〉、どうした、オーバー』

『ええ。さっきのポイントにまだ五十人くらいの女と子どもがいます。どうしましょう、オーバー』

『そういう質問はこれで最後にしろ。時間がない。やるべき仕事についてはよくわかってるはずだ、オーバー』

　すると電波の向こうから、しわがれた、ものすごい笑いが流れてきたのです。それだけははっきりと覚えてる」

　さすがにSは少し肩で息をしているようにもうかがえた。心を鎮めるための小さな星屑を捜していたのかもしれない。

「その笑いを、こちらのリーダー格はね、途中で断ち切り、グループの面々に『じゃ、オレらも行くぞ』と言いながら立ち去ったのです。夕方の悪夢はその一回です。あとは夜が来て、花火が上がって、私は疲れて眠りにおちた。銃声はしたけど、もう花火と区別がつかなかった。それまでで一番明るい夜の、とても暗い成り行きの中で迎えた、何よりも浅い眠りだった……チーズ、もう一皿もらいましょうか」

「ええ、ええ、僕が言いましょう」

隼は一息つきたかったのか席を立ち、自分で取りに行ってウェイターの手を煩わせなかった。Sが何も語らすにじっと待ち受けていたことは言うまでもない。そのSの前に追加の皿を届けた隼が腰を下ろしながら尋ねた。

「それで、次の朝は?」

「何度目かのウトウトが笛の音《ね》によって破られました」

「笛、ですか」

「そう。新年を祝うような、あれは角笛の響きです」

Sはチーズをまた一切れつまみ上げると、少し翳すようにしながら隼の視線にもさらして軽い謝意を表わした。

「どうやらそれは「作戦」の終りを告げる、長い長い反復でした。まだ確信はなかったけれど、祖父はすぐ起き上がって「逃げよう」と言った。なるほど銃声はもう明け方の前からずっと聞こえないし、家の周辺にもロボットの気配がなかった。それでも、昨日の今日ですよ。こちらは丸腰です。角笛は響いたけれど、私たちをおびき出そうとしたあのラウドスピーカーのように言葉も嘘で塗り固められていたのだから、私はまだまだこわかったし、恐ろしかった。あのとき祖父が何を根拠にしてそんな危険な賭けに出たものか、今でもよくわかりません。けれど幼い私には、ただ祖父を信じて従うよりほかに選択肢がなかったのです」

「その時、ラジオとか、聴いてました?」

「いいえ、ラジオは、小さな古いトランジスタが一台あったけど、壊れてるというより、電池がなかった、電池が……あっても、つけることはないです。無理です。イヤホンもなく、とてもじゃないがつけられません」

ラジオのない夜の沈黙がいまやこの水辺にも再現をする。

「それでね、祖父がソッと門を外して出てみると、誰もおらず、向かいの小屋から、これもまた奇跡的に生き残ったロバを連れ出し……前の日のアイツらは見つけたはずだけど、何故か見逃した。殺さなかった。何も撃たなかった……多分ね、それは四つ足だからでしょう。二本足にしか興味を示さない連中ですから……祖父はロバを連れ出し、急いでその背中にわずかばかりの身の回りの物を積んだのです。そして、鉄の扉を丁寧に閉めると、ボクらは、そうだ、仕事帰り、それも朝帰りの行商人のような風情を装って、あばら家をあとにした」

ラジオに纏わりSから「トランジスタ」と聞かされると、隼はバッグの中のウォークマンのことを思い出す。こちらの電池はきれいに充電されている。知られざる物語りをそこに受け入れ、何よりもそっと差し入れてみようかと思う。それから鳥の歌でも奏でようかと、隼はいま考える。

「外に出て少し歩いていくと、辻々にね、まだ新しい星印の落書きが見えました。私には何のことかよくわからなかったけど、どうやらこれもロボットが付けたことは間違いない、そんな臭いがプンプンとしました。祖父はさして急ぐ様子もなく、星を見つける度に何かを検証するようにして来し方を振り向いたのです。振り向いたからといって、別にひとつ前の星が見えるわけでもなかった。ところが四度目か五度目、その時は振り向いた百メートルほど先の丁字路の角、そこの右に折れる方の壁に前の星が見えました。途端に祖父は呟いた。「道標だ」って」

「道標？」

「わからないでしょう？　私もわからなかった。後になって祖父から聞いたことを今また思い出すと、それは殺意の道標としか言い様のないものだった。つまり、それらを逆に辿っていくと、まさに私たちが暮らしていた地区、だからかれらにとって「作戦」のポイントへと導かれるように付けられていたのですよ」

すでに明かりの落とされたこの街の上空に星は軒並み瞬いても、そこから堕ちて街角を飾り、地上の星に成りすますものなどいないだろう。

「祖父はまだ幼い私を気づかって、余り死体を目にすることのないように、より速やかにしてより安らかな道筋を選んでくれたと思います、星のことはもう気にしないで。確かにそれらを辿るとかれらの侵入地点に導かれるし、それは私たちの出口にもなるのだけれど、時間を食うばかりで……それでも死体を見たのは一度や二度ではなかった。無論、私は怖くて、段々と目をやらないようになったが、一人目の、近所の知り合いのお年寄り、それも祖父の友だちの亡骸に出くわした時は、道端にうつ伏せに倒れていて、私はアッと小さく叫んで思わず駆け寄ろうとした。すると祖父は、同じく小さく、しかしこれまでにない厳しい口調で『行くな』と言った。たしなめた。そして『死ぬぞ』と付け加えた」

隼はてっきり「スナイパー」にでも狙われたのかと思った。しかし本当の答えは別のところに隠されていた。

「私はね、何のことかわからないままに怖々《こわごわ》と、今は亡き人の傍らを通り過ぎたが、さらに祖父はこう言った。『お腹《なか》ん下に、何か見えるだろう』って……なるほど、そこには円い金属の塊りが挟まれていた。手榴弾でした。『あれで、ちょっと体を動かしてやれば、たちまちドカンだ』……祖父はこれ以上はもう何も言わずに亡骸を後にした。そこにあるのはもはや友人ではなく、単なる二本足の抜け殻だと言いきかせるような非情さをじっと堪《こら》えて、耐え忍んでいったのでしょう」

その時、Sと隼、ふたりの背後から姿なき本物のスナイパーがやってきた。本物というものはいつでも体ではなく、心に狙いを定めてくる。

「一度だけ、とてもおそろしいことがありました。ようやく「ゲットー」の出口のひとつに辿り着いて、外に出ようとした時だった。向い側の建物の中からカシャーンという、銃がセットされるような音がした。弾倉にね、銃弾が送り込まれるような響きです。私は思わず立ちすくんで動けなくなったけど、祖父には、まさか聞こえなかったとも思われない。でも、何食わぬ顔というのか、それこそ何も聞こえなかったという様子でロバを曳き、私を置いてきぼりにする勢いでそのまま歩き続けたんです。私は少しダダをこねて『じっさん！』と呼んだところで止まってはくれない。私はみるみるパニックに陥って、『じっさん、じっさん！』と連呼しながら後を追います。じっさんは、それでも無慈悲に振り向くことなく、一度だけ汗か涙を拭うように右手の甲を額に当てて、ひと撫でくれただけで歩みを止めることはしなかった。結局私はすぐに追い着いたけど、その時にはもう半分以上さっきの響きのことは忘れており、撃たれることは免れたのでした」

Sの祖父は自分に標的を集めるために突き進んだのではないか……隼が思う間もなく、Sは水面に何かを見つけたように立ち上がった。

「どうしました？」

「いや、別に……」

同じ方向に隼も目を凝らすと、黒い水鳥のような影もうかがえる。

「真鴨……ですか、あれ」

「さあ、わかりません」

「それで、あとは何とか逃げられたんですか」

「はい、もちろん。だからこうして話もできるんです」

ここまで来るとSには、少々挑みかかるような口調を含ませるだけの余裕もうかがわれた。

「ゲットーの北の外れに、ボクらの学校がありました。古い廃校で有志がやりくりしたものです。そこもやっぱり被弾をして、校舎も半ばはもう崩れかけてたんだけど、敷地はとうに王党派の軍隊に占領されて、校庭には大口径のかれらの大砲が置かれて、なおもゲットーの中に照準を合わせている。ボクらにとって敵はまだ圧倒的に強かった」

Sの話がようやく彼らの住みか「ゲットー」を抜け出すと、ここまで頑なにその語を囲んできた括弧が後腐れなく、誰にも気づかれないうちに取り払われているのだった。

「母校の砲台をあとに少し行くとね、私たちとは反対に、おそらく小学校の方にでも向かう王党派の兵士に出会いました。祖父はさっきの響き、カシャーンの時と全く同じように黙々と進もうとしました。けれどもその中の一人が、ひょっとしたら少しアルコールが入っていたのかもしれないけれど、ゆっくりと近づいてきて、揶揄《からか》い半分に尋ねたのです。

『よお、爺さん、どこへ行く？』

『仕入れです』

『仕入れ？』

その兵士はとにかくヘラヘラしながら。仲間の方を振り返り、さらに尋ねました。

『仕入れって、歯磨きか？』

祖父が歩みを止めただけで何も応えないでいると、相手は少し語気を荒げました。

『答えろ！　歯磨きだろ！　きたない歯をしてるじゃないかよ、このお前のロバは。お前にはとても相応しくないぞ』

祖父はなおも口を噤みます。

『いつから磨いてない？』

目はギラギラと輝いてきましたが、口調はまたやけに柔らかいものへと立ち戻りました。仕方なくというか、祖父はボソッと答えます。それでも目線を合わすことだけは何としても避けながら。

『戦さが始まってからです』

するとたちまち兵士は今までにもなく居丈高です。

『そんなもんじゃない！　この穢さは生まれてからずっとだ。いや、違う、むしろ生まれつきだ』

後ろの同僚たちはやりとりを、その喜怒哀楽には断じて心動かさない無表情で見つめている。でもひょっとしたら、目の前の兵士の操る言葉、だから祖父や私本来の言葉がよくわからなかっただけかもしれない。彼らにとっては外国語の一つにすぎないのだから。いや、むしろそれ以下かもしれないし……それから、彼は祖父を無理矢理ロバの後ろに立たせて、お尻にキスをするように命じました。もちろん、祖父は無言のうちにこれを拒みましたが、力の差は如何ともしがたいのです。そのうち相手はとても冗談とは思われない顔つきになって、『そしたら、お前の可愛いロバと孫の命は助けてやる』と言ったのです……そろそろ出ましょうか」

不意を突かれて、隼には何も返す言葉がなかった。Sはやさしく追討ちをかける。

「私が払いますよ」

「いや、……いや、それはいけない。割り勘で」

それだけを返すのが精一杯だった。

「そう？……」と呟きながら、Ｓは自分の飲み代を卓上に並べる。そして話を戻した。

「ボクは祖父のことを本当に愛してます。だってね、あの時アイツはボクらにわかる言葉で、祖父を助けてやるとは決して言わなかったのですから。ロバに手向ける祖父からの口づけは元から彼の命を保障するものではなかった。私のほうはとうに泣きじゃくって、あの時のあの人の顔色も何も覚えてはいない……ごめん、ちょっとトイレ行ってきますから、払って外で待ってて下さい」

「いいですよ」

隼は勘定を済ませながら、Ｓの祖父は命令に従ったのだろうと思った。それればかりか「慈悲深い」兵士は結局のところ誰も手にかけなかったのだろうと想像を巡らせた。いまや屈辱こそは最大の報酬である。Ｓの出したコインはずいぶんと温かい。語られる惨禍に導かれて、隼が店の外へと連れ出されていく。水面から切り離された表通りにはもはや人影は見えなかった。その帰り道をゆるやかに噛みしめながら、Ｓは最後の逸話を紹介した。

「それでもボクらは歩きました。もはや本物の行商人さながらにです。それとともに今の私たちのようにです。そうやってとにかく国際援助機関のキャンプか何かを捜したのですが、なかなか見つかりませんでした。ようやく連絡事務所に毛が生えた程度の仮設のキャンプに辿り着いたのは四日目です。とても暑い昼下がりだった。祖父はもうずいぶんと衰弱していましたし、それが結局は死期を早めたと申し上げても、決して過言にはあたらない」

「おじいさんは、そのキャンプで？」

隼は余りにも不用意な問いを差し向けていた。

「いえいえ、さっきも言いましたが、一旦は元気を取り戻して、私と二人でこの町までやって来たんですよ。でも着いてからは呆気なかった。墓はこの町にもありません。幼い私にはどうしようもなかったし、それでもここには同胞の協会が、民族会の中にもあったし、かれらの計らいで同じような境遇の人びとともに遺骨の一部は協会に託し、別の一部は今も私が手元に持っています。私が死んだら、私と一緒に葬ってもらうつもりです」

隼が問いの非礼を詫びようにも時はみるみる流れ去ったし、愚かな自己嫌悪の芽もSの語り口のうちに呑み込まれるしかなかった。しかも目の前では、Sが何かに閃いている。

「そうだ！」

隼は、曲がるべき帰路の十字路を間違えないことだけが自らの責務ととらえ、あとはまた静かに耳を傾けることにした。無灯火で走り抜けていく自転車の響きが人通りの途絶えた夜の旅路に残り少ない慰めをもたらした。

「その仮設のキャンプに辿り着く前、ゲットーを出て二日目の夕方近くだったか、一度だけ病院に立ち寄ったことがあったんです。祖父も少しばかりの貯えは持っていて、食事は何とかなったんだけど、やっぱり疲れが心配になって、できたら診てもらおうかと思ったんでしょう。それに、勝手にそこが国際機関の出先か何かと思い込んでたんで……ところがそこも王党派の人びとのたむろする所で、軍付属の病院ではなかったものの、その時はもう実質かれらの側の野戦病院をかねているようにもうかがえた……だから、祖父からの無言の指示で、ボクらは何気なく立ち去ろうとした。すると一人の女がね、近づいてきた。立ち去ろうとしていたボクらにとっては追いかけてきたも同然でしたが、看護師とか医師とかではなくって、明らかに警備員のようなカーキ色のいかめしい制服に身を包んで背が高く、それも金髪を風に靡かせて、冷たく青い眼差しを見せつけるように尋ねてくるのです。

『汚れてるね。どうしたの？』

私の手を握りしめて、祖父が答えます。

「いや、何と言ってもこの戦さですから」

『だから？』

『はい、水はどこも止まってまして』

まさか祖父もさらに踏み込んで、水もらえますか、などとは切り出さないし、女にはそんな気配りの片鱗も見られなかった。

『アラ、ボクもかわいそうにね』

あの口ぶりときたら、今思い出しても体が固くなりますよ。

『はい、シャワーもとうに壊れてまして』

『そうか……洗っても落ちない汚れだからね。どこに行っても所詮無理だよ、これは』

そのとき彼女は、こちらの返答次第で何らかの対応を用意していたのかもしれません。でも祖父は相変わらず丁寧に、しかし決して目を合わせることはなく会釈をすると、ロバとボクを連れて今まで通りの歩調で遠ざかったのでした。それ以上の手出しをする口実もきっかけも与えることなく僕らはまたひとつ難を逃れた。生と死とはまことに紙一重の隔たりですが、そのいずれでもないのが私の両親です。かれらとは、ゲットーではあえて別居し、私はより危険の少ないであろう祖父のもとに預けられたのです。その判断が適切なものどうか、一般に妥当するものかどうかはわかりませんが、とにもかくにも私は難を逃れたのです。でも両親とは、あのロボットの来た日から今日まで一度も会ったことがありません。その前にいつ二人と、だからひょっとすると最後に会ったのがいつかということも、もはや判然とはしないのです。残念ながら」

こうしてSの物語りはこの夜もまた誠意のあるしめくくりを見せた。先刻川べりのバーで、苦し紛れに投げかけられたような隼からの問い、Sの両親を巡るあの問いを、彼はここまで忘れずに受け止めてきた。長らく所在をなくした答えとともに、今なお生死不明の両親のことを話の終止符に打ち立てた。時計の針は午後の一〇時を回ろうとしている。このまま行けば広場を通ることのない二人であるから、そこで徘徊の敷石を踏み、またしても出口捜しの旅路に迷い込む気遣いはない。何しろSはとうに出口を見つけて、難を逃れてここまで来たのだし、迷い込むと言えば幾度ともなく迷走の旅を心ならずも強いられてきたのかもしれない。その中の、たまたま自らの生まれ故郷となり、非道な犯罪行為の現場にもなった町の名を、いつのころからか「ベイルート」と名づけてきた。夜の帷《とばり》が風に運ばれるまでもなく、この名前を隼の耳元にも送り届けたとき、同じ町を彼は「ファルージャ」と呼び返した。それでも傍らに立ち並ぶSのパスポートがどこのものであるのか、隼には知る由もなかった。

再び時は流れ、Sの訃報にも接してひと月余りが過ぎたころ、隼は寝静まった自宅居間の食卓で文庫本の『エチカ』を繙いた。通読するのはこれで三度目になるが、著者（スピノザ）の残影を身に纏うがごとき異国の知己との出会いに別れをへて、この本の扉を開くのは初めてである。著作は今までにもない相貌を見せて彼の前に現われた。以前であれば、歴史的な著述に取り組み、あえて原作者との対話も試みるという姿勢であったものが、今回は同じ著述を通してSの記憶を辿り、ありうべき彼からの語りかけにも応じるモードへと切り換えられた。それは誰が望んだものでもなく、そんなことを詮議する以前に事柄そのものがもたらした筋金入りの非情と言うべきだろう。それでいてすこぶる甘美な強制にも姿を転じる。するといつしか眼前には著述の中から、第四部の公理が待ち受けた。この部の公理はただ一つにして他のものの追随を許さず、あえて聳え立つまでもない。

「自然の中にはそれよりももっと有力でもっと強大な他の物が存在しえないようないかなる個物もない。どんなものが与えられても、その与えられた物を破壊しうるもっと有力な他の物が常に存在する」

それならば、と隼は考える。浅墓にもすぐに問いかけてしまう。Sをその生まれ出ずる土地から追放する悪意、のみならず家庭を取り上げ友人を奪い去る暴力、祖父と二人辛うじて逃れたという殺戮の数々、これらの実行者たちを「破壊しうるもっと有力な他の物」とは何か。それはあの時も実在したのか。そして、いまどこにあるのか。

隼は定理の一八に乗り移る。その注解の部分が、Sと語りSと歩いたあの夜以上に寝静まる最中へと流れ落ちる。

「人間にとって人間ほど有益なものはない」

それはいかなる場合、いかなる人間も、ということなのか。いや、そうではなく、あくまでも理性的な存在としての人間……いや、違う。Sによると人間ではなかった。あのとき彼は「ロボット」だと繰り返し明言したのだから。

するとと定理の二二が広大なる理性の余白を取り上げ、自らの系を巡らせる。

「自己保存の努力は徳の第一かつ唯一の基礎である」

Sの逃れた虐殺に犠牲者として直面した人びと、武器らしい武器も持たないかれらがそれでも最後の抵抗を試みるとき、その有様を僕らが何としても思い浮かべるとき、スピノザのこの一文は具体的な真実を獲得することになるのか。

夜の締めくくりに、Sは「ありがとう」と言った。相変わらず右手にはスーツケースがぶら下がり、二人はアパートの入口にさしかかっていた。

「こんな話ができたのは、あなたが初めてです」

隼には返す言葉がなくて、何よりも言葉を返すことがこのとき犯罪にも等しく思われてならなかった。Sもまた自らの言葉の手を緩めることはなかった。

「それはあなたが私にとってとても遠かったから。そんな隔たりは時として、それだけで救いをもたらすのかもしれないし、私にとってもあなたにとっても、この世は余りにも広くて余りにも狭かった」

二人の前にエレベーターの扉が開く。Sはいつしかコートの襟を立てている。惜しげなく、あえて許しを乞うまでもなく。

5

その次の火曜か水曜であった。ということはあの週末Sの口から、彼がのがれてきた遠いユウラシヤの町での生々しい体験を聞かされて、まだ一週間も経っていない。正確にそれが火曜、水曜のいずれなのか、今の隼ではいかにも心許ない。とにかく町は祭りで賑わっていた。年に一度の記念日で、そこには収穫への感謝としての秋祭りの枠にはどうしても収まりきらない付加価値が込められてきた。それも国のレベルではないあの町だけの祝日で、かつて同じ日付に長い戦さののち、町は解放されたのであった。住民自身の手で、歴史の中の新しい何かに向かって解き放たれた。血が流され、命も失われ、それでも人びとは自由という名のこの上もない魔物を手に入れた。そこには自戒も込めながら、悦びを分かち合うための確かな礎が宿る。君主なきレパブリカが名のりを上げる。何もないようなところから政治《まつりごと》を引き起こす。未知の世界に向かって清めの経済を撒き散らす。魔物の手からのがれ去るのに、たとえこのさき何世紀を費やそうとも。

かれらはそれを「フェス」と呼んでいたのだが、不案内な隼にはスペイン語か何かのように「フエス」ともきこえた。辞書に載っているわけでもなく、正確なところは当の市民を含む誰にも定かではないらしい。それに全国レベルの祝日ではないので、週末に当たらない限りは、一歩町を出るとそこには普通の平日が営まれる。しかし市民たちは誰ひとりとしてそんなことには思いも及ばないという様子で、弛みなく「われらがフエス」に打ち込むのだった。

この日は至る所に屋台が立ち並ぶ。中には一年を通じて、この時この町でしか見られないものも多いという。昼間のパレードではプロアマを問わずブラスバンドが腕を競う。夜は夜で花火も上がるが、長い一日の祭りから見ればそれこそほんの一時のことで、あとに訪れる夜更けの静寂には、かつての犠牲者のため花を添えるようにいくつもの蠟燭が点される。祈りの歌を口ずさみ、時には口笛も鳴らしながら、手に手に蠟燭を持って進む市民の行列は、昼間のパレードとは随分と趣きを異にする。

ほかにも、昼夜を通して毎年営まれる人気の催しがある。

まずは正午から日付の変わる午後十二時まで、中央広場において開かれる十二時間のコンサート。このとき例の「徘徊の敷石」には誰も踏むことのないようにと、丁重な覆いがかけられることになる。かつては演奏されるメニューと言えば、近在の民謡か教会の音楽に限られていた。それが約束事になっていたわけでもなく。自ずからそのように定まるのだった。ところが昨今はジャンルを選ばず、町のさまざまな演奏家に数ある愛好者のグループが舞台を賑わす。それでも同じくらいの時間をおいて登場するのは、かつても今もブラスバンドだ。舞台を終えるとそのまま街頭パレードに繰り出していくところも昔と変わらない。ただ、以前ならパレードを終えたグループは会場に戻り、時には舞台と呼応して共演することもあったが、近頃では他のジャンルの舞台への配慮もあってか、一度繰り出したものが演奏しながら広場に凱旋することはない。大ていはそれぞれに定まった、何ほどかの由緒も含んだ地点で解散をする。

もうひとつの催しといえば、これまた昼夜を通して営まれる「イコン」と呼ばれる素人芝居、いや市民劇の上演である。イコン（icon）とはラテン語で像、形、聖像を表わすが、はるかなユウラシヤの東方に居住するアイヌと呼ばれる人びとの間ではこれと似てイコンヌ（ikonnu）なる言葉が用いられている。その意味するところは「呪う」。この町の人びとは「イコン」と聞いてまず前者を連想するのだが、隼の脳裏には当初から後者の意味合いが取り付いて離れない。年に一度の市民劇「イコン」に参加するのは、伝統を担う人びとから新興の、今風今様の、それこそ俄作りに至るまで多種多様にわたるが、ここでもプロアマは問われない。ずぶの素人芝居ばかりとも限らないし、コンクール的な要素は含まない。つまるところそれは、この日限りの純粋な悦楽と言われるべきなのだ。

昼間はもっぱら街頭や広場といった屋外が舞台となり、夜の部でもやはり照明の設備を整えた舞台が屋外に、それも複数特設される。昼夜を通しての会場になる所も多いのだが、設営の地点は何も予め固定したものではなくて、年によって変わることがある。というか、二年続けて同じポイントを選ぶことのほうがむしろ珍しいくらいなのだ。それほどに町の懐は深くて、もちろん人気のスポットもあるのだが、問題は天候で、雨による上演途中での打ち切りも起こりうる。それでも大ていは雨の止み間をぬって、あるいは狭い軒下に舞台を移してでも敢行される。但し、初めから舞台の上に屋根がかけられていることは決してない。舞台はどれもが天空に向かって打ち開かれるのが鉄則のようだ。

その中にあってただ一つ、屋内の会場として毎年指定されてきたのが、十二時間コンサートの会場にも程近い市庁舎の議会場だった。そこでは日付の改まる頃、「イコン」に参加した全グループの共演で、町の解放へと至るかつての名場面が演じられる。それらはイコン全体の終演を見事に彩るばかりではない。フェスの一日もまたこれによって最後のクライマックスを迎えることになるのだ。共演とはいえ、基本的には一つのグループが一つの場面を担当する。各場面の締めくくりにあたっては、独唱合唱を問わず何か一曲を捧げて次のグループ、次の場面に渡すことになる。選曲についてはそれぞれの裁量に任されるが、いわゆる取りのグループは文字通りその歌がその年のフェス全体のエンディングを兼ねるわけで、殊の外責任が重い。すでに定番となった数曲があるので、大ていはそこからの選択で無難に済まされる。もちろんこれまでにはなかった新たな選曲もできるし、全くの新曲でオリジナルの作品という選択も可能だが、それには相当の覚悟とそれに見合った準備のための時間が求められること言を俟たない。たとえ作曲は瞬く間に完成を見たとしても、コンセンサスへと至る参加者相互の調整にはかなり手間取るからである。

そのイコンをめぐっては、このところ隼にとっても何かと気にかかるポスターがあった。それらは、Sの過去に初めて向き合ったあの夜の、すでに十日以上も前からアパート近隣に貼られてきた。アパートの入口を入って右手の壁に一枚、同じ入口に向かって左手の外壁にも一枚、それから最寄の書店にもまた一枚、いずれも横長にグレーの地で、左上には赤字、右下には黒字でデータが記される。赤字は「ミノタウロス公演」と読めるし、それに続いて一回りも二回りも大きい文字で「蛙《かわず》」とある。ミノタウロスはグループの名称で、蛙は今回の演目だろう。右下の黒字は公演の日時と場所を伝える。それによるとフェス当日の午後二時から、しかも会場はアパートの中庭なのだ。早速複数の住人に尋ねたところ、中庭が舞台になるのはこれが初めてか、あったとしても相当以前の話だという。それでもミノタウロスというグループの名前はここ数年毎年目にしてきたと、誰もが答えた。評判は上々と言う者もいたが、実際に舞台を見た者はなかった。それが、そんないい加減さが、祭りを取り巻く実情であるのか、いまだ余所者の隼にはわかりかねるし、これでミノタウロスの真価が問われたとはとても言い難い。

わけても彼の目をひいたのは、ポスターの地から浮かび上がる一面の図柄だった。それには確かに見覚えがある。子どもの時から何度も目にしているのだが、しかと特定をされては思い出されず、あたかもそれは、思い出されるものがもはやどこにもないと言わんばかりに何も思い出されることがない。原点は隔絶され、記憶の襞のいずれかに格納されても、図柄自体の語りかけるところは今もいたってわかりやすい。そこは賽の河原か、レーテの岸辺か、咲き誇る草花から見ると裁きの白州には程遠く、無邪気と言おうか身の丈同等の蛙と兎が何やら相撲を取っておる。それもあろうことか蛙が兎を投げ飛ばし、大いに勝どきをあげる。兎は背中をついて仰向けに引っくり返るが、どうした具合かこちらも驚愕の表情ならぬ享楽の笑みさえ浮かべるのだ。この演出が画面に弾みをもたらす。弾みは底知れぬ広がりを見せる。その左手にあって、観客よろしくこちらも三匹の蛙が集う。やはりどれもが口を開いて笑っている。両肘持ち上げ、六方さながら踊るもの、同じく両手を上げるが尻持ちついて座り込み、大股広げ顎ものばしてひたすらに天を仰ぐもの、兎とは逆さに腹をつき、手のひらもついて目の前の取り組みからは顔をそむけるもの。こうして勝者を除く全員が笑っている。さすればこいつは相撲にして相撲にあらず。たとえ大番狂わせに歓呼の声上げ、所狭しと座布団は投げ散らしても、観客が、ましてや当の力士が腹をかかえて笑おう謂れはないのだから。勝者を取り巻いて、蛙というという蛙が支配を広げる。兎も同じ支配を受け入れて、楽しく現《うつつ》を抜かしてる。ポスターを見たときから、隼はどうしてもこの『蛙』とやらが見たくなった。

劇団ミノタウロスの仕込みは、公演前日の午後からで十分に間に合った。隼がその朝いつも通りの勤めに出るころ、アパートの中庭には劇場たるものの影も形も見られなかった。それが夜を迎え、少したまった仕事を片づけて、ついでに夕食も大学の食堂で済ませて戻ってみると、仕込みは九割方が終っていた。もう九時近くであったか、息も白くなるほど冷え込み、舞台はエレベーターを取り囲むようにして完成をみていた。それはビールケースを敷き詰めたところにコンクリートパネルを載せて並べて強く固定しただけという、いたって簡易なものだが、高さといい広さといい、まさに頃合いと言ってもよかった。昼間の上演でも照明付きで、フットライトにスポットライトが二本ずつ、さらにエレベーターの外枠からも三階の辺りに左右合わせてやはり二本が吊り下げられている。作業が続くのはその左手のすぐ横のところで、どうやら一人分の迫り出し舞台のようなものを付けようとしているらしいが、こちらはなかなかの難工事になっている。

もともとエレベーターというのは後から設置されたもので、中庭に突き出しているのだが、本体と外枠を通して大きな窓が付いている。乗り込んで上下する者たちの姿は中庭から眺めることができる。あれも花道代わりに使うのかな、と隼は想像を巡らせる。右手の上、もう屋上の近くには、ちょうど表通り側にもあるような滑車がぶら下がっている。何かを、ひょっとしたら役者を吊り上げ吊り下げるのかもしれない。わくわくとした気分を少しずつ膨らませながら、これら一部始終を一階の廊下から眺めていく。すぐ近くの同じ一階の窓際では、照明と音響のコントロールパネルも簡単なものが設定済みで、先刻来二人のスタッフはそれらのチェックに余念がない。考えてみるとこれもまた、新たな屋根は設けないというイコン全体の原則に忠実なわけで、予め屋根のあるアパート一階の廊下に陣取っているのだ。エレベーターから見てそこは真正面にあたり、だから舞台の中央から見ても正面になる。舞台は中庭のおよそ半分、少なくとも四割以上を占めるので、あとは立見で百人も入れば満員になるだろう。しかも舞台近くに椅子が三十ばかりも並べてあるので、人数はもっと限られてくる。一体どのくらいが来るものか、隼には見当もつかないが、たとえ中庭がいっぱいになっても一、二、三階と、廊下の窓から眺めることもできる。天井桟敷も用意されている。

隼がアパートに戻ってからものの十分もすると、新たに二人のメンバーがやってきた。いや、本当は仲間たちのための買い出しから戻ってきたのだった。二人合わせて四つの袋には夕食兼夜食として、隼もよく利用する近所の中華レストランの持ち帰りメニューが入っていた。どれもがなかなかのボリュームで、一人前を頼んでも、隼ひとりではとても食べきれずに残すことしばしばである。戻ってきたのは男と女で、いずれもアパートの住人だった。それも男のほうはSで、女のほうも同じ三階の二号室、Sの隣人だった。だから初め隼は、心優しいこの館の住民を代表して差し入れでも持ってきたのかと思った。しかしスタッフとの会話を聞いて、かれらもメンバーであることはすぐに知られた。それも律儀な「裏方」さんではなく、キャストとして共に舞台に立つようで、これには隼も大いに驚くとともにいよいよもってわくわくしてくるのだった。そんなことは先立つ土曜日の夜、何も言ってくれなかったのだからSもヒトがワルイと、自らをからかうようにソッと思い添えながら、である。

コントロールパネルの二人を除いて、メンバーたちは待ちかねたように買い出し部隊のところに集まってくる。あの迫り出し舞台の取り付けも何とか一段落をしたようだ。

「おそい、おそい」

「混んでたんよ」と、三階の二号室。

「毎年な」

「ほかんとこのも来てんだろ、どうせ」

「たぶん……二、三見かけた」と、S。

「あー、腹へった」

Sは、まだ持ち場を離れない隼近くの二人にも声をかけてきた。

「ほら、熱いうちに食べたら。スープもあるし」

「ありがと」

「これだけ済ましたら、すぐに行くから」

「持ってこうか?」

「大丈夫」

するとSは、その隣りの窓際に立ちながらも、ずっと声をかけそびれているような見物人に気づいた。

「ア、何だ、来てたんですか。よかったら、あなたもこっちへ来たら? 遠慮なく」

「いやあ、見つかったかあ……あなたは食べないの?」と、隼。

「もちろん食べますよ。でも、ちょっといただきましたから、順番待ちの間に」

これを聞いて、早速メンバーの一人が声を上げる。

「あ、ずるいなぁ……そんな注文入れたら、ますます遅れるじゃんか」

こんな苦情など、二号室の彼女によって軽くいなされてしまう。

「ゴメンなさいネエ……でもお生憎だけど、食べたのはもう出来合いのやつでさ。要するに余りもんで、向こうさんが勧めるから頼んだんだよ。だから、余計に手間はかからないし、こっちもサッとお腹に収めたから、そいで遅れる道理《わけ》もなく、要はアチラさんが商売上手なわけ。ただし、お代は二人で別に払ったからね」

Sは Sで「ホラ」と、またも招き寄せる。だから隼も「わかった」と、見たところはやむなくこれに応じて、中庭の入口へと向かう。「このあいだはどうも」と改めて挨拶を送ると、Sは絵に描いたような微笑みひとつで遣り過ごしながら、客席のひとつを勧めてきた。勧めながら自分も傍らにやってくると、準備のための夜更けの晩餐が続く明日の舞台に向かって、最前列に腰を下ろした。

「皆さん、こちら、私と同じ階で六号室の方」

隼は自ら名のろうと思うが、何か憚られた。

「ここの大学で語学を教えてらっしゃる……ですよね」

「ええ、そう」

舞台の真ん中で今しも食事中の面々と、隼は一通り嫌味のない会釈を交わした。たとえ名のらなくても、自分の名前は一階入口の郵便受けにも掲げられている。では、三階の一号室についてはどうなのか。明確に「スピノザ」と綴られていたのか。たとえそうであったとしても、帰国した隼には何も定かなことはわからない。それにその夜の隼にとって、もはや何よりも気がかりなのは「ミノタウロスとS」のことであった。

「ポスターで知ってたけど、あなたがメンバーだとは知らなかった」

先立つ土曜の夜のことは、あえて隼も避けた。

「そうね……名前も特に出してないみたいだし」と、何やら他人事を装ってくる。

「絵が何《なん》か懐かしかったし、来ようとは思ってたけど」

「絵って……ポスターの?」

「そう」

「アア」

「ずっと出てるんですか」

「いえいえ、これで三年連続になるけど、初めからじゃありません」

そこへ賄い中の三階二号室が介入を図る。

「今じゃ、大黒柱よ……決して外せない御《おん》方なりき」

「ハハ、そんなんじゃない」

「ま、舞台見ればわかるけど……じゃ、またあとでね」

彼女は、立ち上る幾筋ものスープの湯煙の中からヌックと立ち上がり、早々にその場を立ち去ろうとする。

「部屋にいるんでしょ」とS。

「あい」

どうしたものかこの女、「はい」とは言わない。

「ちょっと時間わからないけど、必ず呼びますから」

「わかっとります」

二号室は大きな欠伸と背伸びを同時にくれて、何やらいそいそと舞台を下りていく。それから後ろ姿だけを見せて昇り詰めるエレベーターの中の彼女の肩は、なぜか左に傾いていた。

「あの人こそ、結成以来のメンバーですよ」

「女優さん？」

中庭を挟んで対岸の住人にも当たる二号室の女、隼にとってはますます謎めいて輝く。

「厳密にプロかと言うと、違います。でもね、私もよく知らないけど、あの人には心得がある。だからいかにも玄人はだしです」

「曲者」と、面々の一人がすかさず呟きを入れると、クスクスと鼻笑いでこれに応じる者もいる。

「別に彼女だけじゃなくて、照明の人を除くとみんな素人です。音響の彼もまだ学生ですから」

コントロールパネルの二人はようやく一段落をつけて、舞台へと向かった。

「いらっしゃい」と、労いに歓迎の声がとぶ。

それからのSがもどかしげもなく物語るところによると、演目の『蛙』はギリシアの古い芝居などからの継ぎ接ぎで、よく言えばオムニバス、メンバー苦心の合作である。でも実質的にはほとんどSが書いているという話を、隼は別途耳に挟むことになる。しかしつい先日の夜は「レンズ磨き」だと言われたので、半ばからかわれているような気分もしたのだが、実態は何ひとつ詳らかでなかった。今でも五里霧中を脱け出したとは言い難いのに、あのころではそんな執筆の話を耳にしても、「何でもやる人だな」としか思えなかった。のちに帰国後、例のリーランからの手紙で亡命作家としてのSのことを知るに及んでようやく少しは得心がいった。なるほど彼の力量からすれば当然のことで、ひょっとして彼は乞われるような形で、年に一度のミノタウロスに参加したのではないか。逆にSのほうから見ると、プロでもない面々の年に一度限りの「熱狂」であればこそ、ミノタウロスは想像力と創造力を十二分に刺激するに足る柔軟な容量を、誇るべきものとして常に蓄えていたのではあるまいか。

「私たち、ゲネプロはやらないんです」

隼にとっては、いかにも唐突な言葉であった。

「ゲネプロって？」

「いわゆる総稽古です。ドイツ語です。Generalprobe って、普通は初日の前日にやるんですね」

「どうして、やらないの？」

「だって」と、Sは相手の横顔に一瞥をくれた。

「だって、やかましいでしょう。やるのは夜になるし、屋外だし、台詞もフル回転では……住人への配慮もあるんだけど、こんな中庭じゃなくても、外なら丸見えですから、何て言うか、有難味がない」

有難味、ときかされて、今度はクスッと隼が鼻笑いをもらす。

「そもそも今年の場合、仕込みはともかく、前日の夜に大きな音のする練習をやらないことが家主側の条件でした。明日の上演も昼間の一回だけだし。でもね、もともと私たちはゲネプロなんてやってこなかった。だからと言って乱暴なぶっつけ本番じゃなく、別の場所で音響との合わせも含めて、稽古は綿密に積み重ねてあります。それにこのあと、音声は極力しぼって要所要所だけ、照明や道具方との合わせはやるんです……そうだ、あなたなら御覧いただいてもいい……あなただけじゃなく、この住人なら誰でもね……第一どうやって見られないようにするんだ」

「いやいや、遠慮しておきます。有難味がなくなるから」と適宜応酬すると、ハハッと、手短にSからも笑いが戻った。もっとも、上演の可否につき住人全体に諮ると手間取ることも見込まれたので、あえて家主とだけ交渉をして、二つの条件をあっさりとのんだのも事実だという。こうやってSにとっては、何やら宿願のようにもうかがえるこのアパート中庭での公演を実現させたのである。

「だからあんな風にポスターを貼りましてね、もしも苦情が寄せられたら、その方とは個別当たろうと思ったんですが、有難いことにそういうものは出なかった。やっぱりフェスの一環だからでしょうか、ただ二人だけ、念のためにというか、前夜のことを尋ねた方がいましたが、説明を聞いてすんなりと納得をしてくれました……有難い」

Sにとってこの空間はそれほどに魅力を貯えたものだったのか。確かに屋根はなくても（いや、ないからこそますますそうなるのか）四方を五階建てのアパートに囲まれたここの中庭には、天性の劇場を思わせるところがある。取ってつけたというべきエレベーターが空間全体にアクセントをもたらし、上下するガラスの大窓は出来合の大道具を兼ね備える。仕込みも例の迫り出しのところを除くとほとんど終っているようにも見えるのだが、隼は見物ではなく心ばかりの援助を申し出た。

「それより何か手伝いましょうか」

「いえいえ、もう大体終わりですから。それより、よかったら食べていきません？　どうせ余りますから」

「そこのって、多いでしょ」

「あ、よく食べます？」

「時々ね」

「じゃ、飽きてるかな」

「いやいや、おいしいんだけど、いま食べたところだから」

「そうか……明日はぜひ来てください」

「そのつもりです」

「ありがとう」

「そいじゃ」

そして翌日、だからフェスの当日、隼は仕事のある平日と全く同じように起き出した。運河の見えない窓から薄曇りの空を仰いで、そのまま自室でライ麦パンと熟成チーズと青リンゴとミルクだけの朝食を摂った。コーヒーはあとの楽しみにとっておいて、町へと繰り出す。こんな朝のうちからフェスに出かけるのはこの年が初めてで、ミノタウロスの神通力たるやまことに侮り難い。取っておきのコーヒーは古風なお店でゆっくりといただく。運河沿いのマーケットで、この日にしか見かけないような珍しい店を選んで冷やかす。それでも財布の紐を緩めるようなことはしなかった。これが古書市だと話もまた別になるのだが、いわゆる骨董品ばかりでは目利きもならず、さして食指も動かされない。となると次なる出費は昼飯時で、ベトナム風の春巻二本にたっぷりと唐辛子味噌をつける。さらに小海老を挟んだサンドイッチとヨーグルトミルク、いずれも街角に立ついつもの店で手に入れる。なおも見物しながら春巻を食べ歩くと、通勤路にかかる小橋へさしかかった。運河というより小さな堀を渡し、そこにもフェスの人通りは絶えない。隼は欄干にもたれ、遠くまで続くそんな人並みを見ながら、残りのランチをいささか早めに腹に収めた。

すると一二時も間近になったので、中央広場のコンサートへ足を向けた。オープニングにはほんの少し間に合わなかったのだが、ブラスバンドを含めて三つのグループの演奏を聴いたところで、踵を返して家路についた。家路と言っても、この日は劇場への通い路をかねている。二時からの上演は舞台近くの、それも椅子席ではなくて、できれば立見の最前列で見てやろうと意気込み臨む。開演のまだ三十分以上前だったが、予想を上回る客足に椅子席は埋まり、立見の二、三列目から覗き見るしかなかった。隼が一列目を所望した所以は、ひとえにこの町の市民たちの体格のよさ、ということに尽きる。何しろ平均身長は隼のそれを大幅に上回り、展覧会から映画館、数ある大道芸やデパートの特設コーナーに至るまで母国《クニ》にいる時とは大違いで、視線を遮られること著しい。椅子席の場合も最前列を除くと事情は変わらず、隼の座像は並み居る立像の只中に埋《うず》もれるがごとしだ。じつは彼が着いたとき、椅子席の一列目にはまだ二、三の空席も見えたのだが、そんな目前で芝居を観るというのは趣向に合わない。やむなく最良のポイントを捜しながら、彼は立見の観客の間をさ迷うことになる。

天候はまずまずであったが、午後に入って一時雨《いっとき》が落ちた。それでも上演は中断されず、椅子席の客も立ち去らないで、立見の客はおおらかに踏みとどまる。二、三階の廊下の窓も多くが開け放たれたままで、雨はそのくらいでやりすごせるものであったが、肝心の舞台もまたそれを上回る関心をひきながら適宜感動の種子を植えつけてきた。そんな中、入場した隼の目をいの一番に引きつけてやまぬものがある。前夜には影も形もなかった大きな書割が舞台の後ろ一面に立ちはだかるではないか。高さは二階の廊下を優に上回り、画かれているものはと言えば、あのポスターの絵柄そのものである。それもポスターにはなかった真っ赤な陰影が随所に施されている。一段と迫り来たりて浮世離れしながら、その浮世とやらを見たことのない角度からアカアカと照らし出す。そんな魅惑の前面に迎えられると、視覚をさえぎる困難なんぞは何ほどのものでもない。蛙はやはり兎を投げ飛ばし、投げ飛ばされた兎の下一面にも赤い影は広がる。それは断じて血溜まりを連想させるものではない。そうは見せまいとする強固な意志が距たりを誂え、筆致の至る所から絶妙に語りかけてくる。皆の衆、これはどこまでも笑いであって、戦いではないのだと言わんばかりに。テーマは「戦争反対」を貫いて、昼下がりにもかかわらずいま、暁の反戦芝居の幕が開《あ》く。

風が舞うのだ。吹き付けることなく、吹き抜けることも忘れたように一面の、噎せ返るような人びとの意識の中に、どこにも顔の見えない作者からの手がゆっくりと入り込む。誰もが体験したことのないような風景《けしき》ばかりを選んでそれは、懇切丁寧に編み上げていくのだ。あるいは想念をのりこえ、生まれて初めての静けさがいよいよ植えつけられてみると、観客という観客は自らの視線《まなざし》に飢えを感じる。渇きを覚える。それを癒やしてくれるものはこの先どこまでも押し寄せることがない。幕はすでに開かれ、所構わず人影がたむろする。あらゆるものが亡霊になる。その中に抜きん出て雄弁を誇る者が姿を見せようとする。

風はいっとき鳴りを潜める。そいつは舞台の奥底にあって、エレベーターのすぐ傍らに立っている。そうやっていつもながらに取り付いてくる。頭からはダークグレーのカーテン地を被り、長い裾地を引きずり波打たせながら、いかにもゆったりとそいつは近づいてくる。しばらくは男か女かもわからない。その息づかいばかりがわずかに荒い。十分に時間をとりながら、そこは無言を貫き通す。すると思い出したようにまた風が吹き寄せてくる。次第に強まり、そいつはしかとカーテン地の端を摑み直すと、形の上でも抵抗は見せる。けれどもまもなく一息に投げ飛ばされて、やむなくそいつは姿を現わす。

そいつは男だ。それも舞台の中央に、いきなりあのSが登場する。空しくて、なおも布地を握ったままのスタイルで、両目はしっかりと見開いていく。ニンジャのような黒ずくめの扮装に、腰には銀色の短刀も佩《は》いている。頭の被り物はヒョイと項に下ろし、髪は天辺に結い上げ括って、真横に黄金の簪《かんざし》がさしてある。幾分とも顎をのばしながら客席を見下ろすような構えには、何ほどかの色香も漂って、拍手も起こる。すかさず掛け声が飛ぶ。たとえば「ミノタウロス」などと……それをしっかりと真正面に受け止めながら、Sはゆっくりと満を持してのお辞儀をくれた。

S　お早うございます。ヨシクニでござります。皆様には一年のご無沙汰にござりまする。いかがお過ごしでございましたか。ザッとお見受けするところ、いかにも健やかなるご様子にて、まことに何よりでございます。拙者はと申せば、ひと年《とせ》にわたり相も変わらぬ他郷暮らしを続けてまいりました。それもいにしえ、この町が戦いの末に勝ち取ったような共和国の影を求めて、影を慕いて、広くユウラシヤの大地を経巡ってまいりました。

ここでヨシクニは改めて深々と一礼をくれた。

ヨシクニ　今もなおそこかしこに、社会主義の共和国アリ、人民共和国アリ、あるいは民主主義の共和国アリ、神奉る共和国アリ、一言に共和国と申しましても宿す影は自ずから多様を極めまする。まことに頼もしく、見聞深まる旅路でごさるよ、これは……ア、イヤ、心温まる皆様、わが懐かしの観衆におかれましてはこの先くれぐれも焼餅などはご無用にござりまするぞ。なるほど拙者は一年前、皆様とお別れして間もなく苦もなくこの町を飛び出し、広々と大陸の各地を巡礼巡行してまいった。したが、外なる世界とはいえ、何も羨ましがるような事柄ばかりではございません。何よりもそこかしこには戦さとその種子《たね》が充ちあふれておりますのでな。

ヨシクニはここまでを朗々として語り終えると、急に口調を改めて冷たく、それも冷酷なまでに言い放つのだった。

ヨシクニ　ここなる平和な祭りの一日《いちじつ》こそは、それら戦さの日々をけんしょうするものに他ナラズ。

けんしょう、検証、顕彰、ヨシクニは俄か芝居の高座に立ちながら、またしてもへり下っていく。

ヨシクニ　拙者のごとき一介の旅回りの芸人とて、一通りの正邪の別は心得ておりますぞ。どうにかこうにか人並みには、ということは、何とか皆々様とご同様には。ミノタウロスの神通力はまことにはしたなく、舞台のご利益《りやく》こそはまことにかたじけない。どんな場所でも求めがある限りは高座に立つのが役者の務めにござります。このひと年というもの、いかなる戦地にありましてもわれらはこの務めを立派に果たし、その都度その場仕立ての俄か芝居を演じてまいりました。その数十指に余る共和国でわれらは見事戦時下の劇場を立ち上げたのでござります。

途端にいずこよりか「それは勇ましいことじゃ」の声もかかるが、ダミ声の主はヨシクニ自身、彼の副音声にほかならないことが観衆の全てに知れ渡る。

ヨシクニ　足を運ばれますそれらの観客には無論兵卒アリ、退役軍人アリ、夫を亡くした妻に、息子を亡くした母に、孫を亡くした老婆に、父を亡くした娘に、恋人を亡くした女に、手負いの女子も数知られず……

ヨシクニはここでサッと両腕を持ち上げるや、それを左右均等に押し開いた。

ヨシクニ　とある共和国では、史上最も卑劣とも言われる戦地に身を置いてまいった。身を投げかけて、まいりました。イヤ、サテ、思い起こすだに、クワバラ、クワバラ、至る所に戦さの神が宿っておりますのじゃ、クワバラ、クワバラ。

口調の強《こわ》ばりに反して、ヨシクニは事もなげに両腕を下ろすと体の緊張を取り払った。

ヨシクニ　サテもサテも、皆々様にはこれまでもとくとご承知の通り、拙者はいかなる既存《きぞん》の神々にも信を置かぬ冷徹漢にして、大向こうから投げかけられしいかなる悪罵も受け流すことなく、真正面からこれを受け止めつつ、むしろどなた様よりも大胆なる信心者を自負しておりまする。げに心細き旅先の、一夜ばかりの舞台の傍らにても、拙者は具《つぶさ》に、具にですゾ、命も賭けての見聞にこれ努めました。

「それは勇ましいことじゃ」のひと声は、もはやいずこからもかけられない。

ヨシクニ　ユウラシヤの遥か遠方より、押し寄せるのは世にも最大最強を誇る正規軍とその傭兵、もしくはそのガアドマン。キャツらが盛んに用いるのはかの劣化ウラン団《ママ》。拙者はその心臓部に、呆《ママ》射性廃棄物ウラン二三八の押し詰まるその団《ママ》芯にと、ある時は身を潜めまする。それに対するは、元理《ママ》主義を掲げて抵抗する武装勢力。そこから贈《ママ》り込まれた単独の自爆者の心臓にも、ある時は潜入を試みるのでした。いつでも、どこにあってもこの身を駆り立て、果ては大量破戒《ママ》兵器の幻にさえもこの身を窶《やつ》しまする。こうして戦さの鼓動を、常に不整脈へと歪められるそれらの息吹きを、蠢《うごめ》くそれらの歓喜を、それらの狂気を、しかもそれらの凶器を、だから果てしもない邪鬼を、唾棄すべき呑気を、それらを支える巷間の無気力を、繰り返されるだけの勃起を、イヌの殺意を、カミの妖気を、いずれも具に、臨機応変に、非情なまでに聞き取り、あるいは嗅ぎ取ってやりました。

それからヨシクニはいくらか面《おもて》を持ち上げて、恐れるところのない合掌を貫いた。

ヨシクニ　何しろ史上最大の爆撃は『衝劇《ママ》と畏布《ママ》』と命名され、自爆の攻撃は『カミの風』なる別名を戴くのですから、とてもカナイマセヌ、カナイマセヌ、カナイマセヌ……

ヨシクニは再び深々とお辞儀をくれる。それから合掌を解くと、少し口調を早めてゆるやかに舞い始めた。

ヨシクニ　元はと言えば愚かな独裁者にさかのぼれと、世上は、とある世上は皆々様に申し上ゲル。まるで何事もなかったかのようにそれは申し上ゲル。日夜、朝夕、カシコミ、カシコミ、とある世上はモノ申ス。独裁者は多年にわたり共和国の大地を、その砂漠と長流の延べ広がりをヒトの血で染め抜いたのジャ、と。かかる不正の悪行を忌むこと憎むこと、拙者も断じて人後に落ちず、いかな最大最強の自由の勢力にも引けを取る者にはございません。したがそもそもにござるよ、そこに流されし血のりをば油の金に読み換えて、いたずらにおのが利益を貪りながら、本を糾せばかの勢力こそがかかる独裁者を養い賄い育て上げたのではありませなんだか、皆々様。

「皆々様」からは何も気張らない「ソウダ」の声が複数かかる。

ヨシクニ　ひととせはおろか、ひとつきにも及ばぬ滞在のひととき、彼の地巡業の日夜、とある、とある共和国にて拙者ヨシクニ、すでに百万回もこの身は打ち砕かれた。今日、皆々様の御前に立ちつくすのはただの幻影《まぼろし》にして、あとに残されたものはと言えば、血にも汗にも涙にもなりえぬ一粒のオナラばかりナリ。オナラもひたすらプープーと、今では臭いもすっかり涸れ果てて、それでも出るはたやすくプープーと、苦しまぎれの睦言には一も二もなく唾吐きかける。たとえこの身はいくたび打ち砕かれたところで、彼の地の破戒《ママ》惨情《ママ》には遠く及ばず、あるいはヒトは申すであろう。『彼らはかく振舞うべきではなかったのだ』と。成程なるほど、では尋ねるが、いかに振舞うべきであったのかと。しかしその前に、そもそもが『彼ら』とは誰か、何者か。よいカナ、それは『テロリスト』か、外来の軍兵《ぐんぴょう》か。あるいはその両者か。そのいずれにも属さぬ真っさらの第三者か。それとも、それら『彼ら』の全てを呑み込むこの世であるのか……

　ここで再び、あのヨシクニ登場時を思わせる強風がほんの一瞬、これ見よがしに吹き抜けていく。その去来を見届けるとヨシクニは、尻のポケットから青いメモ帳を取り出す。そこに綴られた、彼を含めて誰かの手になる文章を、半ばは詩人、半ばは説教師のごとくに読み上げるのだ。

ヨシクニ　彼の地では、打ち砕かれしわたくしの、誰にも見えざる、カケラのようなものまでが、いともたやすく、物語りの始まりから繰り返し、一度ならずも立ち上ると、麗しきデモクラシイという名の、恐るべき本物の爆発物を組み上げる。それは自由の代償とやらを、一際《ひときわ》激しくおどましくも突きつける、見せつける、植えつける、それでも、ヒトは絶望することがない。希望のないところには、絶望もまたありえない。

ヨシクニはメモ帳を閉じる。なおも彼の目線は閉じられたそのメモ帳へと注がれていく。

ヨシクニ　いかがですか。まだ、それでも、この戦さ続けますか、アンタ、そこのアンタ、だってメモの中から見てるでしょ、見えるんでしょ。ひとつの戦さが終わりますと、それからすぐに次の戦さ、本当の戦さが始まった。ということは所詮皆様には、分別が足りぬっていうわけだ。

ゆっくりとメモ帳をしまうヨシクニ。片手はどのみちお尻へと向かい、顔面からは表情というものが消えていく。

このあとSの顔からはどこまで表情が失われていったものか、隼にはしかと見届けることができない。立見席なので一概に無作法にもあたらないのだが、途中から入場してきた学生風の若い男二人が遠慮もなければ配慮もなく、隼のすぐ前に立ちはだかるのだった。彼の身の丈では立つ瀬もなく、ただ鼠のように住みかを移すしかない。少し左手に穴場を見つけて折り目を正した時には、すでに舞台からSの姿は見失われていた。冒頭吹き抜ける風に運ばれてきたヨシクニが、隼にとっては音もなく、立ち上る煙のように消え失せたのである。彼との再会を確信する観客の中からは拍手も起こらない。というよりも、次なる激しい一撃によってそれらは根こそぎ掻き消されてしまう……

やがて、舞台の両端からは新たな動きが始まる。上手からはウサギ、下手からはカエル、どちらもかなり大きめの面を被り、それこそがウサギとカエルを表わす。ウサギは「ソウダイナ・ウサギ」と名のり、カエルは「イダイナ・カエル」と言う（但し一部には前者を「ソンダイナ・ウサギ」と呼びかえる者アリ）。どちらも同じサイズ容量の巨きなドラム缶を押しながらの登場となるが、外見上カエルのものは真っ赤に染まり、ウサギのものは白くしずまり返っている。するとたちまち場内には異様な悪臭が立ち込める。観客の中には思わずハンカチで口を鼻を押さえる者も見えるが、これもまたれっきとした演劇的効果にほかならない。何しろカエルの押す赤缶には猫の糞が山と積まれている。これこそが全ての悪臭の発生源に相違ない。それに対して純白のほうは空き缶で、ウサギは楽々片手の小指一本で押してくるのだが、カエルのほうは精一杯の力を出しながら相当に喘いでいる。

ソウダイナ・ウサギは、なおも喘ぐイダイナ・カエルを尻目にドウドウと、自らの白いドラム缶の前へと立ちはだかる。そこから十分に間をとって口を開いた。

ウサギ　臭いか？

すかさず場内からは「臭い」と複数の声が戻される。さらに加えて「メチャメチャ臭い」と、「何だよコレ」と、「もうやめて」と、果ては「もうやめろ」の声も飛ぶ。但し、そんな興奮もまだ怒声のレベルには遠く及ばない。それを抑えるようにウサギは訓辞する。その矛先は広く客席から、すぐに舞台のカエルへと転じるのだが。

ウサギ　ハイ！……それでは、本日の作業に取りかかろうゾ。先ずは、ノルマについて確認をする。捏ね上げる球の直径は一センチメートル。作業のペースは五秒に一個、一分に十二個、一時間には七百二十個を目安とする。出来上がった団子はその都度すみやかに、こちらの純白の容れ物へと移すように……イイカ。

カエルは直ちに応えない。左手をドラム缶にかけて深呼吸をしている。

ウサギ　イイカ。

カエルはなおも応えない。見かねてウサギは「異議ナシ」と、自分から模範解答を与えて督促する。

カエル　休憩は？　どうなっとるの？
ウサギ　先に「異議ナシ」！

渋々応じてみせるカエル。

カエル　イギ（異議・意義・威儀）ナシ……で、休憩は？
ウサギ　全く、フテエ奴。つべこべ言うな、イダイナ。
カエル　気安く呼ぶな、ソンダイナ。

両者の被る面はいずれも鼻だけが天狗のように突起する。しかも台詞に伴う感情の動き、高ぶりに応じて大きさを変え、膨張ないし萎縮を繰り返す。それはどう見ても生きた男根を連想させて、いかにも生々しい。演者はこれを自然に受けとめ、意にも介さぬ風情を保って徒な猥雑さから一同を救い上げてみせる。しかし彼らに取りつく男根化は鼻先にとどまらない。カエルが左の、ウサギが右の肘を曲げると、肘先もまた男根状に張り出し強調されるのだ。折節効果的にこれを折り曲げ、彼らは観る者を幻惑する。同時に猥雑さの彼岸へと折り曲げ、男根はいつしか男根であることを忘れていく。肘鉄が性欲をのみ込んでしまうのだ。これが昔の喜劇役者なら、本来あるべきところに革製のモノがブラ下がっていたという。ところがミノタウロスのウサギとカエルの場合、モノは取り払われ、股間ときたら無風の哀愁を享受する。もしくは去勢された直後のように手厚く絆創膏が貼られる。カエルのものは灰色に、ウサギのものはやはり純白を貫くが、よく見ると仮面の鼻先や肘の膨張に呼応するがごとく血が滲み出しては、瞬く間に引いていくのだ。カエルは静脈血だが、ウサギは動脈血だと人は言う。

ウサギ　私は監視だ。
カエル　そんなら、オレは？
ウサギ　オマエは、逃亡兵だ。
カエル　ちがうね。良心的兵役拒否者だ。
ウサギ　犯罪行為に良心など似合わん。
カエル　戦争には犯罪行為しか似合わん。
ウサギ　（少し追い詰められて）ハジメー！
カエル　（何食わぬ顔で）休憩は？
ウサギ　（精一杯感情を押し殺して）一時間ごとに、それは一分。ランチタイムも十分《じゅっぷん》やろうか……
　ハジメー！
カエル　適当に休んでやっからな、クソ（と呟く）

　イダイナ・カエルは作業に取りかかろうと、赤のドラム缶に片手を突っ込む。

カエル　く、くせえ……な、何だ、これ。
ウサギ　クソだ。

カエル　誰の？
ウサギ　猫の。
カエル　それは性質《たち》が悪い。
ウサギ　それも有難いぞ。何しろ倭震豚《わしんとん》の都にて、わが精鋭の部隊がたった一夜にして掻き集めたという、野良猫百万匹分の貴重な糞だ。珍重せい。
カエル　そんなもん……ああ、クサ、クサ、クソ……こんなもん拵えて、どうするんダヨ……

　そんな御託とは裏腹に、カエルはてきぱきと両手を動かして、ほとんど要求されたペース通りにボールを拵えては純白の缶へと投げ込んでいく。一方、それを監視するソウダイナ・ウサギは出来上がったその球に、何やら透明の液体をふりかけていった。

ウサギ　最新の兵器だ。
カエル　猫の糞がか？……せいぜい鼻が曲がるだけだぞ……
ウサギ　（カエルを尻目にしばらくは観客に向かって）すでにご承知かと存ずるが、何しろかの劣化ウラン団《ママ》の評判ときたらすこぶる芳しくもない。こんなことでは、団芯《ママ》に詰める呆《ママ》射性廃棄物も早晩使用不能になるだろう。そこで考案されたのが、動物性廃棄物への転換だ。それもここに我輩のふりかける特殊な発酵促進剤および凝固剤によって、これまでの呆《ママ》射性廃棄物に勝るとも劣らぬ高密度の物理的な条件が満たされる。しかも使用後は環境にやさしく、打ち込まれた土地は豊かな肥料を得ることになる。さらにこれを受けた敵は、たとえ生き永らえたとしても精神的なダメージはむしろこちらのほうが大きいくらいだ。クソだから……これぞエコロジーの新兵器だ。

カエル　エゴのジジイだか、エロのジジイだか知らないが、そんな兵器製造の一翼を何でまたオレが担わされるんだい。こんなに手を汚してまで……ア、クサ、クセエー……

それでもカエルの作業ペースは衰えを見せない。

ウサギ　だからそれはナ、逃亡兵への懲罰的措置だ。しかも肉体的な苦痛はさほどでもないという、実に温情あふるる計らいだ。

カエル　精神的な苦痛は甚だしい。

ウサギ　だろうな。臭いから。

カエル　ちがう。こうやって人殺しに手を染めていくから。

ウサギ　そこが狙いでもあるし、実戦に対するお前の否定的な意志はこうやって打ち砕かれてなきものにされるし、臭いといえば、私もまた臭い。

カエル　それにしては、軽快な面持ちだ。

なぜかこのとき、ウサギの面の鼻先が大きく膨れ上がる。

ウサギ　職務だからナ、それも神聖な。

鼻先はあえなく凋《しぼ》む。

カエル　オレは良心的兵役拒否者だ（と、再び強弁する）。

ウサギ　だから逃亡兵だろ。

カエル　ちがう。敵前逃亡をしたわけじゃない（と、いささか論点もさ迷い始める）。

ウサギ　それゆえにまた一段と性質《たち》が悪い……アー、クサイ。

機械的に投げ込まれるクソボールに謎の液体をふりかけながら、ウサギは何気なく純白の缶の中をのぞきこむ。

ウサギ　アレ……アレ……ない。オマエの作った、これまでの糞球が消えている……どういうことだ……さてはカエル、オマエ誤魔化してんな。

カエル　血迷うなよ、ウサギ、ソンダイナ・ウサギ。水増しするならともかく、数を減らしておいてこっちに何の得があるんだよ。

なおも白い缶をめざしてウサギの眼前を、これ見よがしに、作られたばかりの糞球は飛び込んでいく。しかし、

ウサギ　ややっ、消えた……いま入っていった新しいのが、底にたどり着く前に消え去ったぞ……

（カエルのほうを睨みつけて）どういうことだ、カエル、イガイナ・カエル。
カエル　（それでも作業の手だけは緩めることもなく）だったら、猫だ。
ウサギ　ネコ？
カエル　糞を生み出した生産者側の猫とは違う、他の猫のたれた糞ばかりを専門に食らうという、業界の絶対的消費者にして一見強面の、その実どうしようもなく心根のやさしい変わりもんが少なくとも一匹はこの世にいるっていうから、おそらくはそいつの仕業だろうよ。
ウサギ　（必死で缶の中を見回しながら）どこだ。そんなもん見えんぞ。
カエル　見えないさ、少なくとも食事中は。おまけにいつも休みなく食べてるんだからなおさらのこと。それに、猫は何よりも自由を好む。猫の鳴き声ときたら、ニャーニャーだの、ミューミューだのって聞かされるけど、本当はあいつは、自由自由、ジユージユーって鳴いてるんだぞ。

ウサギの肩が突然ピクリと震える。

ウサギ　アッ、いた。みつけた。
カエル　何だと（と言いながら、半ば笑っている）。
ウサギ　尻尾が揺れてる。その鋭い、尻尾の、牙から、「今も当時も何人も、市民をやっつけたテロリスト」って唄の文句が聞こえてくる。湧き上がってくる。相変わらず、ほかの部分は見えないけど、だからそいつは視覚からの自由は貫いていくけど、でも、でもいるぞ。確かに尻尾があんなに揺れてるぞ。

カエル　そしたら猫じゃない。
ウサギ　尻尾が見える。
カエル　そいつは尻尾しか授かってない。

　カエルは出来上がったばかりの糞球を、ドラム缶ではなく、いきなり天に向かって放り上げる。

カエル　だからほかの何かだ。

　両者の鼻先はもはやこれまでにもない膨張を遂げている。程なく上空でパンと、何かの弾ける音がする。ほぼ同時に、あるいはほんの一歩遅れて、いきり立った二つの鼻先は跡形もなく萎《しぼ》んでしまう。
　以前を倍する銅鑼の音、喇叭の響きが席巻する。これにはウサギもカエルも等しく腰を抜かして、尻餅をつく。音曲の寄って来たるところはかれらにも摑まれない。やがて祭列が姿を現わす。その様式は誰もに中国の竜の舞いを思い起こさせる。出し物の長い体は何本もの棒に支えられるが、よく見るとそれらは全てが銃身である。担ぎ手は「国防色」の深緑に身を包み、どこかの正規軍兵士を装う。かれらが担う長身一本槍の出し物も同じ緑一色に被われる。
　兵士は引き金に指をかけて、いつでも撃てる準備を怠らない。見せかけの恐怖を煽るようにヘルメットは目深に被る。驚くべきことにかれらの両眼には、前で尻餅をつく反戦ガエル好戦ウサギの股間をしめくくるような絆創膏が手厚く貼られている。ただし配色は赤、青、白とさまざまで、舞いの隊列に花を添える。しかも口ときたら、男女を問わず耳の辺りまで切り裂かれた上で、こちらも固く結い合わされている。だから兵士たちは何も見ることができないはずで、何も言うことがならない。それでも銃身を操り、見事な舞いも披露するのであるから、客席からは思わず感嘆の声とともに拍手も湧き起こる。

さて、事態の展開をのみこんでくると、好戦ウサギはこれを歓迎して自らも参加しようと試みるが、反戦ガエルはこれを拒絶しながらなす術もない。兵士たちは銃身を上下左右にと回転もさせて、出し物にはうねりをもたらす。それが観客の目には躍動にも映るのだが、担がれいきり立つ出し物の先端はまたしても目鼻のないアノ男根なのだ。おまけに対の睾丸はどこにも見当たらず、代わってずいぶんと後尾に可愛らしい一対の翼を佩《は》いている。だから人はこの出し物を実在の蛇とも想像の竜とも見なすことはできない。それにウサギとカエルの鼻先や肘のように膨張や収縮を繰り返すこともない。要するにそいつはつねに、そしてすでに、いきり立っているということだろう。

引き金が無造作に引かれることもなく、兵士たちの目が、口が無闇に開かれることもないまま、誰もが今ここに生きていることの純然たる悦楽の中に酔い痴れていく。好戦のウサギに反戦のカエル、かれらの意志は同じ程度に打ち砕かれていく。路頭に迷い、それでも結局は祭列とともにどこかに持ち去られてしまう。その仮面の目は何かを塞ぐためのものではなかった。始めから節穴だったのだと、演者自らがそのとき実感する。役者冥利にも尽きるばかりの空虚が観客をも引きずりこんで、舞台にはもはや白くもなければ赤くもない黒のドラム缶ひとつが取り残される。

明らかに、祈る少女が見えた。舞台の上手、それもやや手前側の二階の窓。栗色の髪をしっかりと

後ろに束ねた少女が佇んでいる。同じ窓辺に顔をのぞかせるほかの大人たちは誰もが熱心に舞台を見下ろすが、せいぜい五歳か六歳のその少女はひとり空を仰いで、目線は舞台の上空を通り過ぎていく。両手の指は互いに組み合わされていたのだが、隼がしばらく眺めていると、見つめる反対側の屋上に向かって何やら言葉もかけているようだ。周りの大人が全く気にかけないところを見ると、音声は伴っていないのだろう。祈る少女も、首《こうべ》を垂れるようなことはしないのだが、彼女からの気配も察せられないほどに大人たちが舞台にのめり込んでいることもまた確かなようだ。

祈る少女はそうやって短い単語を、それも同じ言葉を繰り返すのか。同じ言葉を、あるいは誰かの名前を、繰り返し投げかけていくうちに少女は、両手を揃えて鋭く合掌する。目蓋を閉じる。余程円らな瞳のせいか、離れてはいても隼にはこの変化がはっきりと読みとれた。少女は口を噤んでもはや動かず、遠目にはこの先いかなる言葉もかけようとはしない。その浮世離れをした身ごなしにいささか呆れて舞台へと目線を戻し、祭列の退場を見届けた隼が翼を広げて、もう一度同じ窓辺を見上げた時、祈る少女は消えていた。通じることのない祈りをあきらめ逃げ出したものか、それとも祈りを捧げる屋上に向かったものかはわからない。それでも少女が、眼下の芝居に退屈して姿を暗ましたのでないことにだけは確信が持てた。

あとにはやましくもない小さな花が開き、散りゆくまでもなくこちらも見事に消え果てた。残された真昼の劇場には底知られず騒めきの轍が伸べ広がる。祈る少女が求めたものも「独立」の二文字かもしれない。それこそは眼下の舞台から最も遠くにまで出かけようとする歴史の実像にすぎなかった。

場面は「戦争の下手人」へと切れ目もなく移行する。

ウサギとカエルは、祭列によって呑み下されたのかもしれない。

嵐でも熱帯性の低気圧でもなく、まるで津波のような轟音が押し寄せる。海の厚みがやすやすと、一時凌ぎに区切られた屋外を呑み込んでいく。静かに打ち震える観客の頬。情け容赦のない自然の摂理は押し寄せ、憎しみもなければ慈しみもなく、白夜のような銀幕を謳い上げる。そこに映し出されるものは、ひとりディオニュソスの秘儀にほかならない。そのうちザァーッと、また別の潮《うしお》が引くようにして（だからそれは決して押し寄せるようにしてではなく）舞台の床一面が深緑一色に覆われていく。そののち奈落から湧き上がるようにして数ヵ所、苔色から鉄色にも近い暗がりが何ものかの影として現われる。

なおも舞台に取り残される黒のドラム缶。緑の潮に引きずられるように傾いていく。こぼれ出すものはないのだが、中に水ないし液体が溜まっているという気配は十分に伝わってくる。まるで押し寄せてきた津波のような轟きの真実の部分が全て最初からそこに収められていたかのように。缶を傾けていく床一面の流動が、実は缶の中で生じており、だから轟きそのものもまた最終的には缶の中から生じているかのように。それほどの実質を一本のドラム缶は携えていく。そこに分け隔てのない重体が、取り返しのつかない失態が告げられると傾斜はすぐに収まって、缶はピサの斜塔も同然の静止をみる。

最上層からはエレベーターが下りてくる。舞台とは反対側のドアが開くと、少し間をおいて左手から翁の仮面を被った役者が姿を見せる。白髪の、ひげもたくわえる半裸の老人は茨の冠をのせている。しずしずと進み出て、ドラム缶の傍らに置かれた背もたれもない丸椅子に腰を下ろす。後ろには、赤ら顔と蒼白が見える。はっきりと顔色の異なる少年の仮面をつけて、二人の役者が随行する。髪はいずれも極端に短く刈られて、赤ら顔のほうが青い細身の皮袋を担ぎ、すぐ前を往く蒼白の背後に影のようにくっついている。二人はそのまま立ち止まると、広く場内を見渡す。翁は訥々と口上をのべる。息切れではなくて、背負ってきたものの長さを物語っていく。

老人　旅に疲れ、戦さに疲れて幾千里、歩き疲れて齢を重ね、ようやくわれらは今ここに裁きの場を見出したり。思えば長き道すがら、労も重ねて拾い集める数多の政治家、政治指導者、軍事参謀、高級将校、知識人に文化人、芸能人……その者らの面《めん》、隈なく型どる仮面、デスマスクも含む生死こもごもの面《つら》、面、面をこれよりは裁きにかける。戦争犯罪の法廷が開かれる。仮面を裁くのは水《すい》面《めん》である。目前に傾く大きな黒いかめの中の水面《みなも》である。そこに映し出される仮面の行く末こそが決め手となる。段取りは単純にして明快。言葉の詮議はとかく手間どり、時も費やす。ここではひとつの面に長くて十数秒、映ったその影が崩れる時は有罪、影を保つものはこれを無罪とみなす。罪ある汚れた面《おもて》は直ちに水面《みなも》へと投じる。罪なき清らかな面は皆々様へと進ぜよう。

赤ら顔は青の皮袋を下ろす。中から取り出すのは裁きにかける何者かの面。それらは有名無名相半ばして、赤ら顔は心持ち下に傾けながら一つまた一つと掲げていく。蒼白の少年は翁のすぐ傍らに跪くと、ドラム缶の中をのぞき込む。面は彼の後ろに掲げられる。それを中の水面に映して推移を確かめる。蒼白が、翁の左腿に置かれた自らの右掌を握りしめる時は有罪、開いたままで左右に滑らせる時は無罪の判決が下っている。翁はその度ごとに「罪アリ」ないし「罪ナシ」と声を上げる。先刻の口上にはなかった明朗なる響き。さらにすかさず「次」と、号令もかける。こうやって法廷が押し進められる。

舞台の中央奥、翁と二人の少年が下りてきたエレベーターの二、三階辺りに大型の液晶モニター画面が浮かぶ。水面に映る仮面の像の成り行きは、これによって逐一傍聴席に対してもリアルタイムで伝えられる。有罪判決を受けた面は、そのまま赤ら顔の手によって蒼白の頭越しにドラム缶の中へと投げ込まれていく。すると水音とともに白い煙も立ち上るが、法廷の厳粛と傍聴席の熱情によってすぐにも掻き消されてしまう。これに対して無罪の面は傍聴席へと投げられる。傍聴人の中には祭り気分でこれを受け取る者もいる。それでも面によっては「無罪」の判決が出たにもかかわらず、誰にも見向きもされずに、材質によってはあっさりと砕け散るものがある。傍聴人とは言うまでもなく、この日ミノタウロスの観客である。

この法廷の成り立ちには何とも不可解な部分が含まれる。裁かれる仮面は傾斜したドラム缶の中の水面に映される。その映像を、掲げられた仮面の前に跪く蒼白の少年とやらがあらためるというのだが、仮面と同じ方向から覗く者にとって、水面に映る像を見ることが果たして可能だろうか。（二六五頁の）右図のように水であれ油であれ中の反射面が液体である限り、仮面と同じ方向からその仮面の映像を見ることは原理上不可能である。液体は容れ物の缶が傾いたところであくまでも水平を保とうとするからだ。これに対して左図のように、中の反射面が固体の場合は事情が異なってくる。液体の鏡は容れ物を傾けるとそっぽを向くが、固体の鏡はどんなに傾けてもこちらを向いてくれる。

「そうか、そうか、中の液体はおそらく余りのことに凍えているのか」と隼は呟いた。それは水面ではなくて氷の鏡なのだ。「Sのことなら、こんな不合理の絡繰りにしても当初から織り込み済みで演じている」と彼は思った。


仮面の判定が二十数枚も進んだころ、異変は生じた。

まずは検分を担当する少年自身が被っている蒼白の仮面、水面（氷面）に映るそちらの像が裁かれる仮面の像になりかわって、初めて後ろの液晶画面に映し出された。これには傍聴席からも小さなどよめきが起こる。すると映し出された蒼白の画像が有罪者の仮面と同じように崩れ始める。しかも裁かれてきた一連の仮面とは異なり、彼の場合はその実像も（だから蒼白の仮面の本体も）画像のあとを追うようにして同じく崩れ始める。それでも少年自身は取り乱すこともなく、事態の進行を冷静に受け止めていく。

異変はこれにとどまらない。蒼白の顔が虚実ともに崩れ去ると、後釜に浮かび上がるのはその後見人にして庇護者とも言うべき翁だった。彼の場合、液晶画面の像には何ひとつ崩れるところがないのに、実像だけが黙々と崩落に取りかかる。こうなると画面にとどまる虚像の翁は何やら実像の成り行きをじっと見定めているかのようだ。そして崩れ去るのではなく、自らは瞬時に消え去った。あとの画面には、誰もが予想を立てるように、裁きの仮面を掲げてきたもうひとりの少年、赤ら顔が現われる。彼の画像も蒼白同様に崩れ出すのだが、こちらの実像のほうはしっかりと原形を保ってどこまでも崩れ去るところがない。おのが画像の行く末をどこかしたり顔にて見守っていく。

蒼白と翁、それぞれの仮面が崩れ去ると、その下に現われるのは誰もが思ってもみない二人の若い女の素顔であった。さらに赤ら顔が、ただ一人生き残った自らの仮面を脱ぎ捨てると、やはりそ

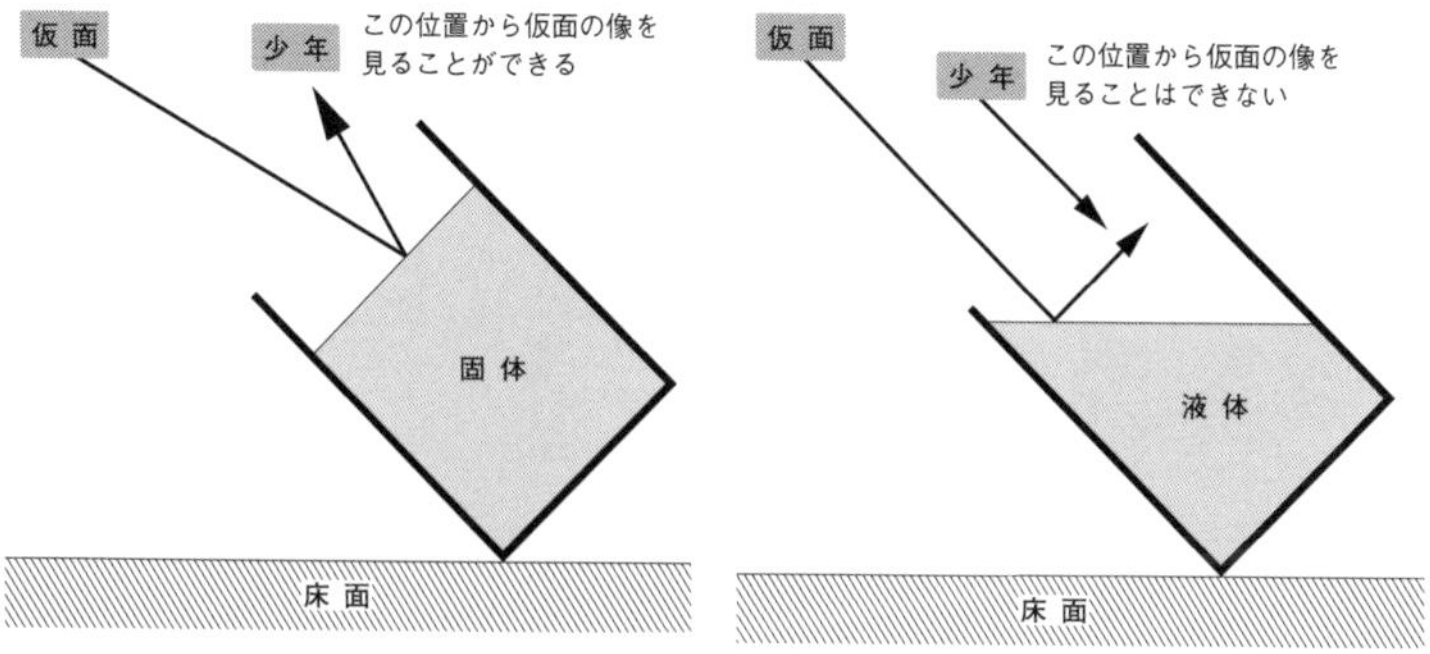

こにも若い女の素顔が現われた。

　三人の若い女は、いつしか傾きも戻して直立するドラム缶の縁をしなやかに飛び越え、頭から中へと身を投じていく。それぞれがこれまでの三者の誰にあたるのかは、もはや容易なことでは判別がつかない。

　一人目の時にはすぐに大きな水音がする。二人目の時には少し時間をおいて、それでも小さな水音がきこえたが、三人目の時にはついに何の物音もしない。皮袋も丸椅子も持ち去られて、舞台には再び黒のドラム缶ばかりが取り残される。

　このとき隼には確かに四人目が見えていた。だから彼にとって身を投じるのは、仮面をなくした若い女たちだけではなかった。身投げの場所は、あの祈る少女が言葉を投げかけた舞台下手の屋上辺りだろうか。おそらくそこに間違いはない。中学生くらいの少年が制服のような濃紺の上下に身を包んでヌックと立ち現われると、まるで高飛び込みでも見せるように片手を真っすぐ真上に伸ばしたまま、頭から飛び下りた。もう片方の手はピタリと体側につけて、両足もまた爪先に至るまで左右揃って伸び切っている。ドスッと鈍い落下音もしなければ、突発の惨事にも悲鳴ひとつ上がらない。それでも隼にだけは、今しも舞台で一人目の女が缶の中へ身を投じた時のように華やかな水音がきこえる。それとともに少年のことは彼の記憶からも永く消し去られた。

身投げをした制服の美少年の姿が消えるのとほぼ同時に、舞台下手に出現した三つの人影。かれらもまた仮面を被っている。一人は五十がらみにも見える年配の男、巨きな袋を背負う残る二人の風貌は妙に艶めかしいが足取りは重く、何らかの疾病か飢餓あるいは虐待に直面していることは容易に知られる。だからかれらの艶めかしさも自然に発する色香ではなく、何かためにする工作の導くところに相違ない。今のかれらを支配するのも性慾ではなく、やむにやまれぬ食欲であった。そこへ年配の男が無闇な声を張り上げる。残る二人の父親らしい。

年配の男　頼もう！　頼もう！　ここいらにヨシクニ殿はおられぬか。

しばしの沈黙。声がお腹に響いてすっかりうなだれる二人。

年配の男　はてはて、おられんのか。これは弱ったぞ、遠路はるばる訪ねてまいったというに。

これをきいて、子どもたちはヘナヘナと座り込む。その脱力ぶりときたら、倒れ込むのとほとんど見分けもつかない。

年配の男　おうおう、お腹が空いて立たれぬのか、不憫な子らよ。

観客に向かって。

年配の男　これはこれは、アテモナイ我らが旅先の皆々様におかれましては、まことにご機嫌も麗しう。別けても懐かしの自由なるマーケット、その身に余るばかりの恩恵をば私《わたくし》、いつもお慕い申し上げてまいりました。お目にかかれて何よりに存じます。かく申し上げる私めはミナミノ・イサオシ、その名の通り南のクニから可哀想な二匹の餓鬼を引き連れてまいった見るも惨めなる一人の父親にござります……（その「二匹」に向かって）さあ、さあ、立たんか、立たんか、そんな姿では立つモノも立たんし、ヌレルものもヌレンぞよ……（冷酷な笑みを浮かべて）よいか、これからこの父の言うことを、お腹傾けてよおく聴け。一体、どちらがよいものかな。この父の手からどなた様にも売られてしまうのか、売られてようやく食べもんにありつくのか。それとも、この惨めな父と一緒にこの先あてどない旅を続けて腹を空かせていくのか……どうだろな、エグイ。

エグイというのは男の子の名前らしい。そのエグイが「売られるの（がいい）」と答えて、訳ありのポーズもとる。

イサオシ　ならお前は？　リグイ。

　リグイとは無論女の子の名前らしい。リグイも応えて相応のポーズをとったが、こちらは訊き返してくる。

リグイ　売られるの？

イサオシ　そうともな、お前は売れる。それも高く売れる。女だからな。エグイの何倍何十倍も、お前は高く売れるぞ……したが、マズイ、いずれにしてもそのままじゃ、やっぱり、マズイて……

エグイ　何がだよ、父さん。

　エグイはもうポーズをとるのもやめている。リグイのほうはゆっくりと人目を盗んで解除した。

イサオシ　だってここじゃ、この懐かしの自由なるマーケットにあっては、人身売買など以ての外のご法度じゃないか。それにな、アテモナイこの旅先の皆々様はいたって心やさしい方々ばかりであって、人身売買に手を染められるようなお方は、考えてみれば一人もおられぬはず。

　イサオシはしばらく思案をするが、ふと妙案を思いつく。

イサオシ　そうじゃ、ここは豚じゃ。お前らの姿を一通り豚に置き換えて売り込むことにしよう。当世牛は、それも特に食用に際しては何かと差し障りが多い。遠国の産ときけばなおさらのこと警戒もされる。鳥は鳥でまた、ホラ、何かと世間を騒がせておる。いずれ劣らぬ病いの種じゃ。となると、やっぱりここは豚じゃ。それにこの辺り、豚が格別に忌み嫌われているとは、とんと承らぬゆえ……それにな、ちょうどよい物がある。

イサオシは袋の中から次々と小道具を取り出しては、それらを二人の身に付けさせる。まずは模造の豚の鼻、次に食用にもなる豚の耳、ネイルアートもふんだんに施したどぎつい蹄、蹄、尻尾をつけた紛い物の尻。それもエグイのものはなかなかにしまって逞しく、尻尾も長々と先っぽには何やら一人前の男根をも偲ばせる。それに対してリグイのものはむっちりと見事な肉付きに短い尻尾が巻いている。イサオシはそれらの各部分を身につけさせる度ごとに、それぞれについての強調のポーズも弁えさせる。

イサオシ　さてさて、よき豚の子にとっては、鳴き声もまた肝要となるぞ。まずはブーブー、ゴッゴッゴッと繰り返せ……だが、それだけではな、いかにも月並みにして、購買意欲をかき立てるものに欠ける。そこでこの基本が身についたら、それも自分の泣き声のように深く根づいたら、さあ適宜、エエン、エエン、アアン、アアン、アハン、ウフン、オ、オ、オ、ウーッ、ウーッなどと織りまぜてみよ。その際、先ほど弁えたばかりの強調のポーズも忘れぬことだ。鼻と言わず、耳と言わず、尻と言わず、尻尾と言わず……さあ、やってみろ。

二人は早速リハーサルに取りかかる。徐々にペースが上がるといきおい声量も増して、およそ子どもとは思われない大音声となって騒々しいことこの上もない。イサオシはそれが最高潮を迎えるのを十分に待ってから、また呼びかけた。二人の豚は、二匹の子豚は、すぐに沈黙を守って共に担いできた大袋の中へともぐり込む。

イサオシ　頼もう、頼もう、誰ぞおられぬか。

するると今度は声がする。それも取り残された黒いドラム缶の中から、ヨシクニその人の声が戻される。

ヨシクニ　誰か？

イサオシ　アキナイ（商い）にござります。

ヨシクニ　南の方から来られたか？

イサオシ　お祭しの通り、ミナミノ・イサオシと申します。

ここでようやくヨシクニが首を出す。

ヨシクニ　ヨシクニだ。

イサオシ　ア、あなた様か。

ヨシクニ　知っておるんか。

イサオシ　訪ねてまいりました。名高くも、心広き方と承りまして。

ヨシクニは意にも介さずドラム缶の外に下り立つと、なおも質問を続ける。

ヨシクニ　して、どんな按配かな、お郷里《クニ》のほうは。

イサオシ　按配も何も、ただ飢えとるばかりにござります。

ヨシクニ　それは勤勉なこと。さぞや実りも豊かなことかとお見受けする。

ヨシクニはイサオシの「飢える」を「植える」と勘違いしたらしく、イサオシにはしばらく話がのみこめない。

ヨシクニ　植えてるとは何かな。まずはカカオかな。

今度はイサオシのほうが、故意かどうかはともかく、ヨシクニの「カカオ」を「カカア」と聞き違える。

イサオシ　カカアは可哀想に、一番飢えとりますで。

ヨシクニ　やっぱり。

イサオシ　ハイ。私なんかこうしてアキナイに出るんで、とにもかくにも何とか口にできますが、あいつは郷里《クニ》に残って、おまけにまだほかに二人の子どもを抱えとります。上がトモグイ、下がヌスミグイ、そいでカカアがエベスと申しやす。

ここに来てようやくヨシクニは相手の取り違えに気づく。

ヨシクニ　ア、いや、イサオシとやら、「カカア」ではのうて、私が尋ねるは「カカオ」であり、お腹が空くの「飢える」ではなく、カカオを植えるの「植える」だ。

イサオシ　アア、カカオ、ですか……へへ、旦那、お戯れを。カカオにしてもカフェにしても、私らではのうて、そもそもが旦那のほうから辺り一面にそれはたーんと植えとられます。その傍らにて私らは至る所食うに困って、仰山が飢えとります。そいでうちの子らも年端もいかんうちからですな、朝もはよから日が暮れるまで、摘み取りに出よる。それもただ働き同然で、親元離れて出よる子もある。借金のかたに出されよる子もある……それに、商うほうの裁量は一切がこちら様にありますで。土台、私らに商えるような品もんには、端からなっておりません。

ここでイサオシはわざと大きなくしゃみを一つくれる。

イサオシ　オ、失礼。

イサオシはすぐにタオルを取り出し、大きく鼻をかみ切る。それをぼんやりと覗き見る二人の子豚エグイにリグイ。イサオシからの突っ込みで自らの聞き違いにバツも悪くなってきたヨシクニは話題を転じる。

ヨシクニ　そうか……ならば油は持ってきたかな。
イサオシ　アブラ?……油田とやらもまたこちら様の管理下ではございませぬか。

ヨシクニはさらに苦境に追い込まれて墓穴を掘り進める。

ヨシクニ　バナナ、もないかな。
イサオシ　ハハ、言うに及ばす……近くのスーパーにでもお運び下され。

好機到来とばかりにイサオシは攻勢をかけるが、それでもヨシクニはつとめて冷静にこれを受け止める。

イサオシ　ということで旦那、本日は産地直送の、とっておきの品物をば複数お持ちしやした。
ヨシクニ　ほう、それは何かね。
イサオシ　いずれ劣らぬ上《じょう》もんの、どんな密儀にだってもってこいの、豚。
ヨシクニ　豚?
イサオシ　御意。それもオスメス揃えまして二匹の豚、仕込み甲斐のある子豚にござる。
ヨシクニ　子豚、か……成程、ま、それなる自慢の逸品とやら、一つ見せてもらおうか。

イサオシ　一つと言わずだ、二つとも、って……ホラ。

イサオシが例の大きな袋の口を開けると、リグイが、続いてエグイが姿を見せる。共に先刻稽古をした通りの各種ポーズを取りながら、ブーブー、ゴッゴッ、アアン、エエン、などと啼き声も上げる。

イサオシ　血統書付きではございませんが、味の良さは、そんじょそこいらの安宿のブタとは比べもんになりませんや。
ヨシクニ　名は何と申す？
イサオシ　ハ？……ハハハ、旦那も見かけによらずなかなかにお目が高くて、隅に置けませんや。こちらのメスっ子はリグイ、オスっ子はエグイと申しやす。
ヨシクニ　（何食わぬ顔で）それで、下の兄弟がトモグイにヌスミグイか……
イサオシ　（珍しく感情を露にして）な、何だって！……そっちは人の子、こっちは豚ん子。ごったにされちゃ迷惑だ。人の子が余りにも不憫ですよ。
ヨシクニ　それは悪かった。
イサオシ　ネ、よろしうございますよ。何なら、今ここでお試し下さい。こちらのリグイなんて、ホラ、ムッチリと見事に肥えて、これじゃいま上げ潮の名だたる色女と比べてもまるで遜色ござんせん……ネ、ホラ。

イサオシに手を運ばれてヨシクニは娘の体に手を触れる。

ヨシクニ　おー、おー、見事見事。お尻ばかりが妙に大人びておって。それに劣らぬ肉付きを全身が得るにはもっともっと栄養も摂らんとな。身を任せるのはそれからでも遅くない。

イサオシはなおも強引にヨシクニの手を息子の体にも触れさせる。

ヨシクニ　おー、おー、見事見事。メスっ子とはまた違うこの締まり具合。いささか締まりすぎて肋《あばら》が透けとるぞ。こちらもいま少しは栄養を摂らせんと、楽しい睦言もままならん。

イサオシが見るからにいやらしい笑みを浮かべる。

イサオシ　む、睦言にございますか。
ヨシクニ　プレイじゃ。
イサオシ　プ、プレイにございますか。旦那、旦那はこちらのほうがお好みでやすか……因みにプレイとはどのようなもんで。
ヨシクニ　フィールドだ。
イサオシ　フィールド？

突然オスっ子のエグイが呟く。

エグイ　フットボール……ベースボール……

たちまちイサオシがエグイをはりとばす。エグイはその場に倒れて、しばらくは立ち上がれない。リグイの啼き声がみるみる泣き声に変わっていく。すぐにイサオシを諫めるヨシクニ。

ヨシクニ　コレ、乱暴はいかん。
イサオシ　すいません……つい……
ヨシクニ　疵物になっては貴様、高値で売れるものも売れんぞ。
イサオシ　ごもっともで。

それからイサオシは手をさしのべ、エグイを立ち上がらせる。その微妙な両者の呼吸には、ひょっとしてヨシクニの関心を引くための狂言か、との疑念もかすめる。

ヨシクニ　買えるものだって買えなくなるぞ。
イサオシ　と、ということは旦那、こやつをお引き取りいただけるんで。

頷くヨシクニ。今度はエグイを抱き締めるイサオシ。傍らで何か取り残されていくリグイ。

イサオシ　あ、ありがとうございます。（いくらか涙声にもなりながら）オスっ子のこいつは割安になっとりますで。

ヨシクニ　いや、どちらもいただく。

イサオシ　どちらも！　まことですか。

ヨシクニ再度の頷きにようやくリグイも抱き締めるイサオシ。

イサオシ　よかった。よかったな、お前たち。たらふく食べて、いい肉つけて、しっかり仕込まれて、楽しい調理をしてもらうんだぞ。旦那好みの味を出して、その味覚と言わず、嗅覚と言わず、至る所、頭のてっぺんから足のつま先まで、とにかく全身で満足してもらうのがよき食材としての務めであるからな。

イサオシはヨシクニに深々と一礼を捧げる。

イサオシ　旦那、ありがとうごぜえやす。これでこちらも肩の荷が下ろせやす。晴れて故郷に戻り、カミさんと二人の子どもにも某《なにがし》かのことはしてやれます。

ヨシクニ　この子らのことは何も心配することはない。礼を言うのはこちらのほうだ。こんな素敵な子豚ちゃんを仕入れることができて、これでようやくのこと、ひとりさみしい夜に終止符を打てるのだから……アア……

イサオシ　アア……

両者はこの「アア」をさらに二、三度繰り返し遣り取りしていく。

ヨシクニ　それでおいくらなんだ、この子らは……いや、いくらでももらいうけるぞ、一度決めたからには。

イサオシ　ありがとうごぜえます。決して法外なことは申しません。

ヨシクニ　で、具体的には？

イサオシ　ハッ、まずメスっ子はやはり少々値がはりますが、そこは何とぞ貨幣でお願いいたします。

ヨシクニ　なるほど。して、その額は？

イサオシ　ハッ。こちらのお役人の年間平均賃金で。

ヨシクニ　ボーナスは？

イサオシ　できれば夏冬込みで。

ヨシクニ　心得た。支払いは一括か？

イサオシ　いえ、これより一年を十二回に分けまして、ボーナスもそれぞれに加えまして都合十四回。

ヨシクニ　お金を送るのか？

イサオシ　いえ、貨幣と申し上げましたが、現金ではのうて、何とぞ十四枚の小切手にて。

ヨシクニ　心得た。ただ、今すぐにはできかねる。

イサオシ　これよりひと月のうちに一枚目をいただければ。
ヨシクニ　承知。併せて全体の段取りも書き記して同封しようかな。
イサオシ　感謝。
ヨシクニ　して、こちらのエグイとやらは？
イサオシ　オスは……ろうそく十本で十分でございます。
ヨシクニ　それでいいのか。えらい格差があるゾ。
イサオシ　いえいえ、ろうそくと申しましてもあちらでは、地震と言わず、津波と言わず、台風と言わず、そればかりか常日頃油も滞り、電気も切れる折には実に重宝いたしますので。
ヨシクニ　そうか、では、できるだけ長くて太いものを用意しような。
イサオシ　ご配慮、痛み入ります。
ヨシクニ　して、いずれも送り先は？

イサオシはこれまで以上に恭《うやうや》しく勿体ぶると、内ポケットから白い封筒を取り出しヨシクニに手渡す。

イサオシ　一切はこん中に。
ヨシクニ　あいわかった。

イサオシは何かによろめく。小さくよろける。そして静かに立ち止まる。

ヨシクニ　もう行くか。

イサオシ　はあ……（と無気力ながらも進みかけて、しばしの独白）アテモナイこの旅先では、旦那、実にいろんな悪事を見ましてな。私が買い物帰りのおばさんに道を尋ねておると、いきなり二人乗りのバイクで近づいてきた若いのが、それもコヤツらよりまだ若いのが、彼女のバッグをかっぱらってそのまま走り去った。その近くでは、こちらも同じような若いのが家も金もないようなお年寄りにやたらと殴りかかっている。恐ろしがって、止めに入る者もいない。余りのことに、私しゃ思わずおクニの言葉で「ヤメロ」と一声叫んだが、とても通じやしない。それどころか逆にこちらがやられて、何よりもこの大事な売り物をかっぱらわれては、そこまで行かなくても疵物にされてはと、意気地もない思いが募ってくると、やむなくアッという間にその場を立ち去りやした。情けない……すると今度は、車がいくつも道端で燃やされている。焼け落ちている。それでもマーケットでは老若男女を問わず自由の原理を唱えては、ありもしないものを売り買いし、利益の追求に没頭し、ありもしないその利益をかき集め、さらにありもしないその利益を求めて飽きもしない。呆れながらも私にはなす術もなく、コヤツらと一緒に電車を待っておりやすと、そいつがなかなかやって来ない。正確な運転ぶりときいていたので余計に苛立ってくると、雪でも大雨でも故障でもなくて人身事故、それもよくよくきいてみるとひとつ前の駅のホームから人が飛び込んだのだという。思わず手を合わせました。しかも滅多にないことではなく、むしろ反対だと言う。おまけに近頃じゃ、自殺の同好会なんかも各地にできて、入会の希望からその目的の達成まで、いずれも人の絶えることがないらしい……ここいらはどうですか。

ヨシクニ　それほどでもないんでしょうね……奥さまにもよろしく。小切手とろうそくが届いたら、二人のお子さん共々どうか安穏にお暮らし召されよ。
イサオシ　旦那、ワシらんとこに安穏などござりませんよ。
ヨシクニ　いやどうも、これは無駄口を叩いた。でも、せめて旅路の平穏はお祈り申し上げます。
イサオシ　ありがとう。

イサオシは一度も振り返ることなく下手《しもて》に去る。ヨシクニはそれを見送り、しばしの間《ま》。そのあいだに買い取られた二匹の子豚は身につけていた鼻、耳、尻、尻尾、蹄などを外して、イサオシの残していった大袋の中にしまい込む。それからほとんど同時に仮面を脱ぎ捨てると、すでに二人は立派に成人を遂げている。立派な大人の男と女がそこにいる。ヨシクニはなおもイサオシの立ち去った方角を見つめながら、二人に話しかける。彼もまた相手方の成人ぶりについてはとうに承知をしていたものらしい。

ヨシクニ　さあ、これでそなたらも、かの「悪徳な」親父様から解き放たれた。
二人　ありがとうございます。
エグイ　一生懸命お仕えいたします。
リグイ　何なりとお申し付け下さい。
ヨシクニ　あ、いや、それには及ばぬ。誰ひとりとして侍り仕える者など求めておらぬ。むしろ、煩わしい。

エグイ　それではこの先どのようにすれば……

ヨシクニ　どのようにしたい？

二人はしばしヒソヒソと相談する。出された結論をリグイが伝える。

リグイ　またクニに帰りとうございます。

ヨシクニ　本心か？

エグイ　はい。

ヨシクニ　よし、わかった。

ヨシクニはしばらく考えてから、エレベーターの方に振り向く。

ヨシクニ　そしたら、あのカゴに乗って空を渡れ。

エグイ　帰れますか。

ヨシクニ　ああ、確実に生まれ故郷の裏側にも出られる。

リグイ　どの辺りでしょうか。

ヨシクニ　さて、お前たちがまだ一度も行ったことのない所だ。いいか、クニに戻っても、もう二度とあの父のところは訪ねるな。お前たちの弟も妹も同じようにして私が買い取り、また同じようにしてクニの裏側にだって戻してやる。但し、もし万が一、風の噂であの男（イサオシ）が身罷《みまか》ったと伝え聞いたら、そっと、人知れず手を合わせておけばよい。それまであの男は何度でもお前たち、自分の子どもたちを売り飛ばすだろう。誰のために？　自分のために。誰のせいで？　お前たちのせいで。誰のために？　お前たちのために。誰のせいで？　お前たちのせいで……

エグイとリグイはすでにエレベーターに乗り込んで、ガラス越しにヨシクニの方を見ている。

ヨシクニ　達者で暮らせ。またこちらに来ることがあれば、必ず知らせろ。

二人は凍りついたように立ちつくしたまま上りつめていく。ヨシクニは残された大袋を黒のドラム缶の中へ放り込むと、上手に去る。

「S……」と言う、S以外の声がした。そこいらで不意に湧き上がった。「今年は一段と乗ってるな」「そうかな」と別の声が応える。いずれも隼の右後方から。舞台の上のヨシクニことSの、結い上げた髪を真横に貫く黄金の簪が上手《かみて》の奥に消え去る直前だった。そのうちの聞き覚えのある声に隼は振り向いた。すると見慣れた顔がすでに間近に接していた。初めに「S」と言った男は、このところ冷静な疎遠を保ってきたあの三階の五号室だった。隼が振り向くと、五号室は一瞬眼差しを送り返した。そのまま軽い鞘当てをしてからすぐに元へ収めると、隼への挨拶の意味を含ませてか、笑みも浮かべた。視線は基本的に舞台に向かっているのだが、注意は自分の右側に並ぶもう一人の男に向けられている。隼はその男にも見覚えがあって、一度も話したことはないが、アパートの一階か二階に住んでいる同年代の男だった。話は二人の間で交わされている。五号室が尋ねる。

「去年も見たか」

「去年は見た」

「オレはその前から見てるけど、こんなんじゃなかったな、まだ」

「ん……そう言われると、確かに」

「だろ……熱の入り方が違う……来年はないかもしれんし……」

「そうなの？」

「ま、これが最後とは言わんけど」

背後からの話には十分な関心を寄せながら、隼もまた舞台へと眼差しを戻していた。問答はなおも続くが、隼にはさらにもう一つの発見があった。五号室のすぐ前、だから隼の並びの一人おいて右側にも見慣れた顔がいる。それは三階八号室の入居者で、例の謎めいた初老の男だった。


ヨシクニの立ち去った上手とは反対の下手側の奥、エレベーターの影に一人の女が潜んでいた。武器商人の彼女はそこから、ヨシクニとイサオシのやりとりの一部始終を見届けた（仮面を付けていない女を演じるのは、前夜の仕込みでも隼が見かけたあの三階二号室の住人だった）。女は時折「ああ……ああ……」と慨嘆を繰り返し、わざとらしくよろめきながら進んでくる。肩からはイサオシ一行と同じような、赤の大袋を引きずっている。

女　ああ……何てこったよ……こんな不景気になるなんて……ああ、腹へった……とにかく在庫がこんなにも重くって、一歩踏み出すのにもさしつかえる……（ポケットをまさぐり）またファーストフードかい……イヤだ、もう沢山……違うもん食いたい……たとえば手作りの餃子、手打ちのパスタ……ほかにも色々あるだろ、手漉《す》きのババ紙、手招きの猫メシ、手負いの熊ナベ、手切れの金《かね》カシ、手付けの金《かね》モチ、手摺《すり》の横板、手盛りのバイキング……バイ菌、じゃない、バイキング、食べ放題の……（ようやく定点を見出し、歩みをおさめる）ああ、腹へった……まあ、聞けや。手練手管もおよそままならぬ今日このごろ、オリンピックW杯につき万国休戦とやらで寝耳に水の不意打ちみたいにもたらされた平和ボケの不景気が、いいか、何と恒久平和の達成なんていう、こちらにとっちゃおよそ壊滅的な不景気から、永遠の廃業失業への途にまで直結しかねないっていうじゃないか……そんな馬鹿な話があるかい。戦争だけを楽しみに昼も夜もなくわがファクトリーにて下請け共々血の汗たらして拵えてきた、武器という名の生きた芸術作品がだよ、灰燼《かいじん》のくず鉄に成り下がるんだぞ。……いにしえより、兵器ナクシテ人類ナシ、と言うのに……（さすがに少し声も沈んで）でも、ニュースはオリンピックにW杯のことばかりで、戦さの噂なんぞはそれこそ蜘蛛の子散らすように今日《こんにち》消え失せており、ネットを見ても、テレビをつけても、ラジオをきいても、あるいは身近な人に尋ねても（急に真面目な女学生のようになって）「あの、すいません、最近この辺で戦争なかったでしょうか」「お買い得ですよ、こちらの武器。在庫一掃でどれも格安になっております……」「あ、すいません。どなたか戦争やりそうな方ご存知だったら……」……無視、無視、無視で、何事も浮き上がってこない心底奈落の水底なんだよ！……まっこと、手持ちにあふれるこれら数々の用具を何としたものか。売れずとも、仕入れ代金の決済は月々押し寄せてくるぞ。いや、日に日に押しつぶしてくるんだぞ……ああ、腹へった……今じゃ用具の担保価値もダダ下がりの夕ダも同然で……さあどうする？　これがアンタなら。

女は少し落ち着いて、赤の大袋に腰を下ろす。

女　それにしてもだ。あのイサオシってのは、ホント、うまくやりやがったな。第一、オノレの子どもなんて、アタイの用具に比べりゃ、仕入れ値はゼロの、元手はパーじゃないのさ……ま、メシは食べさせないといけないんだけど……でもさ、うちの用具たちだってメンテナンスにゃ金が要る。何もしないで眠らせときゃ、錆は吹くし節々は強ばるし、商品価値は下がる一方でよ……それにだ、アイツはあの程度の売り値でも満足できるんだから、そもそもの経済レベル、生活水準が違うんでよ。そうでなくても稀に見る善行の人としての誉れも高いヨシクニさん相手じゃ、ヤッコさん苦もなく口説き落とせたというわけか、いまいましい……だが、待てよ……ならばここは一発、一か八か、このアタイがイサオシになりすましてだな、あの善行の人にさらにふっかけて、あわよくば根こそぎふんだくってやろうかな……ということで。

ここで女は立ち上がる。それも満を持して赤の大袋から、何とイサオシの仮面を取り出して被る。しかしその下半身は、本物のミナミノ・イサオシとは似ても似つかぬ長めの、これまた赤のスカートを纏っているので、その不釣合いが否応もなく観客の失笑を買う。しかしそれをくつがえすばかりの一層の笑いを誘ったのは、女の使う声色が性差をこえて余りにも本物そっくりだったことである。

女　これはこれは、アテモナイ我らが旅先の皆々様におかれましては、まっことご機嫌も麗しう。別けても眼前に広がるわが懐かしの自由なるマーケット。その市場の原理がもたらすという身に余るばかりの恩恵をば、ワタクシ、いつも、いつも心よりお慕い申し上げてまいりました。お目にかかれまして、何よりに存じまする。（深々と頭を下げるが、急に嫌気がさして）やーめた（と天を仰ぐ）……（大声で）テッポウが、売れんぞー。

　女は急に黒のドラム缶が気がかりになったのか、少し離れた所から中をのぞき込もうとする。

女　はて、アヤツ、戻っとるかしら……（居ずまいを正し）頼もう、頼もう（明らかにドラム缶の中に向かって）ここいらに、ヨシクニ殿はおられんか？　イサオシにござる。ちょっと忘れ物をいたした。ごめん。話の続きがあるのを忘れておった。商いはこれからにござる。取引はまだまだにござるよ。頼もう。

「来年はないって、何がさ」と、もう一人の住人が尋ねる。三階の五号室に尋ねている。「フェスが？なくなる？」

「フェスはなくならん」と、妙に落ち着き払った五号室が応じている。「イコンもあるし、このミノタウロスだってあるかもしれん……でもSがな」

「いなくなるのか」

「たぶん」

「何でさ」

二人は観劇中の周りを気づかってごく小声で囁き合う。それでも彼らの声はとてもよく隼の耳元に上がってきた。

「八月の、末だったか、あの人襲われただろ」

「へえー、知らなかった」

「鈍いな。襲われたんだ。知ってる人はよく知ってる」

もう一人の男は、さらに右手の若いヒゲ面の男に尋ねる。

「知ってた？」

「うん。一通り」と生返事をくれるその男もどうやら本日のお仲間らしい。もう一人の住人は改めて五号室に問い合わせる。

「襲われたって、誰にさ」

「ゾッカイの若いの」

ゾッカイとは、「民族会」のことらしい。

「何でまた」

「ジュンナンシャ（殉難者）だから」

若いヒゲ面が今度は自分から口を挟んだ。

「ジュンナンシャ？　何だそれ」

「知りませんか。いわゆる〈原理主義者〉と言われる連中の自称です」

ヒゲ面の与えたこの定義を引き取って、五号室はさらに展開する。

「ジュンナンシャの連中は襲撃でもってあの人を一種の人身御供に仕立て、組織全体への睨みをきかせて勢力の拡大を狙ってる。いつだってそうだ。事件のあともあの人には、言動を改めぬなら、さらに鉄槌を下すと陰に陽に脅迫を繰り返してるそうだ」

「あの人の何がいけない」

「存在が……ジュンナンシャの掲げる民族への忠誠心などとはおよそ縁のない地平で語ること自体が気にくわないし、メイカイとの繋がりもまたヤツらにとってすこぶるおもしろくない……だから存在が……」

メイカイとは、「革命会」のことだろう。一連の展開は、隼がそれまでに仕入れた風の噂をさらに補完するものだった。これを聞いて、もう一人の男は妙に心配になってくる。

「彼はどうするの？　このままじゃ、またやられかねない。現に一度やられてんだから」

「あの人は意外にノホホンとしてるから」

若いヒゲ面が物知り顔に平然と口を挟んだ。

「こんなイコンにも出てるし」と五号室。ハハ、とそれを軽い笑いで受け流すような若きヒゲ面。

「まあ、そこで見かねて長老派が出てきた」

「長老派？」

「ゾッカイの中で、ベテラン・顔役連中の非公式な連絡組織だ。主だった民族は網羅してるし、ジュンナンシャにもある程度の睨みがきく」

「そいで？」

「とにかく中を取り持ちだな。言うところの落とし所を模索した」

この間も二人の目線だけは舞台の上に釘付けになっている。

「で、どうなった」

「亡命だよ」

「ジュンナンシャから見たら追放です」と、ヒゲ面は至極もっともらしい顔を作ってみせる。

「町を出るんだ」

「永久に？」

「いや、一時亡命、一時追放ときいてる」

「ほとぼりのさめた頃にこっそりと、戻るタイミングを模索する」

「狭い町なのに……それで大丈夫かい」

「何のかんの言ったってそれしかない」

「あとは時間のもたらす効能だ」

ほんの一時、彼らは静まり返る。

「でも、どうやって、出るの？」

「それだよな」

「こんなに町中が出口をなくしてるのに、どこから、どうやって」

「だからそこだよ」

「黙れ！」

異質な声がした。

ヨシクニ　いずれの御方《おんかた》におわすか？

　すでにヨシクニは、女がイサオシになりすますあたりから上手側に立ち戻っており、その後の一部始終を見届けてきた。女はというと、なぜかヨシクニがドラム缶から再び現れると思い込んでいたようで、上手からの登場には驚きも隠さないのだが、その所作がまたとてもわざとらしい。

女　ややっ、これはこれは。そちらにおいでてござったか。
ヨシクニ　いかがなされましたかな、イサオシ殿。
女　面目ない。忘れ物をいたしました。
ヨシクニ　はて、忘れ物とは何でござる。
女　商いでござる。取引でござる。
ヨシクニ　それならば、先ほど済ませましたに。
女　まだ続きがございました。
ヨシクニ　お郷里《クニ》には、戻られませなんだか。
女　いえ、戻りました、戻りました。
ヨシクニ　意外に近こうござるな。して、奥方は？
女　はい。二人の童ともども元気に暮らしております。ヨシクニ殿との商いを知らせますと、アレも大きに喜びまして、有難うございます。

ヨシクニ　もはや礼には及びませぬ。それで、もしやお郷里《クニ》で何かございましたか。
女　はいはい。
ヨシクニ　また戦さでも。
女　いやいや、その反対にござります。
ヨシクニ　ほう。
女　ヨシクニ殿のおっしゃるかの「平穏」とやらがすっかり郷里《クニ》中を鎮めておりました。とても容易なことでは動じませぬ。
ヨシクニ　いやいや、それは何よりで。
女　いやいや、それが何より困りました。
ヨシクニ　何ゆえに。
女　商売道具が、手持ちの商売道具が、さっぱり売れませぬ。

女は赤の大袋の口を開けて、ヨシクニの方に向ける。

女　ほれ、このように。
ヨシクニ　どれどれ……ほほう、これは大変なお道具ばかりじゃ。

ヨシクニの笑みに女は思わずカチンとくる。

女　もはや役立たずの無駄骨ばかりにござるよ。
ヨシクニ　いかようにも使い道はござりましょうぞ。
女　はて、どのように。
ヨシクニ　たとえばそこに見えるヘルメットは麵鉢に、あるいは鉢植えに。携帯用のミサイルは打ち上げ花火にでも転用なさるがよい。
女（一挙に口調を変えて）麵鉢なんて、一体誰がこんな重いラーメンを食べるんかね。だいいち洗い物をするだけで、店員さんもへとへとじゃないか。それに打ち上げ花火って気楽なこと言ってくれるけど、こっちには全世界の花火の需要なんかじゃとても追っつかないだけの色んな在庫があるんだよ。
ヨシクニ　ホウ。たとえば？
女　たとえば、地雷、たとえば、手榴弾、たとえば、劣化ウラン弾、たとえば、たとえば……
ヨシクニ　ヨシ、私が全部買い取ろうか。
女　いくらで？
ヨシクニ　一万ドルでどうだ。
女　何もかも？
ヨシクニ　もちろん。
女　まるで馬鹿にしてやがるぜ。
ヨシクニ　あらあら、それだけもらえたら有難いと思わねば。恒久平和のこの世の中にほかの買い手がいますものかな。

女　アー、畜生。他人《ひと》の足元見やがって。こうなったら起こしてやる。
ヨシクニ　戦さかな。
女　もちろんのこと。
ヨシクニ　望むのはお前さんたちだけだ。

こう言いながら、ヨシクニは実に器用にドラム缶の端に立ち上がる。

女　それで十分。恒久平和とやらはいつもそうやって打ち破られる。
ヨシクニ　好戦派の中の内戦から打ち破られる。

たちまちヨシクニはドラム缶の中に消える。

女　世界は再び戦争《いくさ》へと導かれる。

ヨシクニの後を追うように、偽イサオシの女もドラム缶の中に消える。舞台には赤の大きな袋だけが残されている。

「黙れ」と異質な声で窘《たしな》めたのは、いつしか五号室のすぐ前に立っていた、三階八号室の初老の男だった。声が出たのは、舞台から再びヨシクニが消え、イサオシを騙る女がドラム缶の中に消えようとするまさに直前だった。

だから初老の男の一言で、その前のヨシクニの言葉よりも続く女の言葉のほうが観客の心には一段と沁み渡った。

女は「世界は再び戦争に導かれる」と言った。これを聞き届けるための準備万端を、謎めく初老の男はただの一言で成し遂げた。

「黙れ」。背後の三人連れは命令に従い、それから芝居の幕が下りるまで一言も発しなかった。

「黙れ」。それとともに、Sがどうやって町を出るのかという疑問は疑問のままで取り残された。

「黙れ」。初老の男はこの一言を自らにも向けて、もはやそれ以上には何も言わなかった。にもかかわらず、舞台を見つめる隼の目線はこれまでにもなく騒めいていった。


舞台に残された赤の大袋がもぞもぞと動き始めると、まもなく中からはかつて祭列とともに姿を暗ましたイダイナ・カエルが顔を見せる。相変わらず仮面の鼻はしっかりと突起している。

カエル　いやー、長かった。祭りが終って、どこだ、ここは?

辺りを眺め回しながら、カエルは袋を出る。肘のペニスは幾分張りがなくなっているようだ。中味のなくなった大袋はするする引かれて舞台の奥へと退散する。

カエル　特に見覚えもないが……まだ戦さの最中かよ。

声　その通り！

　驚いたカエルが声のした方を見ると、同じく姿の消えていたソウダイナ・ウサギがドラム缶の中からやはり仮面の鼻を際立たせている。

ウサギ　やっと見つけたぞ、逃亡兵。
カエル　何度も言わせるな。私は良心的兵役拒否者だ、猫の糞。
ウサギ　何だと。
カエル　何でもございませんよ。猫の糞の新兵器はどうなりました。もうあきらめたか。
ウサギ　とんでもないや。どころか、とても生産がおっつかん。こねても丸めても糞が足らん。
カエル　そんなに繁盛か……

　ウサギは満を持して、ドラム缶の外に降り立つ。こちらの肘にももはや往時の勢いはない。

ウサギ　お互い歳をとったな。
カエル　つまるところここは戦さ場か。
ウサギ　戦さ場か戦さ場でないかの区別なんて、オイラの知ったことではない。始めに戦さありき、而して平和を希う。いずれにしても遠く隔たった人間世界の出来事じゃないか……アーアー……
（と、何だか暇そうにも見えてくる）

突然ドラム缶の中から別の声がする。

別の声　おお人間よ、人間よ、禍いに充てる人間よ。いつまでもお前らの顎《あぎと》は災いをもたらすだろう。悪事を働くだろう。

カエル　私はカエルだ。

ウサギ　つべこべ抜かすでない。これより、イイカ、イクサノ・イサオシさまのお成りだ。

カエル　誰だ、それは。

ウサギ　何人も逆らえぬ「戦争」の化身だ。

太鼓と銅鑼が鳴り響き、ドラム缶の中からはあの武器商人の女が今度は「戦争の化身」とやらになって姿を見せる。頭にはひどく大きな擂り鉢を戴いている。

ウサギ　控え、控えー。

ウサギが両手を付いて畏まると、カエルもやむなくこれに倣う。

戦争　出迎え大儀。名を名のれ。

ウサギ　サワギ、にござります。

カエル　ユウナギ、にござります（と、なぜかカエルまでが別名を名のる）。
戦争　イクサノ・イサオシじゃ。サワギとやら、これを受け取れ。その場に安置せよ。
ウサギ　ハハッ。

ウサギは大きな擂り鉢を受け取ると自分のすぐ目の前に下ろして、再び畏まる。

戦争　戦さには人一倍の滋養を取らせねばならん。私がその擂り鉢にて拵えるイクサノ・ペーストこそが特効薬にして、何よりの滋養を、何よりの癒やしをもたらす。癒やしといっても誤解いたすな。平穏をもたらすという意味にあらず、より滞りなくより効率よく戦さを運ぶということだ。ゆえに各地の前線からはいつも補給の要請途絶えることもない……さてと、今日も練り上げるぞ。サワギ、材料は調えたか。
ウサギ　はい、ここに（と言うが、手元には何も見えない）。
戦争　これより私の指名に従って、それらを順次、根こそぎ放り込め。
ウサギ　畏まりました。

戦争が都市の名を呼ぶと、ウサギはその度に何かを擂り鉢の中に放り込む。そして呪文のような何やら口からの出まかせで必ず味つけも行なうが、カエルはあえて畏まったまま、そんなことには見向きもしない。

戦争　テヘラン。
ウサギ　ピスタチオの祈り、ナッツの女王の緑したたる血潮ナリ。
戦争　サンサルバドル。
ウサギ　ダビュイソンという名の、コーヒー色した農夫の、汗にまみれたロメロの涙。
戦争　ベイルート。
ウサギ　レバノン杉の、残りわずかな花粉に噎《むせ》ぶ十人の娘、百人の息子たちを見つめるパレスチナの目。
戦争　サイゴン。
ウサギ　米粉で捏ね上げた麵、フォーを、ブンを、体に巻きつけた海兵隊、を迎え撃つホーチミンルート、稲穂の拳かな。
戦争　サワギ。
ウサギ　はい。
戦争　擂り粉木はあるのか。擂り粉木がどこにも見えんぞ。もしや、「平和」の手先に持ち去られたのか。
ウサギ　いえ、そのようなことは。すぐに調べさせてまいります。（なぜかカエルの方を見て）ユウナギ、擂り粉木は今いずこにある？
カエル　（恐れずに答えを寄こす）はっ。いささか事情がありまして、今は倭震豚《ワシントン》にございます。
戦争　何？　この肝心の時にか。すぐに取戻してこい。
ウサギ　疾《と》く参れ。

カエル　（なおも従順に）ははっ。

カエルは一礼をして上手側の舞台の片すみに下がるが、そこで携帯電話を使って誰かと交信する。戦争とウサギはまた作業を続ける。

戦争　コソボ。

ウサギ　骨と肉の果てしもない煮込み、民族浄化の爆撃と口先、ベオグラードの鼻先。

戦争　ファルージャ。

ウサギ　めくるめく石油のための自由、米の唐揚げ、宗派の雑炊とクルドの心臓。

戦争　ソウル。

ウサギ　三八度の濃密なマッコリ、イルボンのナムルと南北の熱戦、ピョンヤンの凍えた首筋よ。

戦争　ベルリン。

ウサギ　崩れた壁色のザウアークラウト、鉄のカーテンクロイツ、東西の冷戦とホロコーストの膵臓。

通信を終えたカエルが慌ただしく駆け戻ってくる。

カエル　申し上げます。

ウサギ　何か？　擂り粉木はどうした？

カエル　それが、只今出先の者に連絡を取りましたところ、擂り粉木は以前より大統領の白い館にありまして何かと重宝してるのだから、そんなに使いたいのなら、使う者が直々に取りにまいれとのことにございます。

ウサギ　何だと！　（戦争に）いかがいたしましょう。

戦争もその目は冷酷な怒りに満ち足りているが、とりあえずここは仕事を優先する。

戦争　モガディシュ。

ウサギ　ヤギの角のスープ、内戦は飢えた家畜も食べつくし、紅海をこえてきたリトルバードの腐った砂肝。

戦争　リマ。

ウサギ　ラマとアルパカのアンデス、大使館の丸ごと蒸し焼きに光り輝くフジモリ、トゥパク・アマル、センデロ・ルミノソの耳たぶ。

戦争　カンダハール。

ウサギ　タリバーンの干からびた踵、アルカイーダの厚き胸肉。

戦争　バグダード。

ウサギ　自由の墓場と、テロの曙と、砂漠の夕闇、生肉の黄昏、煮くずれた野菜の夜、果実の峰も切り倒されて、民の姿はどこにも見えず、ヒトでないようなヒトばかりが叫んで、サダム・フセインのヒゲ面も忘れる時、立ちこめる砂嵐、席巻する砂嵐、チグリス・ユーフラテス、裁きの庭に立ちつくしたという独裁者の喉仏。

（間）

戦争　行こう。今から取りに行こう。
ウサギ　いや、しかし……
戦争　かまわん。それに、そこまでの口を私に利く大統領とやらも一目見てやりたい。（カエルに向かって）案内いたせ。
カエル　ははっ。
ウサギ　（いかにも沽券に関わるといった様子で）それならば、私がご案内いたします。道はよおく心得ておりますので……ユウナギ、お前は留守の間はこの大切な擂り鉢の見張りをしておけ。
カエル　畏まりました。

戦争とウサギはすぐにエレベーターに乗り込んで上がっていく。

そのとき隼は殺人者の影に囚われた。そいつは、「黙れ」と言ったあの八号室の老人の体から瞬く間に遊離して、そのまま舞台へ向かった。影が舞台に上がると、すぐに雷鳴が轟き、折りしも上り詰めたエレベーターからは戦争とサワギの断末魔のような悲鳴が聞こえた。
なおも雷鳴は続き、殺人者の影はゆっくりとユウナギの体に入り込み、合体を遂げる。ユウナギは、見張りを命じられた戦争の擂り鉢をあっけらかんと引っくり返してしまう。すると中からは、先に放り込まれた都市の数よりもはるかに多い、身の丈五十センチほどの小人たちが現われた。

小人たちが四散すると、カエルは軽々と擂り鉢を持ち上げ、下手に姿を消した。

隼が八号室の老人に視線を戻すと、今度は入れ替わって死の影が彼の体の中に入り込むのがはっきりと見えた。こちらも合体を遂げると、雷鳴は勢いをなくす、というよりも内にこもった四つ足の唸り声のようになって、その分だけ稲光を際立たせていく。程なくエレベーターの左手から葬列がやってくる。葬列と言っても移動寝台をひとりの黒子が押すだけで、横たわる遺体には大きな黒の布地がかけられていた。それが何かの旗なのかどうかはまだ誰にもわからない。


葬列はゆっくりと舞台のへりを回っていく。そのうち死体が語り出す。

声を聞いた途端隼には、横たわっているのがヨシクニであり、Sであることがわかった。

死体　私はこれから埋葬されるんじゃありません。そもそも私たちの地上にはね、火葬のための火種もなければ、水葬のための流れも尽き果て、風葬のために風が吹くことすらままならない。今では土葬のための大地からも拒絶をされ、鳥葬を施してくれる、いいや、恵んでくれる鳥の一羽もいやしない。だから私はこれから住まいを移すのです。まだ見たこともないどこか大空の一角の街頭にです。そこいらの街道筋の、きっとまだどこかにはゆとりもあるような突き当たりにです。何よりも私がそうするのは、これから先みなさんがそこを天国だなどと、罷り間違っても思い込むことのないようにです」
「黙れ」
あの死の影を含んだ、受け入れた、いや呑み込んだ八号室の老人が再び同じ声を上げた。
しかし、その声に気づいたのは隼ただ一人かもしれない。

葬列はさらにゆっくりとエレベーターの右手をめざして進んでいく。雷鳴の鎮まりとともに、葬列は闇にのみこまれていく。

弔いの立ち去った舞台は薄暗く、わずかに雨粒も落ちてきた。黒のドラム缶は自ずから倒れて、転がりながらこちらも舞台をあとにする。ドラム缶のなくなった空き地には穴も窪みも残されず、天国を見失った天使らしきものの影が居眠りをする。そして合体を遂げるべき相手を物色するが、どこにも該当者は見当たらず、つまるところ影は隼自身の能天気とみなすほかはなくなるのだった。

舞台のフィナーレは『蛙の平和』と題されて、雨粒は少し大きくなったが雨足が強まることもなく、一面の華々しい楽劇となった。先刻擂り鉢から逃げ出して四散した小人たちの蘇りかとも思われる大勢の蛙たちが登場し、独唱に合唱にその名声美声を競い合った。相変わらず鼻を突き出したかれらの仮面の下に、あのSが、あの二号室の女がいたものかどうかは隼にもわからない。その中で見事な独唱でいにしえの歌を唄ったのが、あのイダイナ・カエル、ユウナギであることは、誰の目、誰の耳にも明らかであった。

研ぎすまされた知性を
もてる者は幸いなるかな
これよろずごとの教うるところ。
賢明と銘うたれるこの人は
ふたたび家路に帰り行く、
市民の幸、
眷属友人の幸、
聡明の性《さが》ゆえに。
（アリストパネス『蛙』より）

「賢明と銘うたれるこの人」はＳではないのかと、隼にはその後も長く怪しまれてならなかった。あのＳがまさか自ら進んでそんな連想を求めるのではないにしてもである。

楽劇がクライマックスを迎えると、予想を上回る展開に観客たちは手拍子打ち鳴らして舞台を盛り上げる。それに応えてさらに圧倒的な大合唱、蛙たちの大合唱は「ゲゲゲゲゲッコ、グワァッコ、グワァッコ」と鳴き声も交えて歌い継がれた。そして各一節ごとのしめくくりは必ずこのリフレインが引き受けた。

もはや戦さの魔手はいずこにも及ばず、

いかに騒がしくともわれらは、
この蛙の平和に恋い焦がれてやまぬ。

但し、そのとき必ずサブのコーラスが奇妙なリフレインを控えめに重ねて折り込んできた。

ウサギノ藪ノ小サナ泉
コノ先ドンナニヤスクニシテモ
戦ノ行方モヤスクニヤスクニ。

これだけは何度聴かされても、隼には意味するところがまるで摑まれなかった。

上演はなかなかの好評で、カーテンコールが続いた。隼は少し気おくれがして、何よりも長時間の立ち見のせいか、妙に疲れを感じて、主な役者たちが再登場する前に中庭を出た。そこには「ふたたび家路に帰り行く」と歌われたあの独唱からの強い示唆があったのかもしれない。だとしても、まさか隼が自らを賢明と考えたわけではなかったし、そんなことよりも死の影を身をもって引き受けた八号室の老人のことが少し気の毒にも思われた。いまでは彼の「黙れ」という気持ちも自分なりに少しは汲み取れてきた。だからと言って、彼の背後で噂話を続けた三人の男たちにも大した怒りは覚えなかった。そこに語られた他ならぬSをめぐる情報が余りにも興味深い内容であり、しかも当人はといえばそのとき目の前で見事な演技を見せていたからである。ヨシクニ役を堂々とつとめ、最後の死体の物語りにはどこにも気負いのない静かな迫力がこめられていた。むしろ隼が早々に中庭を立ち去ったのは、ヨシクニ役を終えて死体とともに姿を消したSにすぐには会いたくなかったのかもしれない。そこには耳にしたばかりの噂話に改めて直面することへのためらいと恐れとが十二分に含まれていた。隼は階段を上って三階の自室に戻った。あとはその日の眠りにつくまで部屋を出ることもなく、ミノタウロスとともに、フェスの夜を静かに迎え見送った。

蛙《かわず》群れなすミノタウロス、の客席から立見をする隼が図らずも仕入れた噂話は、それからひと月近くが経った日曜日の午後には現実のものとなった。そのころになると、一時的なものにせよSがこの在所を離れるらしいということは、アパートのみならずかなりの人びとにとっても周知の事柄になっていた。町は少し薄日も洩れる曇天に被われて、その日も出口と入口の絡繰り人形を演じていた。住まいとは大小を問わずそのための無数の歯車にほかならず、Sたちのアパートもまたそれらの静かで巨大な脈動にひとり抗う術など持たなかった。いつものように水脈も張りめぐらされ、どちらに向かうのか見定め難い運河の流れがアパートの前に横たわる。暑くもなければ寒くもなく、風もなければ、冬仕度のために鳥の群れが空を渡るばかりの、どちらかと言えばとても穏やかな休日、教会に足を運ぶ者も多くが正午《ひる》までには戻ってくる。どうやって正確な日時まで聞きつけたものか、昼食を前にして二十人を上回る人びとがやってくる。それぞれにSに心を寄せるであろうかれらが、過ぎゆく秋の冷気にも包まれ、やがては葉先からこぼれ落ちる雫のようにアパートの中庭めざして集まってきた。

その中にはミノタウロスの誼《よしみ》か、こういうことには余り顔を見せない三階二号室の彼女もいた。同じく三号室のリンラン、正しくはリーランもいて、珍しく菫色のゆったりとしたスカートをはいている。さらには、あの「イコン」の日の客席で噂の語り部となった三人の男の姿も見えるのだが、噂に止めを刺した八号室の老人の姿はどこにも見えなかった。隼が少し遅れて出ていくと、リーランが出迎え、近づき、声をかけてきた。

「お早う」

「こんにちは」

　隼の応えは何とも間が抜けていたが、すぐに問いを連ねる。

「Sのこと、知ってた？　前から」

「うん、前からって、私はひと月くらい」

「Sからきいたの？」と尋ねながら、隼は例の噂の語り部たちにも軽く一瞥をくれる。中庭に集う人びとはベンチに腰かけたり、世間話をしたりと殊更に寛いでみせる。

「いえ。噂も耳にしたけど、正確なことはゾッカイ（民族会）の人からね」

「そうか。じゃ、僕と同じだ」

　だが少なくともこの半分は嘘だった。隼も噂については早くに仕入れたほうだが、今日のことはSからきかされた。それも直接に面と向かってではなく、例によってドアの下から差し入れるメモだった。

「今度の日曜日に旅立ちます。正午過ぎになりますでしょうか。残念ながら、それまではお目にかかれないと思います。何かと慌ただしく。　一号室」

そんなこと知る由もないであろうリーランは素朴に尋ねてきた。

「行き先については、何か聞いてます?」

「いや、何にも……あなたは?」

「わかりません……というか、その（民族会の）人も行き先については知らなかったし、たとえ知ってても言えないって」

「それぁそうだ。そんなにすぐ特定されたんじゃ、出ていく意味がないし」

「そうですよね。意外にすぐ近くに落ち着いたりして」

「ありうるな……ハハハ」

リーランと隼は何となく微笑みを交わした。そこには当人たちにも知りえない落ち着いた感情が折り畳まれていく。

正午近くになって、アパートの前の運河に一艘のボートが横付けされた。ボートと言っても十名以上を乗せて外海にも出られる大型で、船尾にはどこかの国の旗が靡いている。岸辺の所々に造られた丈の低い石柱に艫綱を結びつけたりする様子が中庭からもうかがわれた。それからまもなく、民族会の派遣した五人の「護衛」たちが人びとの集う中庭に姿を見せた。あからさまに銃器を携行しているのではないものの、やはりどう見ても兵士としか思われないようないかめしい一団はひとりの隊長に率いられていた。

彼らは民族会の言わば民兵で、例の長老派とやらの子飼いらしい。それでも軍事行動をとることは至極稀で、今回もとりあえずはSを無事に町から連れ出して、誰も知らない亡命の地まで送り届けるのが任務となる。とはいえ彼らの姿を見れば、これは亡命ではなく追放ではないのかと疑わないほうがどうかしている。Sを見送る中庭にも、そんな張り詰めたいくつもの気配が解かれようもなくわだかまっていく。ところが案に相違をして、隊長と思《おぼ》しき幾分小柄な三十代の男はいとも穏やかにこう切り出した。

「この中に、この建物三階の一号室の住人はいらっしゃいますか」

それで二号室の女が事もなげに応えた。

「彼ならまだ部屋にいます。もうすぐ準備を整えてここに下りてくると思いますけど」

さすがに同じ劇団の仲間はよくご存知だ、と隼は妙に感心をした。そんな彼女とSとの関係にも少しは関心を寄せながら。

「それなら、ここで待たせていただきます」

「どうぞ」

民兵たちは入ってきた時そのままの隊列を守って、いわゆる「休め」の姿勢をとる。率いられた四人の部下たちは隊長の後ろで正方形を作っていたが、後列の二人がそれぞれに九〇度回ると背中を向け合った。彼らはこうやって三六〇度に睨みをきかせることになる。

ちょうどそのころ、すでに身仕度を整えたSは部屋の鍵をかけ、右手にはバッグを提げ、左手で大きなスーツケースを転がしながらエレベーターに乗り込んできた。鍵は誰にも預けることなく、旅先に持参するのだろう。そうすれば、こっそりと一時帰宅を決め込むことも可能になる。あるいは二号室が合い鍵を持っていて、留守宅の管理ぐらいはするのかな、と隼はさらに想像を逞しくする。まもなく一階に下りたSが一度は外の方を見て、船が着いているのを確かめてから、人びとの待つ中庭にやってきた。そして入口を固める隊長に向かってSのほうから会釈をすると、すぐに相手は尋ねてきた。

「三階一号室の住人の方ですか」

「はい」

「長老の××様からのご指示により、お迎えに上がりました」

「それはどうも」

彼らが来ることをSは予め知らされていなかったのか。隊長は隊長で何か口止めでもされているのか、あくまでも相手を名前で呼ぶことがなかった。そして隼にも、彼らを遣わした長老派の人物の名前は明確に聞き取れなかった。彼らの物腰を見る限りは居丈高というのではなく、ただ根っからの堅物ではないのかと思われてくる。そこには職務への忠実が貫かれている。隊長はさらに尋ねる。

「すぐ発たれますか」

「さあ、どうしましょう」と、Sは中庭を一渡り見回した。

隊長も特に急かしたわけではないのだが、そんなSのためらいに対してもう一艘の船、別の助け舟を差し向けたのもやはり二号室だった。

「ねえ、せっかくだから、こんなに集まってるんだし、みんなでビールでも飲んでからにしない？」

「私は構わないけど」と、Sは改めて隊長の顔を見た。隊長は何食わぬ顔つきで、

「よろしいですよ。では、私たちはここで待たせてもらいましょう」とこれを受け入れ、通路を空けるようにして部隊は庭の窓辺へと移動する。そして隊列を組み直すと、中庭に向かって一線に並び立った。念のため彼らのすぐ側に荷物を置いたSは、しばらくはそれらの見張りを頼みながら、自分は

テーブルに向かうのだった。ひと言お誘いをかけるのも忘れずに。

「よかったら、あなた方もどうぞ」

隊長はほんのわずかに微笑みを返したものの堅物を貫き、わが隊列を守り抜いた。

宴の仕度は、そもそもの口火を切った二号室のてきぱきとした差配で、楽しくもまた慌ただしく押し進められる。テーブルは中庭備え付けのものに加えてキャンプ用のものなどが四脚、住人の手で新たに運び込まれた。椅子もそれに見合うだけの数が瞬く間に集まった。これはアパートからの参加者が他の居住者にも働きかけた賜物で、そのうちの何人かは椅子にとどまらず自らの体も一緒に運んできて、結局は宴の中に収まった。これで集いは一層盛り上がることになる。

宴には付き物の飲み食いについても二号室はしっかりと檄を飛ばした。発破を掛けた。おかげで量については何不足のない品々が寄せられた。それはよくある袋入りのスナック各種にピーナッツであり、中にはピスタチオやジャイアントコーンも含まれる。地元名産のチーズも老若さまざまに熟成の幅が楽しめる。市場で仕入れたばかりの生ハムもある。取り急ぎサラダを刻んで黒オリーヴの実をのせてきた者もあったし、近所に住まう若者が自転車飛ばして中心街に走り、ニシンの塩漬けを仕入れてきた。塩漬けと言っても殆ど生にも近い例の逸品で、これにはさすがに歓声が上がった。

飲み物は新品のワインが赤白とりまぜて十数本、蒸留酒は飲みさしながら、まだ残りも多い上物の古酒だった。ミネラルウォーター、オレンジとリンゴのジュース、そしてビールは冷えたもので缶が三本に瓶は四本集まった。コップその他の食器は十分な数を、アパートのすぐ近くに住む年配の夫婦が提供してくれた。複数の者たちが持ち寄るより、このほうが終ってからの処理が簡単だからという二号室からの依頼に快く応えたものだった。二号室自身は白いワイン二本とともに、手縫いのテーブルクロスを三枚持参する。どこにそんな趣味を秘めていたものか、その技は一部の参加者からの絶賛を受ける。レース編みの仕上がりなどは、隼のごとき素人が見ても、名産地の店のショーケースに飾られるものと比べて遜色ないように思われる。それに刺繍の絵柄はどことなくミノタウロスの舞台にも通じるものを感じさせる。残りの二脚には、リーラン提供の既製品がかけられた。既製品とはいっても彼女の故国《クニ》の特産で、一枚はシルクにいわゆる十二支が、もう一枚は羊皮に、まるで薄氷を踏むような竜虎が軽やかに縫い込まれていた。

それにしても二号室が「ビールでも飲んで」と声をかけたのに、その肝心のビールが缶と瓶合わせても七本というのではいかにも心許ない。集う人びとがまさか出し渋ることもなかろうし、前日土曜の夜に飲み干したものか、日曜日では店も閉まっているのだからいかんともしがたい。Sの旅立ちの日付はわかっていたのだから、私がもっと備えておけばよかった、と二号室は悔やんだが、彼女とて無い袖は振られぬ。そこで駄目元とて、ミノタウロスのスタッフの男に打診をする。男はアパートから一キロばかり離れた、風車にも近い別のアパートに住んでいた。

「ねえ、私、あんなこと言ったけど、ビールの備蓄ゼロなんだ。これだけじゃ恰好つかないし、アンタとこって少しある？」

「あるある、一ダースでも、二ダースでも」

「アラ、ホント」

「でも、冷えてないよ」

「いい、いい。もうこの気候だし、せめて一ダースでもいいから、お願いできる？」

「いいよ。なら全部持ってきて、半分は冷やしたら？　手分けして。余ったらまた持って帰るし、どうせ車で運ぶんだから……あ、そうか、飲んだら運転できないな」

「大丈夫よ。どうしようもない時は、下戸の人もいるから代理運転だって頼んだげるよ」

こうして十分のちには、この日の舞台が整った。ミノタウロスの特別上演より遥かに簡素な作りで急拵えながら、生身のSの演技もこれでしばらくは見納めになるということで、新たな盛り上がりとともに胸へと迫りくるものが予感された。同じ予感は中庭に集う人びとそれぞれの胸先で見事な倒立を決める。そこにまんまと追い討ちもかけて、何やら神がかりの液体を流し込んでくる。易々と受けとめる者には事欠かないのだが、そんな宴の最中にあっても、一艘の小舟だけが努めて同じ流れに耐えている。舟の名前はSと呼ばれるが、船体のどこを眺めても、風に靡く旗など見えなかった。

ミノタウロスの男が運んできた瓶ビールはケースに入り、白くて小さな陶器のキャップを被っていた。茶色の瓶はリユースを積み重ねたもので、白い擦り切れが一筋ならず取り巻いている。キャップというのは付属の金具で締めつけると容易に密閉されるので、たとえ飲み残してもしばらくは気が抜けることもなく品質が保たれる。すぐ残りが出るような三流品ではさらさらないのだが、移り気な宴席でたまたま手がのびず、しばらく経つと味が落ちるようなことも、前飲者がこの蓋さえ閉めておけば容易に免れる。それで中味はと言えば、喉ごし以前に鼻腔を通り抜けていく芳醇な香りこそが格別なのだ。このあたりでは最も人気を誇る銘柄の一つであることは間違いがない。クーラーボックスもない一一月の、俄仕立ての野外の宴では、そんな旨みこそが待ち望まれてならなかった。

主賓としてのS本人は何も提供することがなかった。提供できるものはあったのだが、「貴方はいいからね」という主催者筆頭、二号室からの一言によって、予め固く封印されていた。それでも衛兵に荷物を預けて身軽になった彼は、物運びと中庭の設いにだけは手をのばし体を差し出してみた。そんなこともしないで片隅に座っているのでは、直立を続ける民兵たちと何やら好一対をなし気味悪くもなってくるので、さすがにこちらをやめさせようとする者はいなかった。むしろ彼好みの設いにしようとしばしば意見を求めたりで、これにはSも体を動かしながら控えめではあるが快く応じていた。

運び込まれたテーブルは一脚を除いて、入口とは反対側の北半分に並んだ。つまり中庭をやや斜めに東西へ横切る通路の北側にまとめられ、残りの一脚だけが南側にはみ出した。あるいはそこに飛び地を形成した。中庭の通路は二本で、もう一本はエレベーターのすぐ西脇から、こちらも少し斜めに南北へ貫いていく。それらは当然のように十字を描き九〇度に交叉する。通路が建物に突き当たる四つの先端には廊下への出入口も作られている。十字路は素直に東西南北を示さない。だから中庭は四つの正方形ではなくて、直角一つを含む四つの不等辺四角形に分割される。この設計、中庭に迫り出すエレベーターのせいかなと隼は思った。つまりエレベーターは入口側の、中庭の中心から見ると真南にあるのだが、そいつが邪魔をして十字路は幾許かの右回転を余儀なくされたのかと推測した。ところが昇降機はこの古いアパートに後から備え付けられたもので、通路は初めから今の配置になっていたのだという。さらにこんな別の話も耳にした。斜め南北の通路は実はこの町にとって大切なものをめざしている。その南端をそのまま真っすぐに運河も渡ってのばしていくと、町の中心に聳えるあの高い塔に行き当たるという。成程……

中庭備え付けのテーブル一脚は交差点の北東部分にある。そこは週末、隼がSから何度かチェスの手ほどきを受けた所でもある。そして新たに三脚が運び込まれたのは通路を挟んで北西部、残る一脚の飛び地は交差点を挟んで対局の南西部にあたる。備え付けの一脚というのはこの中庭の原点である。それが証拠にこの北東部分の交差点近くには泉があった。水を汲み上げるための手押しのポンプも付いているのだが、長く使われた形跡がない。もはや涸れているのだ。それでも近くには守り神のようにして、二体の石像が立っている。それもウサギとカエルがそれぞれに得意のポーズを取って、さながらミノタウロスの舞台もそのままの形姿で泉を守り、同時に泉を弔う。

　狭い十字路を除くと、あとは余り手入れの行き届かない寂れた芝地になっている。冬の足音は近づき、送別の宴の舞台が整えられた。それはミノタウロスと同じ白昼午後の上演で、過ぎゆく秋とともに来たるべき冬も先取り招聘されている。但し、冬がどこにいるのかを正確に知る者はいない。にもかかわらずこの日去りゆくSは、その場に集う数十名の知人友人見物人たちを来たるべきこの冬に引き合わせ、せめて一度は紹介しておきたかったのかもしれない。南西と北東、それぞれの片隅に春なお遠きチューリップの球根が身を寄せうずくまる。南西には赤と黄色、北東には紫と黒の花弁がいまだ頑なに身を縮めている。それらの一枚一枚がこれより独自の時を刻んでいく。

　それにしてもだ。横並びの民兵たちはいかにも目障りでならなかった。足下近くの赤と黄色の球根もこれではますます身を固くするようだ。当人たちにそんな心積もりはなかったとしても、宴の面々にとり異質の彼らが差し向ける眼差しは監視のそれにほかならない。ここには閲兵の趣向など似合わないのだから、水平に居並ぶ見張り塔の出現には我慢がならなかった。そこで乾杯を前に、ついに二号室が口火を切った。彼女からの呼びかけは、白昼の宴に寄せる人びとの思いを代弁した。

「ネエ、そこのみなさん。サアサ、こっちに来ない。ネエ、いらっしゃいませんか」

「いえ……」と隊長はなおも堅苦しく口ごもる。

「……じゃ、はっきり言うわね、アンタたち目障りなの。ごめんね、アルコール以外にも色々とあるから。ね、こっち来て……公務じゃないんでしょ」

「民兵は所詮民兵なんだから」と言うもう一つの声が彼女にも聞こえた。

「よかったら、アンタたちのテーブルもそこにあるんだから」

二号室の女はそう言って、彼らから見て一番近い例の飛び地の一角を指した。そこはがらんどうのままで、彼らのためにいわば空けられていた。椅子は少し足りないかもしれないが、彼らにとっては起立こそがその使命にも当たる。中庭にはしばし緊張も走るが、当の隊長にとっては、二号室の付け加えたこの「公務じゃないんでしょ」の一言が侮辱ではなく、むしろ救いの手をさしのべたのだった。まさにその通りであって、彼らは全員がボランティアにすぎない。だから隊長の判断で民兵たちは隊列を解き、まだ半ばは整然と、与えられた飛び地へ向かった。まずは隊長ひとりが腰を下ろす。残る四名は互いに譲り合い、なおも立ち尽くす。それでも緊張は取り除かれ、それぞれの立場もこえてミネラルウォーターの大瓶を分け合った。炭酸入りではなく、見知らぬ何者かからの複数の気持ちがそこには込められて泡立っていた。


「海ですか、川ですか」

「色々往くけど、やっぱり川ですね」と答えながらSは、数少ない冷えたビールをまた一口含む。

「何釣るんですか」などと質問はいかにも矢継早で、口の中のものをゆっくりと味わえるだけの余裕を認めない。それでもSは、何でもない休日の午後を楽しむように快活な答えを用意する。

「それもまた色々だけれど、やっぱりサケでしょうか。淡水魚の王なんて言われるしね」

肩に力の入らないおだやかな乾杯のあと、話題の糸はするすると滑り落ちて、釣り談義へと流された。きっかけをもたらしたのは、三階四号室のあの法学部生で、同棲中の彼女も仲睦まじく同席をしている。Sとはどの程度の知り合いであるのか、隼は何も関知しなかったのだが、その学生がいち早くSの荷物の中に短く畳まれた釣竿があるのを見つけて尋ねた。彼には意外に思われたのか「釣り、やるんですか」と。そこからすぐに談義は流れ出した。その先にどんな海が待ち受けているのか、誰もが薄ぼんやりとではあるが楽しみにしていた。

「一番狙うのもサケかな。旨いしね。海で釣る人もいるけど、私は川がいい。何と言っても、堰でも柵でものり越えて物凄い力で上ってくるやつと取っ組み合うのが醍醐味と言おうか、ほかに代わるべき何ものもない。やっぱりアレは王者かな」

釣り談義はなおも続く。サケの習性についてもSは並々ならぬ知見を披露する。産卵のこと、海へと下り、再びその産卵のために川を上り水源をめざす回遊から捕食に及ぶ。そこで一同の中から質問が出る。ひょっとするとそやつも釣りの心得があって、参考のために尋ねたのかもしれないが、隼にとっては初めて見る顔であった。

「エサは、いつも何使ってます?」

「ミミズですよ」

「どんな?」

「フトミミズ、ニワミミズとも言うかな。使う前に十分泥を吐かせたほうが食いつきもよくなるんで、そいつをコケの中で飼うんです」

「へえ、どのくらい?」

「まあ、一週間。それ以上でもいいんですが、それでミミズがきれいに丈夫になってね、長持ちもしてくれます」

「いえ、私も最近知ったんです。その本にはこんな秘訣も書いてあった。ミミズで釣る時その入れ物にほんの二、三滴ツタの実の油を塗っておくといいんだって。一時間もするとミミズにその匂いが沁み込んで、そいつがサケにとってはとても魅力的な匂いになるらしい……本当かなあ……一度やってみますけど」

「知らなかったな」

「どんな本です？」

「長いタイトルでね、『完全なる釣り師、すなわち瞑想する人のリクリエーション』……」

「何だ、それ」

「七年ほど前に出た本です」

ここで些か驚いたことに、まだ何か言いたげなSを抑えて、ずっと堅物を守り通してきたあの民兵隊長が口をさしはさんできたのだった。

「その本はあれですね、イサク・ウォルトンですね、書いたのは……イングランドの本でしょう、結構話題の……」

「そうそう、ご存知ですか、あなた」と、Sもまた思わず問い返す。予期せぬ隊長の発言で、民兵たちの緊張の残り香も失せ果てたようである。

「いやあ……持ってますよ、私も……実は、釣りが好きなもんで……」

後ろでは、兵卒たちが囁きも交わす。

「イングランドなんて……なあ」

「ユウラシヤじゃないよ、あんなとこ」

「まるで縁のない、あれぁ浮き島だ」

「浮き島か……ハハ」

「ハハハ」

「黙らっしゃい！」と、緊張の糸を締め直さんばかりの隊長。

「口を慎め、私語を慎め」と窘め君臨しながら、おのれは営々と私語を連ねる。

「ここだけの話ですがね……時々あちらの船で私《わたくし》の釣りに興じることもあるんです。もちろんこヤツらも、それについては同罪です」

民兵どもは神妙を取り繕うが、隊長は矢庭に二号室へ話の矛先を転じる。

「あの……」

「はい？」と、二号室は心持ち首をかしげる。

「まことに恐縮ではありますが……われらにも一杯振舞っていただけますまいか」と、妙に言葉はもつれたように停滞をし、目線だけが相手に翳《かじ》りついて手放さない。

「何だ、早くおっしゃればよいのに。一杯だけ？」

「いや……『われら』ということは、こヤツらもということで」

俯き加減の民兵たちの顔が何やら誇らしげに持ち上がっていく。

「じゃ、五杯ね」

「いや、さすがに操舵手の分は除《の》けまして……いくら何でも、それではけじめがございません。だいいち危険の上に法令違反が伴いますから」

その操舵手らしき一人が再び目線を落とすと、すぐに仲間の手が肩までのばされて慰めをもたらす。

「また埋め合わせしてやるぞ」と、隊長も抜かりなく親分肌を見せつける。しかし、ビールを注ぐ二号室はさらに上手を行こうとする。泡を立てすぎないように注意しながら、一種の交換条件を提示したのだ。

「さてさて、折角だから隊長さんには、彼（＝S）の行き先のことでもお話ししてもらおうかな」

「それは、私も存じ上げません。どうか直接ご本人にお尋ねを」

二号室は最後の四杯目を注ぎながら、挫けることなく追っ手をかけてくる。

「そしたらね、せめて彼を襲ったヤツらのことくらい聞かせてもらわないと。彼はしばらく離れるとしても私たちは残るんだし、彼だっていずれは戻ってくるんだから、皆さんも聞きたいと思うのよね」

特に誰からも異論は出されなかった。

「ご存知なんでしょう。もう（ビールに）手もつけてんだから。そこは、ね、潔く……」と、暗に飲酒のことをバラすという脅しにも受け取られる。隊長は腰かけながら、じっと自分の方を凝視する大衆の目を見渡していくと、皮肉な笑いを浮かべたが、そこには少なからず前向きな居直りも含まれていた。

「ハハハ……これはこれは……うっかり話につられて釣りえさものみ込んだ上に、ビールにも釣られまして、すっかりはめられたようですな」

「はめられた、なんて人聞きの悪い」と呟きながらも、注ぎ終った二号室は念を押してくる。「どう？」

「わかりました」

隊長は存外屈託もなく総てを飲み下していた。

「よろしいでしょう。酒宴の座興に、などと申し上げるとそちら（＝S）に失礼にも当たるが、ひとつお話いたしますか。ご当人さえお認めいただけるんなら」と言いながら、あえてSには一瞥もくれない。

「どうぞ」

Sにはもうそれしか言うことがなかった。

「遠からず半ば公にもなることでしょうし、職務遂行中の飲酒に川釣りのエピソードはそれとして、この件について特に上のほうから口止めをされているわけでもありませんから……それでね」と、ここからの隊長はどうにも掴み所のない含みを持たせ、それを誰しもの胸底深く忍ばせてきた。「あくまでも私としては、三階一号室のこの方にだけはお話しいたします。ほかの方々はですね、どうかくれぐれも耳をお貸しになどなりませぬように。たとえ耳に入ってもそこは聞かなかったことにしていただかないと、いずれはどなたかに累が及ばぬとも限りません」

中庭の面々はこんな脅しには屈せず、応えを与えることもなく、それでいて同じ一つの黙認を隊長と共有する。その間にも実に健気なあの操舵手一名は自ら立ち働いて二号室の下に赴き、同僚のために四杯のビールを運んできた。心やさしい二号室はそんな彼のためにオレンジジュースを用意した。コップにはジュースのほかに、健気さに見合った何ものかを入れたようにも見えたのだが、これについても一同はだんまりを決めたし、操舵手は五人の中の誰よりも群を抜いて酒が強く、つねづねはビールをこよなく愛していた。家族のいないこの男にとって、それはただ一つの愉悦だったのかもしれない。そんな操舵手と二号室、二人からの計らいを身に沁みて受け止めたものかどうか、飲み物とともに口舌の滑らかさも増していく。隊長は求められるがままに高座をつとめ上げた。

「これはね、一号室さん、長老派の有力者の方に私が直接伺ったお話ですよ。私なんかから見たらとてもよくできたお方でしてね、あなたのことも決して悪くは思っておられないどころか、むしろ好ましく受け止められてるくらいなんです。そう、文芸にもなかなか通じたお人で、あなたが亡命作家であることばかりか、一部の狂信的な連中から「教えの敵」として狙われてることもとうにご承知だったと思いますよ。それだけになおのこと、あなたへの襲撃を防げなかったことについては内心忸怩たるものがおありなのでしょう。それでというか、この九月の終りに、ですからあなたが襲われてからひと月ばかり経ったころ、まだ朝早いうちに市庁舎に出向かれたそうです。別に呼ばれたわけじゃなく、こちらから電話を入れて、仕事前のいっときお話を伺えないかと申し入れられたのだとか。そんな折入っての用件と言えばほかでもない、逃亡中の襲撃者に対する市当局の姿勢を、民族会の責任ある立場の人間として率直に承ることでしょうな。さるお偉方もこれを快諾されて、「朝食でも」とおっしゃったそうだが、長老はエチケットとして辞退された。それで当日八時ごろ行かれたんでしょう。ところが着いてみると、お偉方はまだ朝食の真最中。朝食と言ってもね、体のために軽くしているとやらで、医者がしきりに勧めてくれた新しい飲み物を一杯飲むだけだそうです。だから、ビールじゃないですよ」

隊長はここで自分のビールを飲み干すと、何の抵抗も遠慮もなしに次の一杯を所望する。それを注ぎ手の二号室が自ら持って上がり、隊長は生温かくもさらに一口を含み話を続けた。

「それはね、かのチョコレートと呼ばれる代物で、新大陸のメキシコに育つ小さな豆から作られるのだとか……ご存知ですかな」

一同はこの時もだんまりを決め込んだが、それでも僅かに頷く者がいた。

「何しろ私はまだ飲んだことがなくて、それにやっぱりこっちのほうがいいから（と、また手元のビールを一口）……長老派のNさんも折角だからとその場でお相伴にあずかった……いや、美味しいんだけど、ちょっと私には重いなんて、あの方言ってましたな」

隊長は少し酔いが回ったのか、ここまでは伏せてきた長老派有力者の名前をいきなり明らかにした。それを踏み台にするかのように話はいよいよ本題に入り、Sの一件をめぐる「お偉方」の見解へ乗り移った。この時すでに少なからぬ人びとが、チョコレートを飲むその「お偉方」とはひょっとして、市長その人ではあるまいか、と疑い始めていた。

「朝食を済ませると、市庁舎のお偉方は問わず語りにこう切り出したそうですよ。『Nさん、ああいう複雑な成り立ちの団体を運営されるというのは並大抵なことではございませんでしょうな』……ここですかさずN氏は切り返した。『複雑怪奇な、ですよ』……お偉方はさも愉快そうに笑い飛ばしてこれを受けとめ、さらに続けたそうです。『私たちの町はご承知のように、いつ誰に対しても市場を公開し、私たち以外の信仰を持ついかなる民族に対しても言わば投機の機会を提供しています。そのことを私たちは誇りにしなければなりません』……お説の通りで……『たとえばですよ、私たちのこの市庁舎を火薬でもって爆破するようなことを企てない限り、私たちの政治体制においてはどんな民族のどんな信仰に基づく行動も原則として妨害されることはないでしょう』……」

「信仰を持たない者は、どうなりますか」

ケース入りのビールを提供したミノタウロスのあの男がこのとき、えらく神妙な物腰でそんな問いを投げた。隊長はいかにも微妙な答えを用意する。

「それは……いや、それもまた受け入れられるのでしょうな。時代もまた移り変わりましてからのちには……お偉方は続けました。『もちろんご承知のように、どんな民族あるいは宗派の者でも、それが直ちに官職に付けるというものではありません。しかしそれ以外の点では、誰もが空をゆく鳥のように自由だ、と広言しても何憚られるところはありません……』……」

「そうでしょうか」と問いかける者はなかった。当のお偉方はこの場には不在であり、ミノタウロスの男ももうそれだけで口を噤む。隊長がまた一口ビールを含むと、それに呼応するように宴の主役Sその人がようやく彼自身の一杯目を飲み干していた。それからテーブルの上の瓶を取り上げ、泡があふれないようにコップを殊更に大きく傾けながら、貴重な二杯目を注ぎ込んだ。するとSには長く涸れ果てた泉の水の湧き出ずるような心地もして、半ば待ち望まれたこの別離の時をしばし忘れることができた。折りしも町の上空では渡り鳥の群れが大きく周回を遂げながら、おのが行き先を自力で見定めようとしている。前の運河を通り過ぎる運搬船の音が、休日の午後も時間は人を押し流すという、身に滲みて鋭利な事実を差し向けてくる。何ものかのもたらす沈鬱な空気が降り落ちる雨のように中庭の芝地に吸い込まれ、もはや容易なことでは立ち上がれなかった。

「そのときN氏は何も応えなかった。特定の異説も差し挟まなかった。いやいや、実に見上げたもんですな……一方、お偉方はと言えば、これで相手の、この朝の訪問者の品定めをされたのでしょうか。一通りの結論も出されたようで、ここからはもの穏やかにしてやさしげに切り込んでこられた……『さてさて、貴殿はかのSさんのことで、こんなに朝も早くからお運びなんですね。（引用に入ると隊長は、いとも鮮やかにSの名を呼んだ）私は立場上、あの方の件につきましては、必要な全てのことを弁えておりますよ。それにちょうど昨夜は警察当局の一般刑事と公安部門の双方から、まとまったこれまでの経過報告を受け取ったばかりなんです……あ、そうか、貴方それで今日見えられた……いやあ、彼らも脇が甘いナ』……『いえ、滅相もない』と矛先をかわすN氏。それでも相手は存外の上機嫌で『今日は早くからお相手もいらっしゃるもんだから、えらく旨いなあ。もう一杯もらおうか』と給仕の者にチョコレートを所望されたそうな。『貴方は？』と声をかけるのも忘れずに。N氏は遠慮されましたがね。（隊長自身はここでまた手元のビールを一口二口と飲んでいく）お偉方は追加が来るまで待つまでもなく話を続けられた。『彼ら（警察）は刑事も公安も、S氏を襲った容疑者についてはすでに割り出しておりました。無論Nさん、貴殿もご承知のことと思いますがね、それはこの際どうでも構わない。というか、むしろ彼らは危険な分子の一人として、その者を以前からマークしておったのですよ。それであの事件が起こったことについては、当局としても不備を認めざるをえないのですが、だからと言って一瞬たりとも黙認を与えたということではありません』……『もちろん、そう信じております』……『いや、信じるのではなく、れっきとした事実なんだ、これは……ま、それはいいでしょう……容疑者は民族会のメンバーです。それもあなたや当のSさんと同じネイションに属し、中でも「殉難者」と呼ばれる、言わばセクトのメンバーだ。一見気の荒い、気性の激しい、その実原理原則には異様なまでに忠実な諸君ですな、アレは。別に彼らだけに限られたことではありませんが……ですからNさん、単独犯ではなくてセクトの人間だから、事件のあとメンバーが手を回して、何とでですよ、陸路ではなく水路伝いに容疑者は、ボート一艘に身をひそめてまんまとヅラかった…失礼、遁走した。この町の外部、われわれの管轄外へと逃亡したのです。と、ここまではわかっております。いかがですか』……と問われては、N氏も手の込んだ答えなど用意しなかった。『いや、そんなことだと思っておりました』……ハハハ、という笑い声とともに、お偉方は二杯目のチョコレートを受け取ったと言いますよ。そして……『彼らとて、こういうことをやったからにはそう易々と戻ってくる勇気はないでしょう。私から民族派長老派の重鎮である貴殿に申し上げた以上は尚更にね……Sさん自身の負傷の程度はたとえ軽くても、アレたちは、私が初めに申し上げたこの町の原則を著しく侵害した大罪人なんですから、帰ってきた日には必ずや捕えた上で堂々と司直の手に委ねてみせましょう……いや、その前に何かの見せしめに、たとえばダナ、そう、その口いっぱいにラードでも詰め込んで、この市庁舎の屋根から吊るしてやりましょうかね。命は保障するとして。その際はお手伝いいただけますか、Nさん』……ここまで詰め寄られると、さすがにN氏も苦慮されたようです。『どうかお手やわらかに』とでも言うほかなかった。お偉方はもの穏やかな微笑みを戻して、『冗談ですよ。これは性質《たち》の悪いジョークです。どうかお許し下さい』……わかっております……『私は何よりも平和を好みます。しかしそれと同時に法と秩序を保たなければなりません』……なるほど、これでN氏は事態鎮静への後押しを得たものと確信して、感謝もされたようです。幾許かの警告を含ませながらもね。そして、一号室さん、貴方をめぐる一連の不幸な出来事の背景について少しは解説も試みたのでした。曰く『Sは亡命者です……』と」

隊長とS、二人のまなざしがここで初めて真っ向から刺し違えた。

「……『そのことを誇りに思いながらも、必要以上に特権化することもなく、常に理性に則って言わば一種の世界市民的な立場で作家活動をしてきた人物です。私自身はそんな彼のあり方を疎ましいどころか頼もしく感じているのですが、民族会内部の見方はむしろ逆の傾向が強いのです』……」

隊長には「如何でしょうか」と殊更に問いかけるような意図はなかった。Sにしても相手からの評価に対し「光栄です」などと勿体ぶる地点からは遥かに遠去かるものを宿していた。それ以外のいくつもの思考が接触し、ときに火花を散らし、二人の間柄には安直な予断と他者からの介入を認めない凜とした深まりが読み取られた。ビールを飲む者にも昼食を摂る者にも、そこでしばし立ち止まり、自らの思いと言葉を結び直してみることが求められる。一時の静寂は宴そのものの沈滞と同義ではなく、昼下がりの芝地は静かに燃え上がろうとしていた。見えざる炎は熱意と呼ばれて新たな証言を紡ぎ出し、中庭に会する人びとは、自らがこれから別れようとするものの核心部分を、その本義を、冷静に見究めようとしていた。来たるべき悦びの所在は、誰にもわからないのだが。

「N氏はさらに訴えた……『彼が、Sがおのれの民族性と信仰を棄てた裏切り者である、と叫ぶ者は、何も「殉難者」たちに限られたことではありません。但し、私はそんな非難はしたくないのです』……一号室さん」

「はい」

「ある時あなたはこう言われた。何でも民族会の集まりか何かで、「殉難者」系の長老の一人と論争となり、こうおっしゃったそうですね。『それではあなた（方）は盲者の手を引こうとする盲者なのか』と……本当ですか」

Sは答える。

「ええ、本当……折角だから、もう少し敷衍しましょうか」

「いや……まあ、お手やわらかに」

「つまり、自らも盲者でありながら盲者以外には決して手をさしのべることもなく、こうして分け隔てばかりを奨励してただひたすらに世界を切り縮めるだけの、だから盲者の中の盲者、選ばれたる盲者なのか……私は率直にそのことをお尋ねしたかっただけです」

「明確な答えはございましたか」

「皆さんよくご承知の通りです。答えはありました。それは、言葉を伴うことのない生理的な痛みを伴う物理的な暴力でした。あとには精神的な苦しみばかりが一人歩きを長く繰り返すのでしょう」

「あの市庁舎のお偉方はね、あなたの考えには同感されていたそうですよ」

「それはそれは……一度直接お目にかかってお話を伺わないと」

「ハハハ」と笑いながらも隊長はまた十二分に喉を潤すと、話題を再び元の軌道に改め戻した。

「さらにあの日、お偉方は尋ねてこられた……『Nさん、あなたも一人の長老として、このSの発言をどう思うのですか』……それでもN氏は、すぐには自らの見解を示さなかった……『いえ、その時もですね、見かねた別の長老が中に入り、Sには考えと行動を改めるのなら、執筆活動に対しても会としてさらなる援助を惜しまない、と持ちかけたのです。ところがSはきっぱりとこれを断った』……すると市長は、それを引き継ぐように発言を被せた……」

高まる興奮を抑えられないものか、隊長は自ら「市長」と口走ったことにも気づかない様子であった。後ろの民兵の一人二人は少し目を丸くしてこの上司を見据えるが、集う人びとの間には微笑み交わす視線の交わりが一つならず成就していく。

「市長曰く『それからのSはあからさまに騒ぎ立てることなく、自己弁護に終始することもなく、それまで通りに今日まで、実に黙々と自らの活動を貫いてきた』……その通りです……『私は心ひそかにそんな彼を賞賛もしておるのです』と、N氏もようやく打ち明けた。市長はそこにも自らの蟠りをぶつけてくる。『そしたらNさん、警察もすでに容疑者を押さえてるんだから、何も「追放」までなさらなくても……』……これにはN氏も抗弁する。じつに強弁を余儀なくされる。『いや、追放じゃないんですよ、市長さん。あくまでもこれは、S本人の望む「亡命」なんだから』……」

「その通りですよ」

Sからの呟きが、辛い心の内奥からの囁きが、誰かの耳元に蘇った。呟きと囁きはみるみる共鳴を遂げて、アルコールの入った者が目覚めると、アルコールを慎む者こそがむしろ酔い痴れていく。誰にも見ることのならない小さな秋の嵐が渦を巻き、近隣群れ集うこの中庭にもささやかな自治を守り抜く。

「私は殉難者でもなければ殉教者でもありません。人生の必然として亡命に亡命をまたひとつここに積み重ねるだけの一人の物書きです」

あの日のN氏はなおも市長に訴えた。

「今日の問題が、民族会内部の、それも私たちのネイションの中だけで収まっているのなら、私も色々と手を回してね、外に出すようなことはしたくなかった。会全体を巻き込むような事態は回避したかったのです。でも現実はもはやそんなことでは収まり切らない段階に達しているんですよ」

そう言うとN氏は部屋の外に待たせていた民兵を一人呼び入れて、まとまった文書を受け取り、それをそのまま市長の前に差し出した。市長は執務前にもかかわらずいつの間にか冷えたビールを手にしており、テーブルの上の文書をじっと唇を結びながら見下し見下ろしていた。

「市長さん、これは私から受け取ったとは決して他言なさらずに、目を通されたら再読不能にしてすぐに廃棄なさって下さい」

「何ですか、これ」

「民族会内部の連絡幹部会が出した半ば極秘の文書です。なかなか興味深いものですよ。Sの「亡命」と彼との絶縁を求めているのです」

「じゃ、これはやっぱり、亡命じゃなくて追放だな」

N氏は一切構わない。しかも後ろの民兵はいつの間にか一人から四人に増えている。

「論点は二つです。一つはSがそれぞれの民族の拠り所ともなるべき信仰の問題を蔑ろにしてきたこと、もう一つはそれに伴い、各民族固有の民族精神なるものを認知しようとせず、むしろ毀損していること」

「話を逸らして恐縮なんだが、Nさん、するとその際言語は、民族にとって言葉というのはどうなるんですか」

「私たちはね、市長さん、異郷に住まう少数者ですから、その問題はなかなか微妙で、確かに言葉ばかりがその礎にはなりえません」

「先程も申し上げたように、そういう少数者の寄り合い所帯としての民族会なる組織の存在自体は私にとっても実に興味深い。しかも相互の違いをのりこえて、最も危険な異端者などと目される人物をこの際、追放、排除、絶縁しようと言うのだから」

市長の舌鋒もまた揺るがず、ここからはN氏共々皮肉も交えてますます冴え渡る。

「そうなるとどこにでもありそうな、相も変らぬ物語ですよ、こいつは」と、N氏。

「相変わらずの小さな心を持った相変わらずの小さな人間たちが、相変わらずの軽蔑されるべき小さな策略を試みて」と、市長。

「挙句の果てには戦争を宣言する。その前に実行する」

こう言うと直ちにN氏が軽く音頭を取って、朝の市長室では無言の乾杯となる。民兵ともども、ごくごく、ごくごく……市長は先立つチョコレートの風味と生ぬるさに口舌をとられてか、ビールの冷たさ以外にはどうにも馴染みがよろしくない。すると、早くも飲み干した誰かが断言した。それがSではなかったと明確に言い切れる者など、いま書き進むこの文中には見出し難い。

「彼らは忘れているのですよ。結局のところ、人の心を征服するのは武力ではないことを。何よりも愛と寛容であることを」

一同はもう一度和やかに乾杯をする。杯を重ね、飲み干す者は恰も息絶えて、N氏はまた市長に向かって慎ましくも控えめな問いを再開する。

「市長さん、これらの問題についてこれ以上は何もなさらないのですか」

「一体、何をしろというんです？」

「これは、延《ひ》いては市民全体に関わりのある問題ですから」

「だからと言って、民族会という自立した民間の一組織に介入すること自体、不要な、というよりも誤った、行政側からの越権行為じゃないですか。それ以上に私個人としてはね、ひとりの責任ある行政官として民族問題に深入りをすることだけは差し控えたい。初めに掲げた、この町の誇りある原則に大きく抵触しない限りはね。確かにSさんの一件というのはそれに該当するんでしょう。でもそれ以上に踏み込んで、やれ信仰だの民族精神だのと言った抹香臭い、神学めいた事柄には一切手出しをしないというのが、持って生まれた私のポリシィですから」

こう言い終わると市長は、卓上に差し出された文書に一通り目を通すまでもなく、これ見よがしに取り上げると、すぐにそれらを仕事机の傍らにある電動の裁断機にかけた。文書一同はアッという間に細切れにされ、層をなして降り積もる。層は裁断前より何倍も厚みを増し、ヒトの作為の跡ばかりを語り継ぐ。紙片の狭間には無力という無力が見境もなしに詰め込まれていく。N氏はビールを飲むことはおろか息をすることも諦めて、繰り広げられた正体不明の屈辱に耐え抜いていく。それでも市長は委細構わずに追い討ちをかける。すぐに誰かの悲鳴がきこえる、かと思えば何のことはないそれは、遣る瀬ない、N氏自身の胃の腑の軋みに他ならなかった。

「まことに失礼ながら、民族会というのは何ですか、さまざまなマイノリティーが肩を寄せ合って、自らのアイデンティティーを守り抜いていくだけの場所なんですか」

N氏がいかにも無理やりの反抗を試みる。

「いいえ、それだけではありません。いや、ありえません。ありえません」

するとその時、かつて見たこともない方角から一艘の助け船が出された。すでに作られたものであり、それがたまたま誰かに見出され、この世に生まれ落ちてきたものである。

「むしろそこはマイノリティーが新たに生まれ、さらに育ち、やがては死滅するところですよ。ただ守り通すことには積極的な意味がないし、そもそもそれはありえない、不可能なことでしょう。そう、思われませんか」

この問いを閉じよう、あわよくば封じ込めようなどと試みる者はなかった。むしろ宴の中庭には今しも仄かに、名も知られぬ亡命地からの騒めきが立ち昇る。秘められた共有が広がり、このとき市庁舎の話を語り伝える隊長自身がN氏であったことに疑いを抱く者はないだろう。

そんな亡命地からの騒めきをもたらしたのはもちろんSだった。Sにとっては中庭もすでに亡命の地だけれど、彼によってもたらされた騒めきは俄かに泡立ち、見果てぬ夢にも付きまとわれていく。

市長とのせめぎ合いを終えると、再び隊長の一行は時も移して、旅立つ前のビールの泡立ちの中に埋没した。テーブルごとの談笑がしばし続いたが、Sはこれまで直に接触したことのない人びとからの挨拶なども受けていた。二号室はと言えば、隊長からは受け流されたあの一つ目の問いを抱えたままだった。そこで飲み物の賄いをミノタウロスの仲間に任せると、さりげなくSのテーブルに近づき滑り込んできた。手にした黒いビールのコップをSのものとかち合わせて私的な乾杯も済ませると、談笑の透き間をみつけて何気なく尋ねた。

「それで、これからどちらに行くの？」

「東に行くけど」

「どの辺り」

「特に定まった目的地なんて、ましてや終焉の地なんて考えてませんよ。だって、いずれはこの町に戻ってくるつもりだからね」

「じゃ、放浪か……イイナ」

「今日はホント、ありがとう」

二号室は皆そうに黒ビールを飲み干したが、それ以上には求めない。ここいらのマナーでは勝手に注ぎ足そうとする者もいない。

「とにかくユウラシヤを東へ、東へと押し流されてね、できるならその最果てまで行ってやろうとは思ってる」

こんな「気楽な」亡命作家の浪漫に、彼女はこれ見よがしに生活臭を叩きつけてくる。

「で、生活は？　どうやって食べてくの？」

「少しは貯えもありますが、どこに行っても同胞は見つかるだろうし、いつもある程度の情報は仕入れてるから、彼らを時には頼って仕事をもらったり、通信社に記事を送ったり、色々やって生き抜きますよ。それ以外にもペンは握り続けるし、出来上がったものは然るべきところに送りながら、やっぱりその傍らね、わが精神の健康と栄養補給のためにも釣りに興じます。ペンも握れば釣り竿も握る。キーボードも叩けば水面も叩く。両刀使いで行って、所変われば釣りも変わるだろうし、ぜひとも新たな釣りも学んでみたい」

「やっぱり、川ね」

二号室は、何かを労わるように言葉を返す。

「そう。もちろん。これからどれだけの川を渡るかと思うと、それだけでワクワクしながらも気が遠くなってしまう」

「それにしても、どこまで行くの」

その問いはまことに執拗にして、唐突であった。そしてSの応えもまた幾分の慮外を携えこれに報いた。

「ロシア人の本でね、読んだことがあるんです」

「ロシア人?……」

「……だったと思うんだけど、ユウラシヤも東の果ての島には、なかなかに面白い釣りをする逞しい人びとがいるそうだ。かれらの獲物もやっぱりサケでね。そこいらでサケとは魚の王ではなく、神の魚だというんです。魚の王様と神様の魚。そこには万里の隔たりがある。ユウラシヤの西の果てでは魚の王であったものが、東の果てに至ると神の魚へと昇格をする……いや、降格をする……」

二号室はこれ以上自分の問いに拘《こだわ》ってSの話を遮ろうとはしなかった。そこにはひとつの目的地が素描されていたからである。

「それに、パンやイモ、米にコーンでもなくて、かれらの主食はそのサケだという」

「ということは、畑もないのか……」

同じテーブルについていた自称弁護士の男が呟いた。

「それはいけない」

などと誰かがかぶせると、一瞬ながらも気まずいものが支配を唱えた。後から一言かぶせた者の正体はわからない。初めに呟いた弁護士は鼻眼鏡をかけ、肌身離さず黒の山高帽を両膝の上に載せている。Sは淡々と自説を講じる。

「広大なユウラシヤのどこまでも畑が広がっているとは思われないし、思いたくもないけれど、畑のないところには人っ子一人いないとも思いたくないし、とても思われない。そもそも耕作地なんて、原野の入口に作られた前庭でしょう」

自称弁護士もまた職業柄とでも言うのか、すぐに自らの拘りは捨てられない。

「それでもね、Sさん、パンもなくて主食が魚とは、一体どんな食べ方をするんだい」

意外なまでの馴れ馴れしさも、Sにとってさほど耳障りにならなかった。足下の肩掛けカバンから小さなメモ帳を取り出すと、栞紐を挟んだ所定のページをめくる。

「ここにメモしてきましたよ、色々とね……もちろん切り身を串にさして直火で焼いたり、その焼いたものや生のままを煮物にするのが一般的だけど、生の、凍ったものも旨いらしい。それに新鮮な頭の部分を細かく叩いて潰したものとか……この人たちはそんな時、調味料として塩のほかに海豹《あざらし》の油を用いる……私たちも色々やるように、乾燥させて保存する……干物は越冬用でしょう。冬になると一面凍りつき、ここいらよりもまだまだ厳しく、食料を得るのは至難の技とあるから……私はね、食生活とともに、できればかれらの漁法にも肖《あやか》りたいと思ってます。

それはとても興味深く、この目で、それも直に見て、この手に授かってみたい」

風はおもむろに北向きへ変わる。極めて少しずつ勢いも増していく。もはや遠からぬ位置に居所を定めた冬将軍からの息吹と野心と企みも伝わってくる。中庭の人びとが手にするグラスの中には吹雪が開く。そこに降りしきる氷雨を目蓋の裏に感じ取ると誰もが肩を窄める。それでも釣りの話となれば、三階四号室の法学生が再び介入する。「それで釣りのえさはやっぱりミミズですか」と。

「いやあ、それがエサで釣るんじゃないらしくて、何でも直に挑むんです。だから正確に言うと釣りじゃない。どうやら銛《もり》を使うらしい。銛で獲物のサケを突くと言うんです。その銛がまたなかなかに特殊なやつで、私もまだ実物はおろか、絵を見たわけでもないので、よくわかりません。わからないから余計に興味が湧いてくるんだけど、何しろ単に真っすぐに突き立った槍のようなものではなくて、そのロシア人によるとそんな仕掛けはこれまで見た中でもかれらだけのものだと言うから、これはいよいよ羨ましくてわくわくもする……何でもね、銛の先っぽは釣り針のような鉄の鉤になっていて、紐で棒に固定されている。そいつで獲物を突くと、その鉤の部分が刺さったまま相手の動きに合わせてか、うまく回転もして、そうなると獲物のほうはもういくら踠《もが》いても逃れる術を失うというじゃないですか……一体全体どんな仕掛けになっているのか、百発百中、必殺の道具らしい」

「おそろしいこった」

珍妙な深刻さが売り物であるかのような弁護士の男がここはのどかに呟いた。膝の上の山高帽を相手に何も悔い改めないが、Sは一切構わず先を続けた。

「そうやって引っ掛けたサケは、いつも携行している専用の棒で頭を叩いて止めを打つ」

「それは残酷ネ……だけど、みんなやってることか」

こう言うと二号室の女は何かノルマでも思い出したかのように、自らのコップに黒のビールを注ぎ入れると、すぐに手に取りぐびぐびと流し込んでいく。

「さあ、それはどうだろう」Sの舌鋒も弛みは見せない。「その棒の長さは五十センチ足らず、握りの部分は樹の皮を剝いて、何かの呪《まじな》いにその皮も落とさずに細く削るそうです。そしていざ止めを打つ時は誰もが祈りを捧げる。『この棒持ってケ、イザ、この棒持ってケヤ！』という意味の、それは祝詞らしい。だから頭叩きの棒は単なる殺戮の道具ではなく、とても大切にされてきた。要するに止めの棒というのは同時に神への捧げ物のようですね」

自称弁護士はここでも勿体をつけ、彼らしい質問をぶつけてくる。

「ナニナニ……捕った魚を捧げ物にするんじゃなくて、その魚を殺した棒を捧げるんですか？」

「私に言わせるとね、そこのところがとても奥深い。貴方ご指摘のように、捕った魚を捧げるのではなくて、魚に止めをさす棒を捧げるんです。だから殺戮の道具は神聖な御徴でもあって、死んだ魚はその魂か何かが、自らに止めをさした棒を何よりの土産に神のもとへと帰っていくんですよ。何しろかれらはサケを神の魚と呼ぶのだから、それを捕ってわざわざ神に捧げることは不遜な行いとなるのかもしれない。神の側からこれを見ると、神は（捧げ物の）魚を食らうのではなくて、その魂を受け入れ、あるいは呼び戻す。しかも魚の命を奪った人間世界の止めの棒を自らへの捧げ物として受け取る。だからかれらユウラシヤ東方の人びとは、そんな棒をとても大切にする。間違っても古いものは使わない。それを裏づけるようにこんな伝説が紹介されていた。それによりますと……」

Sの口調はもはや談論をこえて、旋律なき歌謡の域にも達している。そうなると自称弁護士も含め、あえて口を挟もうとする者はいない。こうして昼下がりの酒宴は元の通りSを焦点に惜別の円環を繰り広げた。

「かつて人間たちは驕り高ぶり、何年も使い古して血に塗《まみ》れ、ろくに手入れも施さない腐れ木で魚の頭を叩くようになった。殺された魚たちは止《とど》めを打ったその腐れ木を口にくわえ、静かで清らかな水の流れを上り、どれもが泣きながら神様のもとに帰ってくる。その有り様を見て魚の神は大いに怒り、人間どもには一切魚を出さなくなった。魚を何よりの食料にしてきたかれらはたちまち飢饉に陥り、いくつもの村で飢え死にする者が相次いだ。その時から人間は、腐れ木のみならず、あり合わせの石ころや木片で止めを打つことも厳に戒《いまし》めるようになった。止めの棒こそは何よりも神聖なものとしてもてなされる。毎年新しいものを拵えて、その年の漁期が過ぎると丁重に焼き払う。言うなれば全てを火葬にも付して、魚たちの魂と共に神様へと送り届ける……」

「私、その魚になりたいな」と、二号室はいかにも不用意な発言を投げ出した。

「止めを打たれますよ」と、Sはすぐに受け流す。

「誰に？」

その答は誰にもわからない。

「ハイ、ハイ、喉が渇いたでしょう」と二号室も話題を転じ、承諾もないままSのグラスにも黒ビールを注ぎ込む。

「黒ですか」

「アラ、きらいだった？」

「いいえ、頂戴します」

Sは一気に飲み干してしまう。

「かれらに首尾よく会えますか」とは法学生。

「それは誰にもわかりません」

「止めをさして下さいね」

「ええ、夜ならば」

「どうして夜？」

「いきなり明るいところでは、やっぱり私もこわいし、それにかれらは夜の漁にも出かけます」

「暗いのに」

「松明をかざして、水面を照らします。その両側には銛を手にした達人たちがつく。面白いことに、サケというのは捕り手の気性を映すというんです。気の荒い者が銛を構えると、途端に活発に動き回って突きにくくなるが、気性の穏やかな突き手だと魚の動きものろのろと鈍くなっていく。鋭くこちらの気性を読むのかもしれない。概して男は気の荒い連中が多いから、ひょっとすると突き手には女性のほうが向いているのかもしれません。あなた、どうですか」

Sは二号室に水を向けるが、ここは彼女も半ば取り合わない。

「ええ、ええ、あなたがいない間にせいぜい練習をしておきます。そして戻ってくるころには、そこいらに突かれた男がごろごろしてるわ」

「男っていうのは……魚でしょうか」

「ええ、そう。水の流れにはのるけれどね、陸《おか》に上がったらからきし元気がない」

Sはさも愉快そうに笑い声をたてた。法学生は最後の問いを差し向ける。

「首尾よくかれらに出会えたら、また話を聞かせて下さいね」

「はい、またこの中庭でお話ししますから」

「そろそろ時間です」

宴のやりとりに止めを打ったのは隊長であった。途端に自称弁護士の男は頭に山高帽を載せている。会衆はそのあと二号室の音頭で再度の乾杯を済ませた。人びとは思い思いにグラスを合わせ、誰もが中味を空にした。するとSが民兵たちに、およそ彼らにしか理解できないお郷里《クニ》の言葉で何かを呼びかけた。民兵たちは分け隔てもなく一瞬のためらいを見せたが、すぐにその何かを受け入れる。そして二人がテーブルに腰かけると、内懐のポケットから銘々が小さな道具を取り出した。ひとつは単調ながら、その実どんな奥行きでも掘り出してくる竹でできた口琴であり、もうひとつは高くても、耳障りなものはことごとく吹き飛ばしてくれる、こちらも竹の横笛だった。

「私たちがよく唄う別れの歌です。昔からの定番のひとつですね」

こう前置きをすると、すぐにSは唄い出す。二本の竹の音《ね》がそつなく伴奏をつけてくる。歌詞は誰にもわからないが、抑制された悲しみが見えざる壁を踏みこえ伝わってくる。それでも歌い上げるS自身の表情には、何の辛さも悲しみも思い偲ばせるところがない。

Sがソロを終えると、隊長がこれを引き継ぎ、残る二人の民兵が三つ目のパートを務めると、最後は四人の見事な合唱で締め括った。結びの和音は長く余韻を引き、他ならぬ二本の竹笛の中に消え去る。途端に分け隔てのない大きな拍手が起こった。

「行きましょうか」と隊長。

二人の民兵はすでに竹笛をおさめている。

「そうですね……じゃ」

誰に言うともなくSは告げると、一人で荷物を抱えて前の「波止場」へと向かう。誰も荷物を持とうとは言わないし、言わせる雰囲気もなくて、それを感じ取れないような鈍感の持ち主もいなかった。しかし、ミノタウロスのメンバーがギターを持ってきてリードを奏でると、すぐにほかのメンバー、もちろん二号室の女も含めて、誰もがご承知の一曲を唄い始めた。それならば隼も、リーランもまた一度ならず耳にしたことのあるこの町の「独立の歌」だった。一〇月のあのフェスでは市内の各所で、それこそうるさいくらいにこの歌が唄われる。全曲を唄えば一時間は費やすという実は長大なものだが、見送りの一行はそのうちの一つ目のヴァリエーションを一度繰り返しただけで終った。この歌には元来、独立に至るまでの戦いの歳月の中で市民たちが経験した痛みと悲しみ、それに対する憤り、そして独立達成の歓びなど、透き間もなく織り込まれてきたのだが、一行は出だしの一節を唄うだけでむしろ大きな余白を作り出し、そこに自分たちの別離の悲哀を新たに塗り込めたのかもしれない。

送別の歌が終わると、「ありがとう」とSは応えた。「どういたしまして」と、ここは最後まで二号室の女が引き取ってしまう。ところがこの時ようやく隼が念願の空隙を見出した幸福者のように色めき立った。去り行くSにとっては未だ短い友にもすぎない彼がせめてもの一声をかけてきた。

「お元気で」

「ありがとう」と応えてゆっくりと船に乗り込むと、Sは民兵に荷物を託した。三号室のリーランも彼らのやりとりを見守っていた。おそらく民族会では、Sとの関わりも浅からぬものがあるやもしれ

ぬ彼女だが、自らは一声も発しない。すると別の民兵が艫綱を解いた。操舵手の民兵はさすがに顔を赤らめることもなく、しっかりとした表情で本来の配置についている。

「出発」と、隊長は努めて儀礼的に別離を宣言する。

手を振る者は余りない。歌を唄う者ももはやない。誰に言うともなく、Sだけが言葉をのこす。

「陸路じゃなくて、水路を辿ればどこにでも出られます。本当はみなさん、よくご存知なんでしょう。ただ問題となるのは、そのとき船があるかどうか、それ以前に乗り込む意志があるかどうか、ですよね」

微笑み以外でこれに応える者はない。ましてやSとの別れを惜しんで、このまま冬が来なければよいと思う者などいなかった。しかし、冬が来なくてもかまわないという思いは、その時、誰の胸の奥にも秘められていた。

夕日が沈む。秋の夕暮れはいつでも予想外の早さで訪れる。だから船の行く手には闇が待ち受けている。

そこには松明かざして、サケを追う人びとの声が聞こえる。息遣いが水面を洗う。すると騒めきという騒めきは溶かされて、氷結の気配が忍び寄る。神聖なる樹木の皮は、今しもか細く削られていく。春なお遠く、町の外部には静かな夜が広がっていた。

あとがき

本文にひとつ書き忘れたところがある。第三章で「姿を見せる」透明人間があるときこんなことを洩らした。「この作品を読むのに百年かかる。あんたが書いたのなら、なおさらのこと」。私は百年も生きない。

最初の手掛かりとなる詩的断章を綴ったのが二〇〇〇年の四月一九日、二〇世紀最後の年の春だった。断章は「メランコリア　忘れ去られた離散の民とともに」から始まる。ややあって、全体の序章、この本では三四頁までの部分に当たるが、それについて具体的なメモ作りを始めたのが〇二年の一月八日。この二年近い空白の中に〈九・一一〉がある。〇一年九月一一日、世に言うところの「ニューヨーク同時多発テロ」が私を新たな長篇の執筆へ衝き動かしたことは間違いない。二年前の断章、その卵が幼虫となり、そののち蛹化し、国際情勢の激動を前にようやく成虫を遂げたという遠い記憶が今も私のペン先にのしかかる。

『子どもと話す　文学ってなに?』(〇八)の舞台も同じ町だが、年代の設定は〇一年の夏で、直後の〈九・一一〉を知らない。それに対して『スピノザの秋』は〈九・一一〉の翌年初めに着手したが、こちらは一一年の三月一一日、東日本大震災と福島第一原発の重篤事故を知らない。第一稿が仕上がったのは〇六年八月の七日から八日で、以来今日まで、基本的な原稿は堅持しつつも推敲を重ねてきた。〈三・一一〉の予兆が見られないだけでなく、アフガニスタン、イラクなど大規模な戦争には共振しても、〈九・一一〉そのものについてはお預けとなっている。それらの予兆や先送りも遠からず全貌を見せることになるだろう。

スピノザはタイトルのためのアクセサリーではない。構想と記述にあたって、この一七世紀の思想家のことは常に意識してきた。彼の生きた土地に一時期暮らしたことが企ての後押しをしたのは確かだが、そのような渡航に在住の経験がなかったとしても、私は同種のものに取り組んでいただろう。二一世紀初めの文学史上の出来事としても。

年代もしばしばスピノザの時代にさかのぼる。ただし「伝記小説」としてではなく、ずいぶんと乱暴に時代を跨《また》ぎ越す。右足は現在に置きながら、左足は一七世紀に載せる、突っ込んでいくと、まあそんな具合に。だから反発も喰らい、しばしば時に引き裂かれる。その過程の、これは稠密な記録にほかならない。このの左足の探し求める時代が転じても、創作の姿勢は生涯変わらないだろう。

Sをめぐるいくつかのエピソードについても、スピノザに関わる伝記的な資料を参照した。大学に籍を置いた研究者ではなく、オランダ共和国（当時）の市井の民として生きた彼が「レンズ磨き」で生計を立てたこと。一六五六年夏、彼の思想的「転向」に反感を抱く者によって襲撃されたという挿話。これについては、治療した医師の回顧談も伝わる。事実この年、彼はユダヤ教団から破門され、アムステルダムからも追放される。冒頭にみえるSの死も、スピノザの最期をめぐるひとつの伝承をかなり忠実に踏まえている。それとともに『エチカ』に代表される彼自身の著作にもか細い目線は配り、ドゥルーズのスピノザ論にも自分なりに原書で親しんだ。上野修の論考からも多くの教えを受けた。第三章の書簡も基本的には私の空想の産物だが、扱われるテーマは『スピノザ往復書簡集』から抽出している。だからと言って、この本がスピノザの思想に関する研究書の類いでないことは一目瞭然だろう。私は、彼の生涯とその思考に対する文学的な感応だけをめざした。

この小説の舞台である「ユウラシヤ」と現実のユーラシア大陸は、一方通行の鏡像関係にある。「ユウラシヤ」

では時間が自らの流れに左右されず、空間も後者からの三次元による束縛を拒む。だからこそ四章の前半で男がさすらった一夜の一年、十八ヵ月の暦の起源はそれらの外部に求められる。そこでは精密な観測と計算に基づき、全く別種の歳月が繰り返された。同じ章の後半では、Sが自らの亡命を語る。スピノザの父は迫害を逃れポルトガルを脱出したが、Sと彼の祖父はどこからやってきたのか。何よりもこの問いが生きのびる。

前著に続いて今回も、風間博子さんに十点の挿画を制作していただいた。彼女は現在も東京拘置所に囚われている。一六年の早春に原稿のコピーを届け、同年の四月には早くも一一八頁の原画を受け取っている。残る九点は、ご母堂の他界から日も浅い夏から秋にかけて描かれた。四五頁掲載の運河沿いを被う一面の落ち葉と一台の自転車、並木の間から覗く川向こうの街の眺めに接したとき、私の追憶の五感にはかつて暮らしたオランダのライデンが目にも鮮やかによみがえり、その水辺の香りに浸された。すでにお気づきの読者もいらっしゃるだろうが、絵には彼女自身の手でそれぞれに趣向を凝らした額縁が描き込み施されている。

だが、冤罪死刑囚としての彼女の置かれた立場は常に予断を許さぬ厳しいものであり、再審を実現するための努力がたゆまず続けられている。優れた絵画を通じて彼女の現状にも多くの皆さんが目を向けてくださることを、二冊の書籍の共同制作者として私はここに切望する。それに関しては、彼女の冤罪を晴らすべく調査と取材を続けておられるノンフィクション作家の深笛義也さんがこの春、『罠』という新刊を出された。ぜひそちらもお読みいただきたい。

末筆ながら、接見交通権のない私と風間さんのやりとりに際し、再び仲介の労を取っていただいた鈴木ヒデヨさん、河出書房新社の小川氏、滑川氏を初めとする、編集に携われたみなさんに心からの謝意をお伝えする。そしてこの本を今は亡き大道寺将司さんにささげる。彼は今年の五月二四日、東京拘置所の病舎で生涯を終えた。私が連ねる二十一万字余りは、彼が遺した俳句のどの十七音にも遠く及ばないという自戒を込めながら。

季節はまためぐる。ここから百年を費やして。

二〇一七年秋

蜷川泰司

蜷川泰司（にながわ・やすし）
1954年京都市に生まれる。大学院修了後、出版社勤務をへて、海外をふくむ各地で日本語の教育と関連の研究にたずさわる。
2003年に最初の長篇『空の瞳』でデビュー。死刑囚との面会に出かける主人公の叙事詩的な一夜を描き出す。2008年には対話的文芸論『子どもと話す 文学ってなに？』を上梓。（いずれも現代企画室）。2013年の作品集『新たなる死』は全国学校図書館協議会の選定図書に選ばれる。2015年長編『迷宮の飛翔』（いずれも河出書房新社）。
今世紀に入ってからは、『ユウラシヤ』（全4部）に取り組む。本書はその第1部にあたる。『新たなる死』をひきつぐ作品としては、〈群章的〉な中篇となる『ヒトビトのモリ』を構想中。

スピノザの秋

2017年11月20日　初版印刷
2017年11月30日　初版発行

著　者　蜷川泰司
装　幀　岡本洋平（岡本デザイン室）
発行者　小野寺優
発行所　株式会社河出書房新社
　　　　東京都渋谷区千駄ヶ谷2-32-2　郵便番号151-0051
　　　　電話（03）3404-8611（編集）（03）3404-1201（営業）
　　　　http://www.kawade.co.jp/
組　版　株式会社キャップス
印　刷　モリモト印刷株式会社
製　本　小泉製本株式会社

ISBN978-4-309-92133-4
Printed in Japan

蜷川泰司の本

＊

迷宮の飛翔

〈砂の言葉〉で書かれた三人の女の物語。「作者殺し」を宣言する
無名の町の狂気。迷宮都会を見者の妄想が切り裂き、
想像力の彼方へと無限の飛翔を遂げる。
『ユウラシア』四部作に先行する長編。
遂に白日の狂気が始動する。
カフカ゠ブランショの系譜に連なる作者による、
幻想都市小説の極北の扉が、今、ここに、遂に開かれる！

＊

新たなる死

〈現実の事件〉を内に胎み、入れ子型の二重構造の連作が、
「アラタナルシ」を絡め取り、知的に腑分けしていく。
幻視と歴史のアラベスクを絶妙な技芸で描き出し、
世紀と国境のはざまに繊細な亀裂を走らせる。
密かな異才による新たな文学の誕生!!
「凄い小説だと思う。同時に、怖しい小説だ。
描くことが困難だった死がかくも明晰に語られている」（陣野俊史）